Sabine Ludwig, 1954 in Berlin geboren. Nach dem Studium der Literaturwissenschaften war sie als Rundfunkredakteurin tätig, bevor sie sich als Autorin und Übersetzerin selbständig machte. 1993 erhielt sie den Bettina-von-Arnim-Preis.

In der Fischer Schatzinsel sind von ihr bereits ›Bei Tag sind alle Löwen grau‹ (Bd. 80237), ›Fische haben keinen Po‹ (Bd. 80356), ›Viermal Pizza Napoli‹ (Bd. 80384), ›Mops und Molly Mendelssohn‹ (Bd. 80385), ›Ein Haufen Ärger‹ (Bd. 80479), ›Weihnachten mit lila Lametta‹ (Bd. 80539), ›Mein kleiner Monsterbruder‹ (Bd. 80588), ›Immer wieder Frieda‹ (gebunden), ›Für alle Fälle Frieda‹ (gebunden), die Abenteuer der kleinen Hexe Serafina: ›Serafina und die große Suppenverschwörung‹ (gebunden und Bd. 80411), ›Serafina und der große Hexenzauber‹ (gebunden und Bd. 80394), ›Serafina und der große Weihnachtswirbel‹ (gebunden), sowie die Bilderbücher ›Serafina, hex doch mal!‹ (gebunden) und ›Katzenrabatz‹ (gebunden) erschienen.

Sabine Ludwig

Die Nacht, in der Mr Singh verschwand

Fischer Taschenbuch Verlag

Fischer Schatzinsel
www.fischerschatzinsel.de

2. Auflage: September 2007

Veröffentlicht im Fischer Taschenbuch Verlag,
einem Unternehmen der S. Fischer Verlag GmbH,
Frankfurt am Main, März 2007

Lizenzausgabe mit freundlicher Genehmigung
des Cecilie Dressler Verlages, Hamburg

Druck und Bindung: Clausen & Bosse, Leck
Printed in Germany
ISBN 978-3-596-80676-8

Nach den Regeln der neuen Rechtschreibung

1. Kapitel

Als Joe Miller an diesem Nachmittag aus der Schule kam und in die Westbury Street einbog, heftete er seine Augen fest auf den Boden. So, als hoffte er eine Münze zu finden. Aber es lagen nie Münzen auf der Westbury Street. Jimmy Jordan aus seiner Klasse erzählte immer wieder die Geschichte von dem dick gefüllten Portemonnaie (bei jedem Mal lagen mehr Scheine darin), das er mitten auf der Chestnut Lane gefunden hatte. Aber die Chestnut Lane lag im vornehmen Teil von Middleburgh, wo die Reichen in weißen Villen wohnten. Hier in der Westbury Street mussten die Leute auf jeden Penny achten. Und Joe wäre wahrscheinlich sehr überrascht gewesen, wenn er wirklich einmal eine Münze gefunden hätte.
Aber Münzen waren auch nicht der Grund, warum er jeden Nachmittag gesenkten Kopfes nach Hause ging. Er wollte sein Haus nicht sehen, genauer: seine Wohnung, noch genauer: das Eckfenster im dritten Stock. Hinter dem stand seine Mutter. In der einen Hand die geblümte Rüschengardine hochhaltend, mit der anderen winkend. Es war dieses Winken, weswegen Joe nicht hinsehen mochte. Sie schwenkte den molligen Arm so heftig, als käme ihr Junge von einer mehrjährigen

Weltreise zurück, als habe sie ihm nicht erst vor wenigen Stunden die Cornflakes mit Milch übergossen, einen Marmeladetoast geschmiert und ihren Sohn mit einem feuchten Kuss in die Schule verabschiedet.

Als Joe an die Haustür trat, ertönte schon der Summer. Umständlich putzte er sich die Schuhe auf der Matte ab, bevor er die Treppe hochging.

Im Treppenhaus roch es schon wieder nach dem Hammeleintopf von Mrs Walters aus dem zweiten Stock. Mrs Walters nahm immer sehr altes Hammelfleisch, das besonders lange kochen musste. Doch trotz des grässlichen Geruches beeilte Joe sich nicht. Er schlich die Treppe geradezu hinauf. Aber dann war er doch oben.

In der geöffneten Tür stand seine Mutter.

»Schnell, rein mit dir, dieser Gestank ist ja nicht auszuhalten!«, rief sie und nahm ihm die Schulmappe ab. Dann strich sie ihm über die Haare und hielt ihm ihre Wange hin.

Joe reckte sich ein wenig und berührte die sehr weiche Wange ganz kurz, so kurz es nur ging, mit den Lippen.

»Hast du mich nicht gesehen?«, fragte seine Mutter. »Ich hab dir zugewinkt.«

Joe brummelte etwas Unverständliches.

»Immer bist du so in Gedanken. Ärger in der Schule? Was hat Mrs Perry zu deinem Aufsatz gesagt? Wie war's im Sport? Hoffentlich hat Mr Brown dich nicht wieder so hart rangenommen, ich habe ihm gesagt, dass du sehr empfindlich bist und auf keinen Fall ...«

»Den Aufsatz haben wir noch nicht zurück. Ich muss mal, Ma«, unterbrach Joe ihren Redefluss und verschwand auf dem Klo. Er musste nicht, aber er hob trotzdem den rosa beplüschten Toilettendeckel und setzte sich hin. Vor der Toilette lag eine Umrandung aus dem gleichen rosa Plüsch und vor der Badewanne ein passender Vorleger in Form eines Herzens. Auch die Klorolle hatte ein rosa Häubchen. Die Handtücher waren weiß mit rosa Blümchen. Auf dem einen stand in Schnörkelbuchstaben der Name *Audrey* eingestickt, auf dem anderen *Giovanni*.

Audrey hieß seine Mutter und Giovanni hieß er. Nicht dass Joe italienische Vorfahren gehabt hatte. Seine Mutter und sein Vater waren auf der Hochzeitsreise in Venedig gewesen, und leicht errötend pflegte Mrs Miller jedem zu erzählen, dass ihr neun Monate später geborener Sohn deshalb einen italienischen Vornamen bekommen habe. Wenn sie ihm wenigstens noch einen zweiten, normalen Namen gegeben hätten! Aber er hieß einfach nur Giovanni. Giovanni Miller. Glücklicherweise war aus dem Giovanni sehr schnell ein Joe geworden, und in der Schule bestand nur Mr Brown, sein Sportlehrer, darauf, ihn bei seinem richtigen Namen zu nennen. »Giovanni Miller, du hängst am Reck wie ein voll geschissener Sack«, pflegte er zu sagen.

Joe hasste Mr Brown und er war sicher, dass Mr Brown ihn ebenso wenig mochte. Heute hatte er ihn Liegestütze machen lassen, bis es Joe schwarz vor Augen wurde und er beinah ohnmächtig geworden wäre. Aber das würde er seiner Mutter nicht erzählen, auf keinen Fall. Als er einmal mit einem Bluterguss am Arm nach Hause gekommen war von einem Schlag mit dem Baseballschläger, war seine Mutter sofort in die Schule gelaufen, um sich zu beschweren. Seither sagte Mr Brown bei jeder passenden Gelegenheit: »Ach, entschuldige bitte, Giovanni Miller, deine Mutter hat ja gesagt, man darf dich nicht so hart anpacken.«

Natürlich hatte er die Lacher auf seiner Seite. Allen voran Duncan Fletcher. »Passen Sie auf, dass unserem Zuckerpüppchen nichts passiert, Mr Brown, seine Ma würde das nicht überleben!«

Wenn Joe an Mr Brown und Duncan Fletcher dachte, wurde ihm ganz übel, dabei hatte er eben noch Hunger gehabt.

»Giovanni? Was machst du so lange? Die Schokolade wird kalt!«, rief seine Mutter von draußen.

Joe erhob sich, zog die Klospülung, an der eine rosa Troddel hing, und seufzte. Jetzt würde er seiner Mutter erzählen müssen, wie toll alles in der Schule war und wie wohl er sich dort fühlte. Schließlich konnte er nicht schon wieder die Schule wechseln. Auf seiner alten Schule hatten sie ihn so gehänselt und gepiesackt, dass er einfach nicht mehr hingegangen war. Morgens hatte er seine Schulmappe genommen und sich dann, bis es Zeit war zurückzukommen, in der Stadt herumgetrieben. Bei schönem Wetter auch im Park. Natürlich war es aufgeflogen, seine Mutter hatte geweint, und die Schulpsychologin hatte ein besorgtes Gesicht gemacht und gemeint, da könne nur noch ein Schulwechsel helfen. Aber es hatte nicht geholfen. Kaum dass Joe die neue Klasse betreten und die

Blicke von dreißig neugierigen Gesichtern gespürt hatte, war ihm klar gewesen, dass es weitergehen würde mit den Hänseleien, dem Stuhlwegziehen, dem Zusammenkleben der Seiten im Heft. Joe hatte schon lange aufgegeben darüber nachzugrübeln, warum das so war. Warum er immer und überall zur Zielscheibe des Spottes wurde.
»Du musst auf die anderen zugehen«, hatte die Psychologin gesagt. »Sei offen, verschließe dich nicht.«
Sie hatte noch viel mehr gesagt, aber Joe hatte sie nur angeschaut und gewusst, dass auch sie ihm nicht helfen konnte. Sie war eine hübsche Frau mit einer lustigen Stupsnase, die bestimmt niemals erlebt hatte, dass sich selbst auf die harmloseste Frage – Weiß jemand, wo mein Füller abgeblieben ist? – alle wie auf Kommando wegdrehten.
»Ich hab frische Muffins für dich gebacken«, sagte seine Mutter und goss heißen Kakao in einen übergroßen bunten Becher, auf dem *Giovanni* stand, mit Herzen auf den beiden Is. Den Namen hatte seine Mutter aufgemalt. Das war die Phase, in der sie sich mit Porzellanmalerei beschäftigt hatte. Ein paar der Teller und Schüsseln mit missglückten Vergissmeinnicht und verschmiertem Goldrand hatten überlebt, leider auch der Kakaobecher.
Wenn Joe sich vorstellte, einer aus der Klasse würde ihn jetzt sehen, wie er aus diesem albernen Becher viel zu süße und viel zu heiße Schokolade trank, während ihm seine Mutter ein Muffin hinhielt, als wäre er ein Schoßhündchen, das gefüttert werden wollte!

»Es sind Rosinen drin *und* Schokostückchen«, sagte seine Mutter stolz. »Das Essen in der Schule war bestimmt schlecht, nicht wahr?«

Das Essen war nicht nur schlecht, es war ungenießbar gewesen und auch nicht dadurch besser geworden, dass Duncan Fletcher im Vorbeigehen reingespuckt hatte.

»Friss nicht so viel, Fettsack«, hatte er gesagt.

»Giovanni! Ich hab gefragt, wie das Essen in der Schule war! Träumst du schon wieder?«

»Es war okay. Blumenkohl gab es, mit Hackbraten.«

»Ich bezweifle ja sehr, dass die gutes Fleisch genommen haben«, sagte Mrs Miller. »Heute Abend mache ich uns was Schönes. Ich hab da ein neues Rezept, Hühnerkroketten mit Erbspüree. Wie wäre das?«

Joe nickte nur. Er hätte seiner Mutter gern gesagt, dass er gar nicht so viel essen wollte. Nicht, weil er sich zu dick fand. Zu dick fanden ihn eigentlich immer nur die anderen. Essen interessierte ihn nicht. Und schon gar nicht die Zubereitung von Essen.

Aber das hätte seine Mutter nicht verstanden. Wenn sie nicht mit einem ihrer ständig wechselnden Hobbys – das ging vom Teppichknüpfen über Trockenblumengestecke bis hin zu kleinen Tieren, die sie aus Perlen auffädelte – beschäftigt war, studierte sie Kochbücher oder Zeitschriften, in denen es außer Rezepten nichts zu lesen gab.

Mrs Miller war keine gute Köchin, sie war eigentlich in nichts besonders gut, aber Joe würde ihr das niemals sagen, genauso wenig wie er sie darum bitten würde, nicht länger am Fenster zu stehen und auf ihn zu warten.

Seit dem Tod seines Vaters vor sechs Jahren war Mrs Miller unglücklich. Wenn man sie so Tag für Tag in der kleinen Wohnung herumwirbeln und lachen sah, mochte man es kaum glauben. Joe allein wusste, wie unglücklich seine Mutter war, und er hatte sich geschworen, dass er nichts tun wollte, was ihr Unglück noch vergrößerte.

»Was für ein Glück! Nein, was für ein Glück aber auch!«, zwitscherte Tante Prudence. »Ich hätte ja nie für möglich gehalten, dass ...« Tante Prudence errötete und hob die Teetasse an die Lippen, wobei sie den kleinen Finger abspreizte. Normalerweise hätte Miranda jetzt ihrer Mutter einen vielsagenden Blick zugeworfen und leise in sich hineingekichert. Es war wirklich zu komisch, Tante Prudence beim Teetrinken zuzusehen. Zuerst lehnte sie mit gespielter Entrüstung die Sahne ab – »In meinem Alter muss man auf die Linie achten« –, um dann mit der Zuckerzange sorgfältig einen Zuckerwürfel nach dem anderen auszuwählen und in ihre Tasse gleiten zu lassen, bis zu vier Stück. Danach rührte sie lange und bedächtig um, wobei sie ununterbrochen redete. Wenn sie den Tee schließlich trank, hatte er sich längst in eine kalte, klebrige Brühe verwandelt.

Doch heute fand Miranda das Gebaren ihrer Tante überhaupt nicht lustig und das, worüber diese so ins Jubeln geriet, erst recht nicht.

»Ich meine, in deinem Alter …«, fuhr Tante Prudence fort und tupfte sich mit der Serviette die Lippen ab.
»Na, weißt du, so alt bin ich mit 38 ja nun auch nicht«, unterbrach Mirandas Mutter lachend.
»Natürlich nicht, ich meine ja nur vielleicht ein wenig zu alt, um …« Tante Prudence senkte die Stimme, »… um ein Baby zu bekommen.«
Miranda biss in ein Käsesandwich.
»Was sagt denn Miranda dazu?«
Das war auch typisch für Tante Prudence, nie sprach sie Miranda direkt an, so als ob Miranda eine fremde Sprache spräche, die nur ihre Mutter verstand.
»Für Miranda ist es natürlich nicht leicht, mit zehn Jahren noch ein Geschwisterchen zu bekommen.«
»Mit elf!«, sagte Miranda kauend.
»Mit elf«, wiederholte ihre Mutter. »Wenn wir Glück haben, kommt das Baby genau am 27. September, an Mirandas Geburtstag, zur Welt.«
»Nein, wie entzückend!«, trillerte Tante Prudence.
Miranda fand das überhaupt nicht entzückend. Wer würde an ihren Geburtstag denken, wenn Mama im Krankenhaus lag und gerade ein Baby bekam?
»Noch ein Schlückchen Tee, Tante Prudence?«
»Danke, meine Liebe, ich habe noch. Und Mr McKenzie in der Bank? Du hast es ihm hoffentlich noch nicht gesagt?«
»Das musste ich wohl.« Mirandas Mutter strich sich über den Bauch. »War ja nicht mehr zu übersehen. Er ist natürlich ent-

setzt. Nächste Woche soll ich nach hinten in die Kreditabteilung. Anscheinend meint er meinen Anblick den Kunden nicht mehr zumuten zu können.«
»Mr McKenzie ist ein Idiot«, sagte Miranda.
Ihre Mutter warf ihr einen warnenden Blick zu.
»Stimmt doch«, brummte Miranda.
Mrs Foster arbeitete in einer großen Bank am Trafalgar Square, und jedes Mal, wenn Miranda ihre Mutter dort besuchte, warf ihr Mr McKenzie, der Bankdirektor, argwöhnische Blicke zu, als befürchte er, Miranda könne einen Penny finden und ihn einfach in die Hosentasche stecken. Kinder in seiner Bank, in der alle nur mit gedämpfter Stimme sprachen wie in einer Kirche, schätzte er überhaupt nicht.
»Früher war es nicht üblich, dass schwangere Frauen sich in der Öffentlichkeit zeigten, heute sieht man sie splitterfasernackt auf den Titelbildern der Zeitungen«, sagte Tante Prudence jetzt mit unverhohlener Missbilligung.
»Tante Prudence! Wir leben nicht mehr unter Queen Victoria und ich habe auch nicht die Absicht, meinen Bauch unbekleidet spazieren zu führen, aber schließlich ist eine Schwangerschaft keine ansteckende Krankheit, mit der man sich verstecken muss.«
Miranda fiel etwas ein. »In deinen Badeanzug passt du jedenfalls nicht mehr.«
»Wo wollt ihr denn in den Ferien hin?«, fragte Tante Prudence prompt und ließ noch ein Stück Zucker in ihre Teetasse plumpsen.

»Zum Campen nach Wales, wie jedes Jahr.«

»Zelten? In deinem Zustand? Ich habe mein Leben lang nicht gezeltet, keine zehn Pferde würden mich dazu bringen, ohne ein festes Dach über dem Kopf …«

Miranda sah aus dem Fenster hinaus auf die feucht glänzende Straße. Es regnete schon wieder. Kaum vorzustellen, dass in vier Wochen die Sommerferien beginnen sollten, und noch weniger vorstellbar, dass im September ein Baby da sein würde.

Miranda kannte Babys nur aus der Windelreklame im Werbefernsehen, die jüngeren Geschwister ihrer Freundinnen waren längst im Kindergarten oder in der Schule. Aber schließlich wusste jeder, dass Babys furchtbar anstrengend waren. Ständig mussten sie gebadet, gefüttert oder gewickelt werden, und zwischendurch brüllten sie, dass einem die Ohren abfielen.

Dabei hatte Miranda sich immer Geschwister gewünscht. Am liebsten eine Schwester, mit der man am Abend vor dem Einschlafen noch Geheimnisse austauschen konnte. Mit der hätte sie auch gern ihr Zimmer geteilt. Aber doch nicht mit einem Baby!

»Ihr braucht dann natürlich auch eine größere Wohnung«, sagte Tante Prudence in Mirandas Gedanken hinein.

»Um Himmels willen!«, rief Mrs Foster. »Wir sind froh, dass wir diese hier gefunden haben, für London ein absoluter Glücksfall.«

»Nun, als Glücksfall würde ich diese Gegend hier nun nicht gerade bezeichnen«, erwiderte Tante Prudence und machte ein spitzes Mündchen. »Auf der Treppe kam mir ein Mann mit Turban entgegen, er hatte wirklich eine sehr, sehr dunkle Hautfarbe.«

»Das ist Mr Banerjeesh«, sagte Miranda. »Er wohnt über uns. Mit seiner Tochter Sita gehe ich zusammen zur Schule.«

Tante Prudence sagte nichts, aber man sah ihr an, dass sie dies nicht akzeptieren, geschweige denn gutheißen konnte.

Tante Prudence war eigentlich Mirandas Urgroßtante, die Schwester ihrer Urgroßmutter. Sie war 87 Jahre alt, überaus rüstig, und als Admiralswitwe konnte sie sich ein teures Seniorenheim im vornehmen Stadtteil Mayfair leisten. Ihr Appartement dort war um einiges geräumiger als die gesamte Wohnung der Fosters.

»Noch ein Gurkensandwich, Tante Prudence?«, fragte Mirandas Mutter.

»Lieber nicht, Gurken so spät am Tage bekommen mir nicht, du schneidest sie immer so dick auf, meine Liebe.«

Miranda mochte Gurkensandwiches auch nicht, aber jetzt nahm sie sich eins und biss hinein. »Ich finde sie prima!«, sagte sie, wobei ein Stück Gurke aus ihrem Mund und direkt in Tante Prudences Teetasse flog. Mrs Foster und Miranda wechselten einen schnellen Blick.

»Nun, da kommen jedenfalls schwere Zeiten auf euch zu«, sagte Tante Prudence gerade und verstand überhaupt nicht, warum diese Bemerkung bei Miranda und ihrer Mutter einen Lachanfall auslöste.

Als Cymbeline den Salon betrat, hörte sie aus dem angrenzenden Arbeitszimmer Bellen und laute Stimmen.

Ihre Eltern hatten Streit, wie so oft in letzter Zeit.

»Es ist ja geradezu lachhaft, wie du dich benimmst!«

»Das sagst ausgerechnet du?«

»Ginger! Aus! Kannst du nicht den Hund rausbringen, der dreht ja gleich durch.«

»Komm zu Frauchen, Ginger, komm her. Ja, mein Süßer, so ist es gut. Er spürt eben auch, dass es zwischen uns nicht stimmt, und leidet darunter.«

»Wir sollten uns vor dem Hund nicht streiten.«

»Wer fängt denn immer an, etwa ich?«

Cymbeline verließ ihren Platz an der halb geöffneten Tür. Komisch, sie machen sich mehr Gedanken über die Gefühle ihres Hundes als über die ihrer Tochter, dachte sie.

Dann zuckte sie mit den Achseln. So waren ihre Eltern eben, Cymbeline machte sich schon lange keine Illusionen mehr über sie.

Auf dem Kaminsims aus italienischem Marmor standen zwei silbergerahmte Fotos.

Eines zeigte Cymbelines Eltern, Mr und Mrs Harding, wie sie sich gemeinsam zu einem Labrador herunterbeugten und ihn streichelten.

Das andere zeigte Cymbeline als Baby auf einem Teppich liegend. Ein bemerkenswert hässliches Baby auf einem bemerkenswert schönen Teppich.

»Cymbeline, Darling!« Mrs Harding rauschte in den Salon.

»Magst du ein wenig mit Ginger rausgehen? Es regnet gerade mal nicht.«

Cymbeline sah ihre Mutter an. Sie war immer wieder erstaunt darüber, wie schön sie war. Selbst jetzt, wo man ihrem Gesicht den kaum verhohlenen Ärger noch anmerkte. Cymbeline hatte nichts von ihrer Mutter, weder deren dichtes schwarzes Haar noch die blauen Augen und schon gar nicht die wie edles Porzellan schimmernde Haut. Cymbelines Haar war eine Mischung aus Braun und Rot und die Augenfarbe wechselte je nach Stimmung zwischen Grau und Grün. Außerdem hatte Cymbeline Sommersprossen, aber nicht etwa einzelne lustige Pünktchen auf der Nase, sondern unregelmäßig geformte Flecken, die ihr ganzes Gesicht, Schultern und Arme bedeckten.

»Kauf dir unterwegs ein Eis oder etwas anderes«, sagte Mrs Harding und nahm eine Pfundnote aus einem antiken Holzkästchen.

»Etwas anderes«, sagte Cymbeline und legte Ginger, der ihr freudig die Hand leckte, die Leine an.

»Aber nicht schon wieder ein Buch, Darling, du wirst noch ein Stubenhocker wie dein Vater.« Mrs Harding lachte, als habe sie einen Scherz gemacht.

»Wer bekommt eigentlich Ginger, wenn ihr euch trennt?«, fragte Cymbeline.

»Aber wer spricht denn davon, dass wir uns trennen, Darling?« Mrs Harding riss ihre himmelblauen Augen auf. »Was fällt dir bloß ein? Warren! Komm mal her, bitte!«

In der Tür zu seinem Arbeitszimmer erschien jetzt Professor Harding. Sein fuchsrotes Haar stand wie immer in alle Himmelsrichtungen. Beim Arbeiten pflegte er es stets zu zerwühlen. Er sah Cymbeline verwirrt an, als fiele ihm gerade erst ein, dass er ja noch eine Tochter hatte.
»Unser Darling hat Kummer«, flötete Mrs Harding. »Sie denkt, dass wir uns trennen. Sag du ihr, dass das Unsinn ist. Mir glaubt sie ja doch nicht.« Wieder lachte sie.
»Kein Wunder«, sagte Professor Harding leise. Laut sagte er: »Natürlich trennen wir uns nicht, es ist nur … äh … nicht ganz klar, was wir in den Ferien machen, ich meine, ich …«
Mrs Harding unterbrach ihn: »Dein Vater meint, dass er zu viel zu tun hat, um mit uns in Urlaub zu fahren, du weißt ja, sein Buch …«
Mr Harding war Professor für englische Literatur am St. Paul's College in North Wainbridge, und wenn er nicht gerade unterrichtete, schrieb er an einem Buch über ein als verschollen geltendes Stück von Shakespeare. Er schrieb schon sehr lange daran, und auch Cymbeline verstand nicht, wie man über etwas schreiben konnte, das kein Mensch je gesehen hatte.
»Wer wollte denn dieses Jahr allein wegfahren?«, rief Professor Harding aufgebracht. »Das warst doch du?«
»Jawohl, weil ich endlich mal was anderes erleben möchte, als ständig nur Bibliotheken und Museen zu besichtigen!«
»Ein wenig Bildung täte dir ganz gut, dann würdest du John Barbour nicht länger für den Erfinder einer überteuerten Jacke halten«, zischte Mr Harding.

»Aber John Barbour hat doch die Jacke erfunden«, warf Cymbeline ein.
Ihr Vater erhob die Stimme: »Der John Barbour, an den ihr denken solltet, war der Schöpfer des ersten volkssprachlichen schottischen Epos, das 1377 die Kämpfe um die Unabhängigkeit von England in flammenden Worten ...«
Mrs Harding unterbrach ihn mit einer abfälligen Handbewegung. »Spar dir diese Vorträge für deine Studenten, aber pass auf, dass sie dabei nicht einschlafen.«
»Im College weiß man meine Fähigkeiten sehr wohl zu schätzen«, erwiderte Professor Harding gekränkt.
»Kein Wunder, an dieser Klitsche unterrichten eh nur die, die woanders nicht unterkommen«, setzte Mrs Harding noch eins drauf. »Wenn du deine Zeit nicht für ein Buch verplempern würdest, das eh keiner lesen wird, könntest du längst am Queen's College in Oxford unterrichten und ich müsste nicht in diesem Kuhkaff versauern! Ich werde in diesem Urlaub jedenfalls nicht wieder mit dir in staubigen Antiquariaten herumwühlen.«
»Wenn du stumpfsinnig wie eine Ölsardine am Strand liegen und braten willst, bitte schön«, sagte Mr Harding kalt. »Aber ohne mich!«
Cymbeline ging mit Ginger zur Tür. Dafür, dass mein Pa Literaturprofessor ist, drückt er sich reichlich merkwürdig aus, dachte Cymbeline. Ölsardinen liegen nicht am Strand, sondern in Büchsen, und stumpfsinnig sind sie schon gar nicht, sondern einfach nur tot.

Cymbeline öffnete das Gartentor, über dem sich ein Bogen aus weißen Heckenrosen spannte. Rechts und links war es von Buchsbäumen flankiert, die der Gärtner kegelförmig gestutzt hatte.

Mrs Harding war sehr stolz auf ihren Garten. Jedes Jahr gewann sie beim Blumenzüchterwettbewerb Preise für ihre Rosen. Sie liebte es, mit einer fleckigen grünen Schürze und in viel zu großen Gummistiefeln durch den Garten zu stapfen und die schönsten Rosen für die Vase im Salon zu schneiden. Cymbeline fand diese Verkleidung absolut lächerlich, denn die eigentliche Gartenarbeit erledigte Mr Witherspoon.

Außer dem Gärtner gab es noch Rani, das indische Hausmädchen, das aufräumte und putzte und immer dann kochte, wenn keine Gäste da waren, die Mrs Harding mit ihren Kochkünsten beeindrucken wollte.

Natürlich konnte sich Mr Harding mit seinem nicht sehr üppigen Gehalt als Collegeprofessor einen derart aufwändigen Lebensstil nicht leisten. Das Geld hierfür stammte von Mrs Harding, die von ihrem Vater eine florierende Fabrik für Toilettenpapier geerbt hatte. Das wusste außer Mr Harding und Cymbeline jedoch niemand. Geld mit Klopapier zu verdienen, hielt Mrs Harding für etwas anrüchig (im Gegensatz zu der Beschäftigung mit duftenden Rosen).

Gern hätte sie mehr Zeit in ihrem Garten verbracht, so sagte sie jedenfalls, aber leider ließen ihre vielen Aufgaben das nicht zu. Mrs Harding war nämlich Mitglied in mehreren Wohlfahrtskomitees. Das bedeutete, dass sie sich mit anderen Professorengattinnen zum Tee oder Lunch traf und man gemeinsam überlegte, für welchen guten Zweck man Geld sammeln konnte. Für den Blumenschmuck des jährlichen College-Abschlussballes oder doch eher für einen Weihnachtsbaum in der Obdachlosenunterkunft? Das waren keine leichten Entscheidungen, und man musste sich dafür oft zum Tee oder Lunch treffen.

Meistens entschieden sich die Damen für den Blumenschmuck. Womöglich hätte ein Weihnachtsbaum den armen Obdachlosen nur Schmerz bereitet, ihnen den Verlust ihres Zuhauses nur allzu bewusst gemacht.

Ab und zu schrieb Mrs Harding auch Artikel für ein Hochglanzmagazin, in dem vorbildlich gestaltete Gärten und Häuser abgebildet wurden, deren Besitzer entweder lässig am Kamin lehnten oder mit grüner Schürze und in Gummistiefeln ihre Rosen beschnitten.

Wenn sie mit der Aufzählung all ihrer verantwortungsvollen Tätigkeiten fertig war, vergaß Mrs Harding nie, mit einem kleinen Augenzwinkern hinzuzufügen: »Und dann hab ich ja auch noch Cymbeline, um die ich mich kümmern muss.«

Um Cymbeline musste sich niemand kümmern, das tat sie schon selbst.

Vor allem kümmerte sie sich um ihren Geist. Cymbeline las alles, was ihr unter die Finger kam. Sie wusste genauso gut über die Jupitermonde Bescheid wie über die Erbfolge bei Fruchtfliegen oder die Punischen Kriege, dabei war sie gerade erst neun.

Als sie jetzt mit Ginger durch den Park ging und in der Ferne die mächtigen grauen Türme des St. Paul's College auftauchten, da dachte sie: Bald bin ich dort und dann kann mir alles egal sein.
Aber wie sie die langen Jahre bis dahin überstehen sollte, das wusste sie nicht.

2. Kapitel

»Möchtest du deinen Aufsatz vorlesen, Joe?«, fragte Mrs Perry.
Joe schüttelte den Kopf.
Die Lehrerin sah ihn aufmunternd an. »Wirklich nicht?«
Joe schüttelte noch einmal den Kopf. Seit er eine Zahnspange trug, lispelte er. Und sobald er den Mund aufmachte, ertönten aus der Reihe hinter ihm schlürfende und zischende Geräusche. Zu leise, um vorn am Lehrerpult gehört zu werden, aber laut genug, dass Joe sie vernahm und ins Stottern geriet. Dann verwandelte sich das Schlürfen und Zischen in schadenfrohes Gekicher.
Joe sah Mrs Perry nicht an, er wusste, dass sie jetzt enttäuscht war. Und ausgerechnet sie, seine Lieblingslehrerin, enttäuschen zu müssen tat ihm weh.
»Nun gut, Joe, dann lese ich ihn eben vor.« Und ehe Joe sich versah, stand Mrs Perry auch schon neben ihm und hatte sein Heft ergriffen.
»Ihr solltet euch ein paar Gedanken über die bevorstehenden Ferien machen«, sagte Mrs Perry, während sie zurück zum Pult ging. »Nun wollen wir mal hören, was Joe geschrieben hat.«

»Hat jemand ein Kissen, ich schlaf gleich ein«, höhnte Duncan Fletcher und Kevin Barker schlug sich auf den gähnend aufgerissenen Mund.

»Still jetzt!«, sagte Mrs Perry und schlug das Heft auf.

»Dass ich in meinen Ferien nichts Aufregendes erleben werde, weiß ich jetzt schon. Wie jedes Jahr wird mich meine Oma mit nach Bournemouth nehmen. Wir wohnen in der Seagull-Lodge, *das ist eine kleine Pension direkt am Strand, in die immer dieselben Gäste kommen.*

Da ist zum einen Mr Bellbottom, der zum Frühstück so gern geräucherten Hering isst und sich dann hinter seiner Zeitung das Gebiss herausnimmt, um die Gräten herauszupulen …«

Die Klasse lachte, aber Mrs Perry hob die Hand und fuhr fort:

»Mit ihm am Tisch sitzt Miss Carlisle, die für Mr Bellbottom schwärmt, weil er ein so ›stattlicher Mann‹ ist, wie sie sagt. Aber ich glaube nicht, dass er sich für Miss Carlisle interessiert, obwohl er Witwer ist und ziemlich dick und froh sein könnte, wenn er noch eine abkriegt, aber Miss Carlisle ist bestimmt fast hundert und hat so viele Haare auf dem Kinn, dass sie sich eine Schleife reinmachen könnte.«

Die Klasse lachte noch lauter.

»Jedes Jahr kommt auch Mrs Churchill mit ihren vier Töchtern, die älteste ist gerade erst zur Schule gekommen, man kann also nichts weiter mit ihnen anfangen. Weil sie so schnell Sonnenbrand bekommen, rennt Mrs Churchill ihnen die ganze Zeit mit Hüten und Sonnencreme am Strand hinterher, aber die vier sind wie Silberfischchen und entwischen ihrer Mutter jedes Mal.

Und dann gibt es da noch Mr Pickering. Er geht nie an den Strand, sondern sitzt den ganzen Tag im Speisesaal am Fenster. Er trägt immer eine Kapitänsmütze auf dem Kopf, dabei hat er Angst vor Wasser, sagt Mrs Taylor, die Pensionswirtin, und war bestimmt noch nie auf einem Schiff. Seit letztem Jahr weiß ich auch, warum er die Mütze aufhat. Die jüngste der Churchill-Töchter hat nämlich draußen vorm Fenster eine Angel ausgeworfen und der Haken sauste durchs Fenster und plötzlich hing Mr Pickerings Mütze dran und da sah man, dass er völlig kahl ist und außerdem noch einen ulkigen Knubbel auf dem Schädel hat.«

Jetzt grölte die Klasse.

»Da seht ihr mal, wie man spannend und anschaulich über völlig Alltägliches berichten kann«, sagte Mrs Perry. »Es müssen nicht immer die tollen Erlebnisse in Disneyland oder auf dem Montblanc sein.« Dabei schaute sie Duncan Fletcher an. Der war letzten Sommer mit seinem Vater auf Mountainbikes durchs Gebirge gesaust und würde in diesem Jahr nach Paris fahren und Disneyland besuchen. Aufsätze schreiben war allerdings nicht seine Stärke.

An diesem Nachmittag hatte Joe richtig gute Laune, als er nach Hause kam, obwohl Duncan Fletcher beim Essen sein Wasserglas umgestoßen hatte und alles in Joes Kartoffelbrei geflossen war. Ihn freute Mrs Perrys Lob, aber am meisten freute ihn, dass die Klasse gelacht hatte, und zwar nicht wie sonst über ihn, sondern über das, was er geschrieben hatte.

Er freute sich so, dass er sogar ganz kurz die Hand hob, als er seine Mutter am Fenster stehen sah.

Seine Freude erstarb, als sie ihm die Tür öffnete. Ihrem geröteten, leicht verquollenen Gesicht war anzusehen, dass sie geweint hatte. »Ist was passiert, Ma?«

»Deine Großmutter …«, begann Mrs Miller und rang ihre pummeligen Hände.
Joe durchfuhr es eiskalt. Seine Großmutter war zwar etwas schrullig, aber er liebte sie sehr. Nicht zuletzt, weil sie so ganz anders war als seine Mutter. »Ist sie tot?«, flüsterte er.
»Das nicht«, sagte Mrs Miller. »Aber sie ist vom Pferd gefallen und hat sich den Arm gebrochen. Muss man mit fast siebzig noch aufs Pferd steigen, kannst du mir das mal sagen?«
Seine Großmutter musste, das wusste Joe. Sie hatte eine einzige große Leidenschaft, und das waren Pferde.
Mrs Miller schüttelte den Kopf. »Je oller, je doller, sag ich immer.«
Aus der Küche roch es nach Verbranntem. »Hilfe, meine Scones!«, rief Mrs Miller und stürzte in die Küche. Sie nahm zwei gehäkelte rosa Topflappen, öffnete die Herdklappe und zog ein Blech heraus. »Gerade noch mal gut gegangen«, sagte sie und öffnete das Küchenfenster, wofür sie zuerst eine Vase mit Trockenblumen, eine lächelnde Köchin aus Porzellan, in deren Bauch Kochlöffel steckten, sowie ein geflochtenes Obstkörbchen mit Äpfeln und Birnen aus Pappmaché wegstellen musste. Dann drehte sie sich zu Joe um. »Jedenfalls kann sie diesen Sommer nicht mit dir nach Bournemouth fahren. Stattdessen hat sie sich was anderes für dich ausgedacht«, sagte sie und presste die Lippen aufeinander.
»Was denn?«, fragte Joe schwach. Was es auch sein mochte, es war offensichtlich, dass hier die Ursache für den Kummer seiner Mutter lag.

Mrs Miller schnitt eines der heißen Brötchen auf und bestrich es dick mit Butter. »Sie schickt dich vier Wochen auf ein Schloss in Schottland!«, stieß sie hervor. »Ohne mich zu fragen! Dass sie dich immer mit nach Bournemouth nimmt, wo du so empfindlich bist und die raue Seeluft so schlecht verträgst, das ist ja schon schlimm genug. Aber ich habe nie etwas gesagt, schließlich ist sie deine Großmutter. Obwohl dein lieber Vater ...« – sie wischte sich über die Augen – »... mich noch auf dem Sterbebett vor ihr gewarnt hat. ›Audrey‹, hat er gesagt, ›lass Giovanni niemals in der Obhut meiner Mutter, sonst wird er noch von einem ihrer Gäule totgetrampelt.‹ Jawohl, das waren seine Worte ...«

»Damals war ich sechs, Ma«, warf Joe ein.

Aber seine Mutter war noch nicht fertig. »Und jetzt zahlt deine Großmutter ein Vermögen, damit du mutterseelenallein und hunderte von Meilen von mir entfernt auf irgendeinem schottischen Schloss herumsitzt. Wo doch jeder weiß, wie kalt und windig es im Sommer in den Highlands ist!« Sie häufte einen Berg selbst gemachter Erdbeermarmelade auf das Brötchen. Da die Früchte zu einem braunen Brei verkocht waren, hätte es auch irgendetwas anderes sein können.

Um seine Mutter nicht noch mehr aufzuregen, biss Joe brav in das Brötchen. Es war nicht richtig durchgebacken, dafür am Boden leicht verkohlt. Joe bemerkte es nicht, denn ein angenehmes Kribbeln stieg in ihm hoch. *Schloss*, *Schottland* – was für wundervolle Worte!

»Und da bin ich ganz allein?«, fragte Joe hoffnungsvoll.

»Mit lauter anderen Kindern«, sagte seine Mutter.
Augenblicklich verloren die Worte ihren Glanz.
»Es ist so eine Art Kinderschloss mit irgendwelchen wildfremden Betreuern. Ich finde das verantwortungslos. Du willst doch da nicht hin, oder?«, fragte Mrs Miller und sah Joe mit weit aufgerissenen Augen an. Ihre Unterlippe zitterte. »Du möchtest doch sicher bei mir bleiben und wir machen es uns gemütlich, ja?«
Joe wandte den Blick ab. »Ich ruf Oma mal an«, sagte er und ging in den Flur zum Telefon.
»Sag ihr, dass du lieber hier bleiben willst!«, rief ihm seine Mutter nach.
Joe wählte die Nummer, die auf einem Zettel an die Wand gepinnt war. Er ließ es lange läuten; seine Großmutter hielt sich nur bei einem Orkan oder Schneesturm im Haus auf, wenn überhaupt. Ihr Telefon hing neben der Küchentür, die hinaus in den Garten führte, und hatte eine so laute Klingel, dass es auch auf der Koppel zu hören war. Nach dem zwanzigsten Läuten dröhnte eine Stimme: »Wer ist da?«
»Ich bin's, Joe.«
»Mein Junge, wie schön, dass du anrufst.«
Joe sah seine Großmutter vor sich, groß und knochig und mit einem länglichen Gesicht, das sie einem Pferd ähnlicher sehen ließ als einem Menschen.
»Was macht der Arm?«, fragte Joe.
»Glücklicherweise der linke, aber natürlich ist der Gips sehr hinderlich beim Aufsteigen.«

»Du *reitest* mit einem gebrochenem Arm?«
»Natürlich, die Gäule müssen doch bewegt werden, sonst werden sie dick und faul. Genau wie Menschen, die sich nicht bewegen«, fügte sie etwas hämisch hinzu.
Joe wusste, dass die letzte Bemerkung sich nicht etwa auf ihn selbst, sondern auf seine Mutter bezog. Die beiden Frauen hatten einander nie leiden können.
»Ma hat mir erzählt, ich soll ganz allein auf ein Schloss?«
Am anderen Ende der Leitung war ein Schnauben zu vernehmen. »Hat sie das so gesagt? Das sieht deiner Mutter ähnlich. Hör zu, mein Junge, mit dem Gipsarm kann ich nicht ins Wasser, also fällt Bournemouth dieses Jahr flach. Zufällig erzählte mir Mr Greenwood, der Hufschmied, der neuerdings Autos repariert und ein Vermögen damit verdient …«, wieder schnaubte seine Großmutter, »… dass seine Tochter letztes Jahr in den Highlands auf einem Schloss war, wo Kinder ohne ihre Eltern Urlaub machen können. Man kann reiten, schwimmen, Tennis und Kricket spielen, töpfern, den ganzen Tag ist was los. Na, wie gefällt dir das?«
Joe schwieg. Überhaupt nicht, hätte er am liebsten geantwortet. Er hasste jegliche Form von sportlicher Betätigung, aber am allermeisten hasste er es, mit anderen Kindern zusammen zu sein.
Aber was war die Alternative? Seine Mutter würde ihn den lieben langen Tag bekochen und abends mit ihm im Fernsehen rührselige Filme anschauen wollen.
»Kann ich nicht zu dir kommen?«, fragte er. Dabei gefiel es Joe

bei seiner Großmutter nicht sonderlich, es gab dort nichts außer Weiden mit riesigen Pferden darauf, vor denen er Angst hatte.

»Was sollst du hier bei mir alter Frau, mein Junge, du brauchst Gleichaltrige um dich herum. Spaß und Spiel. Also, was ist?«

Joe gab sich einen Ruck.

»Gut, dann fahre ich eben nach Schottland«, sagte er, und weil er ein höflicher Junge war, fügte er noch »vielen Dank« hinzu.

Miranda staunte nicht schlecht, als an diesem Nachmittag ihr Vater vor der Schule stand, um sie abzuholen. Sie hatte ihre Mutter erwartet. Sie wollten zusammen Babysachen aussuchen und für Miranda einen neuen Badeanzug kaufen.

»Wo ist Mum?«, fragte Miranda mit einem unguten Gefühl im Bauch.

»Zu Hause«, sagte Mr Foster und nahm Miranda die Schultasche ab. Dann öffnete er die Beifahrertür und Miranda stieg ein. »Der Arzt hat gesagt, sie soll sich schonen. Viel liegen.«

Miranda schnallte sich an. »Aber gestern war sie doch noch gesund.«

»Sie ist ja auch nicht krank«, sagte Mr Foster und ließ den Motor an. »Es ist wegen des Babys, weißt du. Der Arzt befürchtet, es könnte zu früh zur Welt kommen.«

Ein schrecklicher Verdacht stieg in Miranda auf. »Dann kann sie nicht mit in Urlaub, oder?«

Mr Foster sah nach vorn auf die Straße. »So ist es, leider.«

»Dann fahren eben nur wir zwei und Mum ruht sich aus.«

»Miranda, ich lasse deine Mutter in diesem Zustand doch nicht allein. Wenn etwas passiert …«
Miranda antwortete nicht. Heiß stiegen ihr die Tränen in die Augen. Sie hatte sich so auf die Ferien gefreut. Sie wollten wieder angeln und Fische über offenem Feuer braten und natürlich wandern und schwimmen, Drachen steigen lassen. Und jetzt? Nichts! Miranda schluchzte auf. »Und was wird dann aus mir?«
Mr Foster bog links ab. »Uns wird schon noch etwas einfallen, natürlich sollst du in den Ferien deinen Spaß haben.«
Von wegen Spaß, dachte Miranda bitter. Ein schöner Spaß würde das werden ohne ihre Eltern. Nachher schickten sie sie noch in so ein grässliches Feriencamp. Caroline aus ihrer Klasse war letzten Sommer in einem gewesen. Jeden Tag hatte es gekochten Fisch gegeben und ewig mussten die Kinder abwaschen, ihre Betten machen und blöde Lieder singen.
Miranda sah aus dem Wagenfenster. »Wir fahren ja gar nicht nach Hause«, sagte sie.
Ihr Vater lächelte. »Als ich vorhin aus dem Büro kam, habe ich gesehen, dass um die Ecke ein Jahrmarkt stattfindet. Ich dachte, du hättest vielleicht Lust auf einen kleinen Abstecher. Sogar ein Riesenrad gibt es.«
Nun ja, das Riesenrad war alles andere als riesig, von den kleinen Gondeln war die Farbe abgeblättert und das Rad ächzte bedenklich, als es sich ruckend in Bewegung setzte. Aber Miranda fand es trotzdem ganz wunderbar, hier mit ihrem Vater zu sitzen und klebrige Zuckerwatte zu essen. Dabei fiel ihr

ein, dass sie ihn nicht mehr lange ganz für sich allein haben würde. Konnten Eltern ihre Liebe gerecht aufteilen? Würde nicht immer ein Kind mehr geliebt werden als das andere? Und würde das nicht zwangsläufig das Baby sein, weil es so klein und süß und hilflos war?

»Ach Paps«, seufzte Miranda und drückte sich an ihren Vater.

Er tätschelte ihren Arm. »Keine Angst. Es wird bestimmt alles gut.«

Ihr Vater hatte gedacht, sie sorgte sich um ihre Mutter, dabei hatte Miranda sich nur um sich selbst Sorgen gemacht. Doch bevor sie sich schämen konnte, stach ihr etwas orange-rot Gestreiftes ins Auge. »Schau mal da, das Zelt«, sagte Miranda und zeigte nach unten.

»Sieht orientalisch aus. Vielleicht tritt da ein Schlangenbeschwörer auf«, sagte Mr Foster.

»Oder eine Wahrsagerin«, sagte Miranda. Vielleicht könnte die ihr ja voraussagen, was aus ihren Ferien werden würde.

Nach drei quietschenden Umdrehungen war die Fahrt beendet, sie stiegen aus der Gondel und schlenderten an Fish-and-Chips-Buden vorbei zu dem leuchtend bunten Zelt mit dem goldenen Wimpel auf der Spitze. Davor hatten sich bereits viele Kinder versammelt.

»Hey, stellen Sie sich gefälligst hinten an!«, fuhr eine dicke Frau Mr Foster an, der durch einen Spalt in der Leinwand ins Zelt lugen wollte.

»Entschuldigung, ich wollte ja nur mal schauen, was es hier gibt.«

Die dicke Frau hielt ein kleines Mädchen mit blonden Locken an der Hand. »Wir warten auf Mr Singh, der ist nämlich im Fernsehen und ganz berühmt«, sagte es und nickte ernsthaft mit dem Kopf.
»Beschwört er Schlangen?«, fragte Miranda.
»Natürlich nicht«, sagte das Mädchen. »Er erzählt Märchen.«
Märchen fand Miranda nicht halb so interessant wie Schlangen und sie wollte sich gerade abwenden, als das Zelt aufgeschlagen wurde und ein Mann heraustrat. Er trug eine Art weißes Nachthemd mit einer bunt bestickten Weste darüber und einen roten Turban auf dem Kopf; sein Gesicht war unter dem wallenden Bart kaum zu erkennen. »Herrreinspaziert, meine Lieben, nur herrreinspaziert in meine märchenhafte Zauberrrwelt«, sprach er mit tiefer, dunkler Stimme.
Ehe Miranda sich versah, wurde sie von den drängelnden Kindern mit ins Zelt gezogen. »Ich warte hier auf dich!«, rief ihr Vater ihr hinterher.
Im Innern des Zeltes herrschte gedämpftes Licht und es roch nach Räucherstäbchen. Mr Singh setzte sich auf ein dickes glänzendes Kissen mit Troddeln an der Seite und die Kinder nahmen auf dem Boden Platz. Miranda hockte sich neben das Mädchen mit den blonden Locken und leckte sich die Reste der Zuckerwatte von den Lippen. Was machte sie bloß hier? Märchen waren doch was für Babys.
»So hörrrt nun, meine Lieben, hörrrt genau zu, was ich euch erzählen werrrde von König Madhumathana, dem Mächtigen, den sein Narrr zum Besten hielt ...«

Ob sie wollte oder nicht, allmählich geriet Miranda in den Bann dieser Stimme und dieser Augen ... Fast schien es ihr, als sähe Mr Singh die ganze Zeit nur sie an. Aber das konnte doch nicht sein, oder?

Doch! Er sah sie nicht nur an, er winkte sie auch zu sich. »Du schönes Mädchen hier vorrrn, komm doch einmal her!«

Miranda wäre fast im Boden versunken. Mit hochrotem Kopf trat sie zu Mr Singh.

Der lächelte sie freundlich an und legte ihr ein goldgemustertes Tuch um. »Du bist jetzt Jeschoda, die Amme des Königs, und ich bin Bhima, der Narrr!« Mr Singh lachte. Dann zog er aus einem Korb eine Kette, an der Schlangen aus Leder baumelten, und legte sie sich um. Er öffnete ein kleines Döschen mit einer roten Paste, nahm Mirandas Hand und drückte ihren Finger hinein. »Schönes Kind, mal mir ein drrrittes Auge, bitte!«

Vorsichtig tupfte Miranda einen roten Punkt auf Mr Singhs Stirn. Um die Augen herum hatte er viele Lachfältchen.

»Nun lege ich mirrr noch ein Elefantenfell um«, sagte Mr Singh und nahm eine graue Decke, »und als Gott Schiwa verkleidet trrritt Bhima, der Narrr, vor Jeschoda, die Amme des Königs.«

Auf einmal war Miranda nichts mehr peinlich. Sie grüßte ehrerbietig und spielte ihre Rolle als ahnungslose Amme sehr gut. Dann holte Mr Singh noch zwei Jungen und das Mädchen mit den blonden Locken nach vorn und verband ihnen die Augen mit weißen Tüchern.

»Nun Kinderrr, hier seht ihr Jeschoda, die Amme, den König Madhumathana, die Königin Wasumati und den Minister Dhidjana, sie alle stehen mit verrrbundenen Augen am Fluss und zitterrrn. Vor Kälte, denn sie sind nackt ...«

Ein paar Kinder kicherten.

»... die Törrrichten, sie haben dem als Schiwa verrrkleideten Bhima geglaubt, dass er sie in die Welt der Götter geleiten würrrde. ›Harrret hier vor dem Himmelstor‹, hat er zu ihnen gesagt und ist nach Hause gegangen, und nun stehen sie da und zitterrrn und warrrten und warrrten und zitterrrn.«

Das Märchen ging gut aus. Der König musste zugeben, dass es seinem Narren gelungen war, ihn zum Besten zu halten, und er erhielt die versprochenen 100 000 Goldstücke.

Die Kinder klatschten, Mr Singh verbeugte sich. Schon drängten die ersten mit Autogrammalben nach vorn. »Eine Unterschrift, Mr Singh! Bitte!«

Lächelnd erfüllte Mr Singh die Wünsche der Kinder, malte sogar kleine Elefanten aufs Papier.

Miranda fand Autogramme eigentlich albern und wollte sich zurückziehen, da hielt Mr Singh sie am Ärmel fest. »Warrrte, für dich habe ich etwas Besonderes.« Er drückte ihr einen farbigen Prospekt in die Hand.

Miranda überlegte kurz. »Bekomme ich dann auch eine Unterschrift?«

Mr Singh lächelte. »Schau nurrr hinein und du findest alles, was du suchst.«

»Na, wie war's?«, fragte Mr Foster. »So wie du aussiehst, anscheinend gut.«
Miranda schlug den Prospekt auf. Ein Schloss war abgebildet, hoch oben auf einem Berg lag es unter einem strahlend blauen Himmel. *»Fairytale Castle«*, las Miranda vor. *»Ein Paradies für Kinder.«*
Ihr Vater schaute ihr über die Schulter. *»Märchenhafte Ferien auf einem märchenhaften Schloss.* Das ist bestimmt auch märchenhaft teuer. Komm, Miranda, wir wollen deine Mum nicht so lange allein lassen.«
Im Auto musste sich Miranda immer wieder die Bilder anschauen: lachende Kinder auf zottigen Ponys, beim Balancieren auf einem Seil, Würstchen grillend am Lagerfeuer oder mit einer Angel am Gebirgsbach. Sie schlug die letzte Seite auf. Unter einem Foto des huldvoll lächelnden Mr Singh stand in großen, schnörkeligen Buchstaben geschrieben: *Kommst du, schöne Prinzessin? Ich erwarte dich auf meinem Schloss!*
Wann hatte er das geschrieben? Sie hatte es nicht bemerkt, aber diese Worte waren ganz allein für sie bestimmt, da war sich Miranda sicher. Und plötzlich wusste sie, wo sie ihre Ferien verbringen würde.

Mrs Harding erwartete ihre Komiteedamen zum Tee. Während Rani den Teetisch im Salon mit dem echten Chinabone deckte, arrangierte Mrs Harding dunkelrote Rosen in einer weißen Porzellanvase.

Cymbeline saß im Schneidersitz auf dem Sofa und las.
»Rani!«, rief Mrs Harding. »Die Kuchengabeln kommen doch nicht nach links! Wann merkst du dir das endlich?«
Das indische Mädchen stammelte eine Entschuldigung, legte die silbernen Gabeln an die richtige Stelle und huschte zurück in die Küche.
»Es ist doch völlig egal, wo die Gabeln liegen«, sagte Cymbeline, ohne von ihrem Buch aufzuschauen.
»Eben nicht, Darling«, erwiderte Mrs Harding. »An diesen Kleinigkeiten erkennt man, ob jemand kultiviert ist oder nicht.« Sie trat einen Schritt zurück und betrachtete ihr Werk.
»Ich finde Kuchengabeln blöd«, sagte Cymbeline. »Ich möchte meinen Kuchen mit Stäbchen essen.«
Mrs Harding runzelte die Stirn. »Was soll eigentlich dieser Spleen mit den Stäbchen?«
Cymbeline aß seit ein paar Tagen alles mit Stäbchen und hatte es darin zu erstaunlicher Fertigkeit gebracht.
»Die Chinesen sind ein viel älteres Kulturvolk als wir«, sagte Cymbeline und schaute wieder in ihr Buch.
»Du musst ja nicht mit am Tisch sitzen, Darling«, lenkte Mrs Harding ein. »Du und Sharlene, ihr könnt euch etwas zu essen mit in den Garten nehmen.«
Cymbeline schlug das Buch zu. »Sharlene? Kommt die etwa auch?«
»Ich habe Jane gebeten sie mitzubringen, damit ihr ein wenig spielen könnt.«
»Spielen? Mit Sharlene kann man nicht spielen«, sagte Cym-

beline. »Mit Sharlene kann man nur über Frisuren reden und Popgruppen und darüber, welche Jungs sie süß findet.«
Mrs Harding fuhr Cymbeline durch das widerspenstige Haar. »Sharlene ist zwei Jahre älter als du. Nicht mehr lange, und du wirst genau wie sie stundenlang vor dem Spiegel stehen und Frisuren ausprobieren.«
»Ehe ich so werde, bringe ich mich lieber um«, sagte Cymbeline.
»Aber mein Darling, so was sagt man doch nicht, das ist nicht …«, begann Mrs Harding, als die Türglocke erklang. »Da sind sie!«, rief sie erleichtert und strich sich eine vermeintlich lose Strähne aus der Stirn.
»Violet, das sieht ja wieder bezaubernd aus!«, rief eine dicke Frau in einem groß geblümten Kleid von der Tür aus. »Diese Rosen! Wenn ich doch nur dein Händchen für Blumen hätte!«
Der überschwänglichen Mrs Fowler folgten, eingehüllt in die unterschiedlichsten Parfümwolken, drei weitere Damen und ein hoch aufgeschossenes Mädchen von elf Jahren, das ziemlich mürrisch dreinblickte.
»Hallo, Sharlene«, sagte Mrs Harding. »Mein Gott, du bist ja schon wieder gewachsen. Gegen dich ist Cymbeline ja noch ein Baby.«
»Das Mäuschen ist ja auch erst neun«, sagte Mrs Fowler und zupfte Cymbeline an der Wange.
»Ach ja?«, sagte Miss Carrington-Smith. »Ich dachte, die beiden gehen in die gleiche Klasse.« Miss Carrington-Smith war

die Leiterin der Bibliothek und noch ziemlich neu in North Wainbridge.

»Das stimmt auch«, sagte Mrs Harding nicht ohne Stolz. »Cymbeline hat zwei Schuljahre übersprungen.«

»Sie ist sehr intelligent, die Kleine«, sagte Mrs Fowler und kniff Cymbeline in die andere Wange.

Cymbeline hätte sie gerne in die fette Hand gebissen, beherrschte sich aber.

Die verdrießliche Sharlene griff nach einem Heidelbeertörtchen und verkündete kauend: »Miss Portland, unsere Klassenlehrerin, hat gesagt, Cymbeline sei nicht normal.«

»Weil sie so klug ist?«, mischte sich Lady Rushworth ein, eine ältere Dame, die immer nach nassem Hund roch, obwohl sie nur Katzen besaß. »Klugheit bei Frauen galt zu meiner Zeit als nicht *comme il faut*, aber die Zeiten haben sich glücklicherweise geändert.«

»Nein, weil sie Farben sieht«, sagte Sharlene.

»Jeder sieht Farben, wenn er nicht farbenblind ist«, sagte Mrs Fowler, die sich bereits das zweite Törtchen genommen hatte.

»Aber nicht bei Zahlen«, trumpfte Sharlene auf. »Eine Eins ist bei Cymbeline rosa.«

»Violett!«, sagte Cymbeline ungerührt. »Rosa ist die Fünf.«

»Um Himmels willen, was ist das denn schon wieder?«, rief Mrs Harding.

»Das solltest du ernst nehmen, Violet, das ist eine Krankheit«, sagte Mrs Grant, Sharlenes Mutter. »Die hat auch einen Namen, aber den habe ich vergessen.«

»Also von mir hat sie das alles nicht«, sagte Mrs Harding in gespielter Verzweiflung, »das müsst ihr mir glauben.«

»Können wir in Cymbelines Zimmer gehen?«, fragte Sharlene.

»Aber natürlich, spielt nur schön, ihr beiden«, sagte Mrs Harding mit ihrem bezauberndsten Lächeln.

Cymbeline wunderte sich. Bisher hatte keines der Mädchen aus ihrer Klasse ihr Zimmer interessant gefunden. Es gab dort lediglich ein Bett, einen Tisch mit einem Mikroskop darauf und kleine Becherchen voller Spinnenbeine, Schmetterlingsflügel oder Samenkörner. Und natürlich jede Menge Bücher. Die Bücher lagen auf dem Bett, türmten sich davor, stapelten sich auf einem Stuhl. Die wenigsten standen ordentlich im Regal.

Etwas verächtlich ließ Sharlene ihren Blick über das Chaos schweifen, dann grinste sie Cymbeline an. »Hast du Mathe?«

Jetzt begriff Cymbeline. Aus einem Stapel Hefte zog sie das unterste heraus und drückte es Sharlene in die Hand. »Sonst noch was?«, fragte sie.

»Wir sollten doch diesen Versuch mit dem Weizenkorn machen. Du hast das doch bestimmt probiert, nicht wahr?«

Cymbeline zeigte auf ein Glas auf dem Fensterbrett, in dem ein grüner Halm wuchs. »Das war langweilig. Ich will noch ein paar andere Experimente machen. Zum Beispiel, ob der Keim nach unten wächst, wenn da die Lichtquelle ist.«

»Aha«, sagte Sharlene nicht sehr interessiert. »Könntest du nicht sagen, wir hätten zusammengearbeitet? Mein Weizenkorn ist nämlich verschimmelt.«

Jetzt war es an Cymbeline zu grinsen. Sie glaubte Sharlene kein Wort. Sharlene kannte Weizenkörner wahrscheinlich nur in Form von Toastbrot. »Von mir aus, aber dann kannst du mir auch gleich helfen.«

Cymbeline klemmte eine Lampenfassung unter dem Tisch fest. »Dahinten liegt eine Glühbirne, schraub die hier rein und mach das Licht an.«

»Und wenn ich einen Schlag bekomme?«, fragte Sharlene mit verschränkten Armen. »Meine Mutter sagt immer, ich soll die Finger von elektrischen Geräten lassen.«

»Dann guck wenigstens zu, was und wie ich es mache, falls du in der Schule danach gefragt wirst«, sagte Cymbeline und brachte ein Glas mit feuchter Watte und einem Weizenkorn darin so an, dass das Licht von unten hineinfiel.

Dann kroch sie unter den Tisch.

Die Tür öffnete sich. »Ihr seid wohl so in euer Spiel vertieft, dass ihr mein Rufen gar nicht gehört habt«, sagte Mrs Harding. »Ich habe eine sensationelle Neuigkeit für dich, Darling.«

Cymbeline streckte ihren Kopf unter dem Tisch hervor. Im Mund hatte sie die Lampenschnur, in der Hand einen Doppelstecker.

»Jane erzählt mir gerade, dass Sharlene in den Ferien auf ein Kinderschloss nach Schottland fährt. Sehr teuer, sehr exklusiv, etwas wirklich Besonderes …«

Cymbeline nahm die Schnur aus dem Mund

»Nein!«, sagte sie nur.

»Aber Darling! Es wird bestimmt traumhaft schön und deine beste Freundin Sharlene fährt doch auch.«
Bei »beste Freundin« verzog Sharlene den Mund. »Ich weiß gar nicht, ob die so kleine Kinder nehmen«, sagte sie.
»Ab acht«, sagte Mrs Harding und wedelte mit einem bunten Prospekt. »Es steht alles hier drin. Tu mir doch die Liebe und schau es dir wenigstens mal an, ja, Darling?«
Mrs Harding legte den Prospekt auf Cymbelines Bett.
»Komm, Sharlene«, sagte sie. »Wir sollten Cymbeline besser allein lassen, dann kann sie in Ruhe nachdenken.«
»Ich denke nicht daran nachzudenken!«, rief Cymbeline und verschwand wieder unter dem Tisch. »Ich fahr da auf gar keinen Fall hin! Nie im Leben!«

3. Kapitel

Der Zug von Doncaster nach Edinburgh hatte erst zwanzig Minuten Verspätung, das war auf dieser Strecke absolut ungewöhnlich. Trotzdem schaute Mrs Miller ständig auf die Uhr.

»Hoffentlich verpassen wir unseren Anschluss nicht!«, sagte sie zum x-ten Mal.

»Aber Ma, wir haben immer noch über eine Stunde Zeit«, erwiderte Joe.

Seine Mutter hörte nicht zu. Sie wühlte in ihrer Handtasche.

»Oh Gott, wo hab ich denn nur wieder die Fahrkarten?«

»Du hast sie vorhin in deine Manteltasche gesteckt.«

»Ach ja, wirklich?« Mrs Miller zog die Fahrkarten heraus. »Der Zug nach Killkirky geht um 13 Uhr 40 von Gleis 13, kannst du dir das merken?«

»Ja, Ma«, sagte Joe und gähnte. Sie waren sehr früh aufgestanden an diesem Morgen. Unnötig früh. Mrs Miller hatte die ganze Nacht kaum ein Auge zugemacht. Sie litt schrecklich unter Reisefieber und am meisten litt sie natürlich darunter, ihren Liebling vier Wochen lang entbehren zu müssen.

Das Abteil war leer bis auf einen Mann am Gangplatz, der zu schlafen schien.

»Du musst nicht dort bleiben, hörst du?«, sagte Mrs Miller und hielt Joe ein Sandwichpäckchen vor die Nase.
Joe schüttelte den Kopf.
»Musst du nicht. Du rufst mich an und ich hole dich sofort wieder ab.«
»Ich meine, ich hab keinen Hunger«, sagte Joe.
»Als ich zehn war, musste ich für sechs Wochen ins Kinderheim«, erzählte Mrs Miller. »Kaum waren wir da, hab ich angefangen zu weinen. Sechs Wochen lang hab ich nur geweint.«
»Ich krieg kein Heimweh«, sagte Joe.
»Das weiß man vorher nie …«, schniefte Mrs Miller und wischte sich über die Augen.
»Ma!«, sagte Joe.
Der Mann am Gang riss seinen Kopf ruckartig hoch und sah verwirrt zu ihnen herüber.
»Kann ich jetzt ein Sandwich haben?«, sagte Joe schnell.
»Hühnchen oder Erdnussbutter?«, fragte seine Mutter.
»Erdnussbutter, bitte.«
Der Mann am Gang schlug die *Times* auf.
»Und achte darauf, dass du genug Obst und Gemüse isst. Wenn für so viele Kinder gekocht wird, ist das Essen meistens schlecht. Ich hab dir Äpfel eingepackt, die halten sich, und getrocknete Pflaumen für die Verdauung.«
Joe kaute und kaute, aber die Erdnussbutter wollte nicht rutschen, sondern blieb am Gaumen kleben.
»Das ist oft so, dass man in fremder Umgebung nicht aufs Klo kann, ich konnte mal fünf …«, fuhr Mrs Miller fort.

»Ich hab damit kein Problem«, unterbrach sie Joe. Was nicht stimmte. In der Schule konnte er nicht aufs Klo gehen. Die Schulklos waren dreckig und stanken. Außerdem trieben sich dort mit Vorliebe Duncan Fletcher und sein Freund Kevin Barker herum. Wenn Joe sich dann in der Kabine einschloss, traten sie gegen die Tür oder stiegen in der Nachbarkabine aufs Becken und bewarfen ihn über die Trennwand mit Klopapierrollen.

»Und trink ja kein Leitungswasser. Nicht dass du wieder diesen schrecklichen Durchfall bekommst.«

»Ma!«, sagte Joe leise und sah zu dem Mann am Gang, doch der schien von dieser peinlichen Unterhaltung nichts mitzubekommen, sondern blätterte ungerührt in seiner Zeitung.

Doch dieser Eindruck täuschte. Als Mrs Miller das Abteil verließ, um sich »frisch zu machen«, ließ der Mann die Zeitung sinken und sah Joe mitleidig an. »Manchmal ist es für einen Jungen in deinem Alter ganz gut, für ein paar Wochen von zu Hause wegzukommen«, sagte er. Joe konnte nur nicken, denn er spürte, wie ihm vor Demütigung die Tränen in die Augen schossen.

Um 13 Uhr 29 kamen sie in Edinburgh an. Aber der Zug nach Inverness mit Halt in Killkirky fuhr nicht von Gleis 13 ab. Gleis 13 war eine Baustelle. Wie ein aufgescheuchtes Huhn flatterte Mrs Miller durch den Bahnhof und fragte jeden, der ihr über den Weg lief, nach dem richtigen Gleis.

Natürlich wurden sie kreuz und quer geschickt, sodass sie den Zug erst in allerletzter Minute erreichten.

»Das war knapp!«, stöhnte Mrs Miller und ließ sich schwer atmend auf einen Sitz plumpsen.

Joe schaute neugierig aus dem Fenster. Jetzt waren sie bereits in Schottland, und obwohl er sich fest vorgenommen hatte, sich nicht zu freuen, um nicht enttäuscht zu werden, spürte er das untrügliche Kribbeln von Vorfreude.

Sanfte grüne Hügel zogen am Fenster vorbei, allmählich wurden sie höher und rauer, schroffe graue Zacken ragten in den blauen Himmel.

»Ich hoffe ja für dich, dass sich das Wetter hält«, sagte Mrs Miller. »Das wäre für Schottland allerdings sehr ungewöhnlich. Für alle Fälle hab ich dir die dicke Jacke eingepackt und lange Unterhosen.«

»Danke, Ma«, sagte Joe und wusste, dass er weder das eine noch das andere anziehen würde.

Und dann erreichten sie Killkirky.

»Hoffentlich klemmt die Tür nicht«, sagte Mrs Miller. »Wir haben nur zwei Minuten Aufenthalt.«

Mit einem Quietschen, das in den Ohren schmerzte, kam der Zug zum Stehen. Mrs Miller drückte den Türgriff herunter. Nichts. Die Tür klemmte. Sie klemmte wirklich.

»Wir kommen nicht raus!«, rief Mrs Miller mit der schrillen Stimme, die sie in solchen Situationen bekam. Aber genau in dem Augenblick wurde die Tür von außen aufgerissen und ein Clown mit aufgemaltem Lachen nahm Mrs Miller den Koffer ab und reichte ihr galant den Arm.

»Du musst Giovanni Miller sein«, sagte der Clown, als Joe auf

dem Bahnsteig stand. »Ich heiße Balthazar.« Er zeigte auf ein herzförmiges Namensschild an seinem über und über mit Flicken besetzten Jackett. »Schön, dass du da bist, auf *Fairytale Castle* warten schon alle auf dich.« Er lachte vergnügt, wobei sein kugelrunder Bauch auf- und abwippte.
»Das ist aber eine nette Begrüßung«, sagte Mrs Miller, aber Joe merkte, dass ihr dieser Auftritt nicht sehr seriös erschien. Als der Clown zum Ausgang ging, folgte sie mit einigem Abstand. Und Joe benutzte die Gelegenheit, Balthazar hastig zuzuflüstern: »Bitte nennen Sie mich Joe, nicht Giovanni, bitte!«
Der Clown zwinkerte Joe verschwörerisch zu. »Aber klar doch, Joe. Von mir erfährt keiner was.«
Vor dem Bahnhof blieb Balthazar vor einem bunt bemalten Jeep stehen. Mrs Miller zierte sich etwas. »Das ist ja ein sehr rustikales Gefährt«, sagte sie.
»In den Highlands kommen Sie ohne Allradantrieb nicht weit«, sagte der Clown und half ihr beim Einsteigen. »Außerdem brauchen wir einen starken Wagen für den Pferdeanhänger.«
»Es gibt Pferde bei Ihnen?«, fragte Joe.
»Aber ja, du kannst gleich morgen reiten«, sagte der Clown und ließ den Motor an.
Joe schüttelte den Kopf. »Ich reite nicht, ich habe Angst vor Pferden.«
»Kein Problem, du bist auf alle Fälle genau richtig bei uns.« Der Clown lächelte. Und dieses Lächeln war echt und nicht aufgemalt.

Miranda hatte fast ein schlechtes Gewissen. Konnte sie sich so freuen, wenn es ihrer Mutter nicht gut ging und ihr Vater so beunruhigt war?
Auch jetzt, kurz bevor Vater und Tochter ins Auto steigen sollten, sah Mr Foster seine Frau besorgt an: »Fühlst du dich auch wirklich gut? Die Nummer von Dr. Lawson habe ich eingespeichert. Nimm dir das Telefon mit ans Bett, dann musst du nicht aufstehen.«
Miranda umarmte ihre Mutter ganz vorsichtig. Doch die drückte sie fest an sich. »Ich wünsche dir wundervolle Ferien, mein Liebes.«
»Ich schreibe euch ganz oft«, sagte Miranda.
»Vergiss vor allem nicht Tante Prudence zu schreiben, ihr verdankst du schließlich alles.«
Das stimmte, die alte Dame hatte einen Großteil der Kosten für den vierwöchigen Aufenthalt auf *Fairytale Castle* übernommen. »Ich gebe lieber mit warmen Händen als mit kalten«, hatte sie gesagt und Miranda war ihr wirklich von ganzem Herzen dankbar und hatte sich vorgenommen, nie wieder über sie zu spotten.
»Schlaf doch ein wenig«, sagte ihr Vater, als er den Koffer ins Auto lud. »Die Fahrt wird lang.«
Aber Miranda konnte nicht schlafen, sie schlug den Prospekt auf, den Mr Singh ihr gegeben hatte.
Kommst du, schöne Prinzessin? Ich erwarte dich auf meinem Schloss!
»Ich komme!«, flüsterte Miranda. Zum hundertsten Mal betrachtete sie die Bilder. Morgen früh würde sie in den Mauern

von *Fairytale Castle* erwachen. Auf einem Pferd durch den Wald reiten, am Bach stehen mit einer Angel, genau wie die Kinder auf dem Foto. Vier lange Wochen würde sie im Paradies sein.

Und danach? Doch Miranda konnte jetzt ohne diesen fiesen Stich der Eifersucht an das Baby denken, fast freute sie sich auf den kleinen Kerl. Seit zwei Tagen wussten sie nämlich, dass es ein Junge werden würde, und irgendwie änderte das alles. Sie sah ihren Vater an. »Meine Lieblingstochter« nannte er sie oft scherzhaft. Und seine Lieblingstochter würde sie bleiben, das war mal klar.

Als sie London verlassen hatten und auf der Autobahn gen Norden fuhren, schlief Miranda ein. Und wie so oft träumte sie von Mr Singh. Er nahm sie bei der Hand und geleitete sie über breite Stufen zum Schloss hinauf. Doch die Treppe nahm kein Ende, immer höher und höher ging es und immer steiler und steiler wurde es. Schließlich drehte Mr Singh sich zu ihr um und sagte: »Nun bist du am Ziel, schöne Prinzessin.«

Vor Miranda öffnete sich ein Tor, gleißendes Licht strömte daraus hervor, und gerade als Miranda eintreten wollte, drückte Mr Singh lachend auf eine riesengroße Hupe in seiner Hand.

»Dieser Idiot!«, rief Mr Foster.

Miranda schlug die Augen auf.

»Links überholen! Wo gibt's denn so was?«

»Wie weit ist es denn noch?«, fragte Miranda schläfrig.

»Da musst du dich noch ein Weilchen gedulden, mein Mädchen«, sagte Mr Foster.
Kurz vor Edinburgh hielten sie auf einem Parkplatz an und stiegen aus. Miranda schlenkerte ihre Arme und Beine hin und her, in dem kleinen Auto saß man nicht sehr bequem, während Mr Foster auf dem Handy Mirandas Mutter anrief.
Er entfernte sich ein paar Schritte, sodass Miranda nicht hören konnte, was er sprach.
Leise Unruhe beschlich sie.
»Was hat sie gesagt?«, fragte Miranda, als ihr Vater wieder ins Auto stieg.
»So weit alles in Ordnung«, sagte Mr Foster. »Trotzdem werde ich noch heute nach London zurückfahren.«
»Aber du wolltest doch in Killkirky übernachten?«
»Ich hab einfach keine Ruhe«, sagte Mr Foster und ließ den Motor an.
Hinter Edinburgh wurde die Landschaft wunderschön, auf sattgrünen Hügeln erhoben sich Burgen und Schlösser, manche waren verfallen, aber selbst die Ruinen sahen malerisch aus. Es war bereits spät am Nachmittag, als sie Killkirky passierten.
»Von hier aus sollen es nur noch zehn Meilen sein«, sagte Mr Foster und schielte auf die Karte. »Der Abzweig müsste gleich kommen.«
»Da!«, rief Miranda. »Da ist ein Schild!«
Fairytale Castle stand in leuchtend bunten Buchstaben auf einem hölzernen Wegweiser.

Mr Foster bog nach links in eine schmale Straße ein, die sich einen Hügel hinaufwand. Die letzten vereinzelten Häuser verschwanden, bald waren nur noch weidende Schafe zu sehen, dann nicht einmal mehr die.

»Hier ist es ja richtig einsam«, sagte Mr Foster.

Miranda kurbelte das Fenster ein Stück herunter.

»Hm, wie gut die Luft riecht!«

»Pass mal auf, du wirst gar nicht mehr in unser stinkendes London zurückkehren wollen«, lachte Mr Foster.

Dann sahen sie es beide gleichzeitig: *Fairytale Castle!* Wie eine Trutzburg erhob es sich auf einem Berg, sah aus der Ferne eher abweisend aus.

Aber der Eindruck verschwand, als sie durch ein steinernes Tor auf das Schloss zufuhren. Luftballons, hunderte und aberhunderte von bunten Luftballons schmückten das Portal, Musikfetzen drangen an Mirandas Ohr: Sie waren da!

Cymbeline stand vor dem Schloss und hielt einen roten Luftballon in der Hand. Sie hatte gar keinen gewollt, aber einer der Clowns, die überall herumliefen, hatte ihn ihr in die Hand gedrückt.

Sie waren relativ früh angekommen. Cymbeline, ihre Mutter, Sharlene und Mrs Grant waren von Birmingham aus nach Edinburgh geflogen und von dort mit einem Leihwagen nach *Fairytale Castle* gefahren. Mrs Harding hatte alles arrangiert, bezahlt und wollte mit Mrs Grant so schnell wie möglich zurück nach Edinburgh, um dort ein wenig zu shoppen, teuer

essen zu gehen und anschließend im Fünfsternehotel *Balmoral* zu übernachten.
Mrs Harding war die ganze Zeit über ausgesprochen gut gelaunt gewesen. Die Aussicht auf vier Wochen, in denen sie ohne Rücksicht auf Mann und Tochter ihren Interessen nachgehen konnte, hatte sie sogar Mr Harding gegenüber versöhnlich gestimmt. Seit klar war, dass Cymbeline mit Sharlene fahren würde, herrschte eine fast friedliche Stimmung im Hause Harding. Professor Harding würde sich nach Stratford upon Avon begeben, um in Shakespeares Geburtshaus nach dem verschollenen Theaterstück zu suchen, und Mrs Harding wollte nach Italien, auf eine Schönheitsfarm in Montecatini, um dort Schlamm- oder Milchbäder zu nehmen, so genau wusste sie das nicht, auf jeden Fall aber welche, um noch schöner zu werden, als sie es sowieso schon war.
Während Cymbeline mit dem Luftballon in der Hand dastand und die Neuankömmlinge betrachtete, die aus den Autos stiegen, überlegte sie, dass es doch ziemlich klug von ihr gewesen war nachzugeben. Vielleicht würde eine Trennung ihren Eltern gut tun. Vielleicht würden sie sich wieder neu ineinander verlieben …
Streit hatte es allerdings noch gegeben, als es darum ging, wer von beiden Ginger mit in die Ferien nehmen durfte. Und auch hier ergab sich unerwartet eine friedliche Lösung. Mrs Harding hatte eingesehen, dass ein Labrador sich weder in einem Schlamm- noch in einem Milchbad gut machen würde, und Mr Harding schätzte zwar Gingers Spürnase, aber ob die sich ein-

setzen ließ, um ein über 400 Jahre altes Theaterstück zu finden, war doch mehr als zweifelhaft. Also waren Cymbelines Eltern übereingekommen, Ginger in der Obhut von Rani und Mr Witherspoon, dem Gärtner, zu lassen. So mussten beide auf ihren Liebling verzichten, was ihnen offensichtlich schwerer fiel als der Verzicht auf ihre Tochter.
Gerade fuhr ein Jeep mit einem Clown am Steuer durch das steinerne Tor und bahnte sich laut hupend seinen Weg durch die kreuz und quer zugeparkte Auffahrt.
Als er jetzt unweit von Cymbeline anhielt, stieg ein dicklicher Junge aus. Hinter ihm quälte sich eine korpulente Dame, offensichtlich die Mutter, aus dem Jeep. Die beiden sahen alles andere als glücklich aus.
Während die Mutter dem Clown, der einen Koffer trug, ins Schloss nacheilte, als habe sie Angst um das Gepäck, blieb der Junge stehen und sah sich um.
»Cymbeline, Darling, komm und schau dir dein Zimmer an!«, rief da Mrs Harding. »Es heißt ›Traumfängerstube‹ und ist wirklich ein Traum!«
Cymbeline ließ den Luftballon los. Er drehte sich einmal um sich selbst und schwebte dann ganz langsam immer höher, bis er über den Bäumen verschwand. Wenn sie sich doch auch einfach in die Luft erheben und fortfliegen könnte, dachte Cymbeline. Dann folgte sie ihrer Mutter ins Schloss.
Von einem langen Gang im ersten Stock, in dem Ritterrüstungen standen, die eindeutig schon bessere Tage gesehen hatten – einigen fehlte der Helm, anderen der Harnisch –, führten

bunt bemalte Türen in die Zimmer der Kinder. Jedes trug einen anderen märchenhaften Namen.
In der Traumfängerstube standen drei Betten. Die Wände waren himmelblau gestrichen und mit Sternen und einem freundlich lächelnden Mond bemalt.
»Ist das nicht entzückend?«, sagte Mrs Harding.
»Das ist falsch«, sagte Cymbeline. »Dem Großen Wagen fehlt die Deichsel und dem Orion der Gürtel. Siehst du?«
Mrs Harding zog eine kunstvoll nachgestrichelte Augenbraue hoch. Ihr Blick besagte: Hoffnungslos, einfach hoffnungslos.
Sharlene hatte in dem winzig kleinen Bad bereits Bürsten, Haargels und Deos verteilt, sodass gerade mal Platz für Cymbelines Zahnbürste blieb. Jetzt wuchtete sie ihren Koffer auf das Bett am Fenster und verstaute mithilfe ihrer Mutter die Sachen im Schrank.
»Kann ich dein Fach mitbenutzen?«, fragte sie Cymbeline. »Du hast bestimmt nicht so viel mitgenommen wie ich.«
»Da wollte ich eigentlich meine Bücher reintun«, sagte Cymbeline.
»Bücher?«, rief Mrs Harding. »Du hast doch nicht etwa Bücher mitgeschleppt!«
Cymbeline öffnete ihren Koffer und Mrs Harding schnappte nach Luft. »Das kann doch nicht wahr sein! Wo sind denn all deine Sachen?«
Der Koffer war voller Bücher. Cymbeline zog einen zerdrückten Pulli und eine Jeans heraus. »Die anderen Sachen hab ich zu Hause gelassen«, sagte sie ungerührt. »Ich brauchte Platz.«

»Cymbeline! Du bist vier Wochen hier, du kannst doch nicht jeden Tag dasselbe anziehen!«

»Kann ich wohl«, erwiderte Cymbeline und stapelte die Bücher auf ihrem Nachttisch. »Ich kann jeden Tag dasselbe anziehen, aber nicht jeden Tag dasselbe lesen.«

»Sie kann zur Not ja etwas von Sharlene haben«, sagte Mrs Grant. »Die hat genug mit, nicht wahr, Sharlene?«

Sharlene funkelte ihre Mutter wütend an und zog einen giftgrünen Pulli aus dem Schrank. »Von mir aus kann sie den haben, der kratzt sowieso.«

»Entschuldigung, bin ich hier richtig in der Traumfängerstube?«, fragte ein Mädchen, das in der offenen Tür stand.

»Steht doch draußen dran«, sagte Sharlene, und als das Mädchen zum Fenster gehen wollte, fügte sie schnell hinzu: »Das Bett da gehört mir!«

»Ich wollte nur mal rausschauen. Ist es nicht einfach großartig hier?«

Das Mädchen hatte das Fenster geöffnet und beugte sich hinaus, dann drehte sie sich um. »Ich heiße übrigens Miranda. Und ihr?«

Joe holte tief Luft. Er betrachtete das Schloss. Es war nicht schön, noch nicht einmal besonders groß. Ein Klotz aus rotem Backstein mit schnurgeraden Fensterreihen. An der Außenseite erhob sich ein quadratischer Turm mit Bogenfenstern, an dessen Spitze eine Fahne im Wind flatterte. Er sah älter aus als der Rest des Gebäudes. Das Eingangsportal, zu dem breite

Stufen führten, war rechts und links von je einer Säule flankiert. Auf der einen hockte ein steinerner Adler, von seinem Gegenstück waren nur noch die Klauen übrig. Joe hielt jedes Detail mit seinen Blicken fest. Seine Mutter hatte ihm den alten Fotoapparat seines Vaters herausgesucht, aber er hatte ihn vergessen, mit Absicht. Um seiner Mutter einen Gefallen zu tun, hatte er im letzten Sommer in Bournemouth fotografiert und hinterher festgestellt, dass keines der Fotos den Bildern entsprach, die er im Kopf hatte. Ja, schlimmer noch, ihm schien, als habe jedes Foto eine Erinnerung ausgelöscht. So hatte er zwar eine Aufnahme davon, wie Amy Churchill einen Eimer voller Quallen auf dem nackten Bauch ihrer dösenden Mutter ausgoss, aber er erinnerte sich nicht mehr an diesen Moment. Nicht an das Geschrei von Mrs Churchill, nicht an Amys Gelächter, das es doch zweifellos gegeben haben musste, und nicht an die Farbe der Quallen, denn es war ein Schwarzweißfoto gewesen.

Die Kinder und ihre Eltern verschwanden nach und nach im Schloss. Ein Mädchen weinte, weil sein Luftballon geplatzt war, ein Junge hielt stolz fünf Ballons in der Hand, war aber nicht bereit, einen davon abzugeben.

Jetzt ging ein Mädchen in Begleitung eines hoch gewachsenen Mannes auf das Portal zu. Das Mädchen trug Zöpfe. Das war ungewöhnlich, keins der Mädchen in Joes Klasse hatte Zöpfe. Ohne dass er hätte sagen können, warum, fand Joe diese Zöpfe beruhigend.

Gerade als das Mädchen und der Mann durch das Portal gin-

gen, drängte sich Mrs Miller von drinnen an den beiden vorbei. »Giovanni!«, rief sie. »Giovanni! Wo bleibst du denn? Willst du nicht dein Zimmer sehen?«
Joe wurde rot. Ob das Mädchen mit den Zöpfen diesen albernen Namen gehört hatte? Mit gesenktem Kopf ging er auf die Treppe zu.

Es herrschte ein unglaublicher Trubel im Schloss. Kinder und ihre Eltern, alles lief durcheinander auf der Suche nach dem richtigen Zimmer.
Und zwischendurch bemühten sich die Clowns, Ordnung in das Chaos zu bringen. »Du bist nicht im ›Wolkenkuckucksheim‹, Sarah Bucknell, sondern im ›Feengarten‹«, sagte ein Clown in seidenen Pluderhosen und nahm ein weinendes Mädchen an die Hand.
Joes Zimmer hieß »Räuberburg« und die Wände waren mit Bäumen und finster aussehenden Gestalten bemalt, die hinter den Bäumen lauerten.
»Hoffentlich bekommst du keine Albträume«, sagte Mrs Miller besorgt. »Das sieht ja zum Fürchten aus.«
Joe fürchtete sich viel mehr vor den Jungs, mit denen er die Räuberburg teilen musste, und er war sehr erleichtert, als die beiden kurz nacheinander eintrafen. Sie waren jünger als Joe und wirkten ziemlich harmlos. Der eine, ein spindeldürres Bürschchen mit Namen Harry, setzte gerade einen abgegriffenen Teddy auf das Kopfende seines Bettes. Der andere Junge, ein strohblonder Knirps, klammerte sich an seine Mutter und

schluchzte bitterlich. »Bitte, Mummy, bitte lass mich nicht allein hier!«

Der Mutter, einer großen Blondine mit auffallender Brille, war das Verhalten ihres Kindes offenbar peinlich. »So nimm dich doch zusammen, Daniel, du bist doch kein Baby mehr!«

Daraufhin weinte Daniel nur noch mehr.

Harry hielt ihm seinen Teddy hin und Mrs Miller sagte: »Du bist nicht allein, mein Kleiner. Mein Giovanni ist auch sehr traurig, dass er seine Ma ganz furchtbar lange nicht sieht.«

Für den armen Daniel war das natürlich kein Trost, ganz im Gegenteil. Seine Mutter warf Mrs Miller einen bösen Blick zu. Aber die bemerkte es nicht, sie fuhr mit dem Zeigefinger prüfend über den Nachttisch, dann hockte sie sich hin und spähte unter das Bett. »Also so was! Das ist doch …« Sie zog eine staubbedeckte Socke hervor.

»Die liegt doch schon seit Wochen hier! Können die denn nicht sauber machen?«

Da ertönte ein Gong und eine Lautsprecherstimme dröhnte: »Wir bitten alle Kinder und ihre Eltern in den Großen Saal! Bitte kommen Sie alle in den Großen Saal!«

Der Große Saal war in der Tat groß. Er nahm fast das gesamte Untergeschoss des Schlosses ein. An der Stirnseite gab es einen riesigen Kamin, in dem man gut und gerne einen ausgewachsenen Ochsen hätte braten können. Die gegenüberliegende Seite war mit gekreuzten Lanzen und stockfleckigen Fahnen geschmückt. Auf weiß gedeckten Tischen standen

Schalen mit Gebäck, Saftgläser und Teetassen für die Erwachsenen. Eine hagere, ältere Frau in weißer Schürze ging zwischen den Tischen herum und goss Tee und Saft ein.

Miranda und ihr Vater setzten sich an einen Tisch nahe am Ausgang. »Ich weiß ja nicht, wie lange das hier dauert«, sagte Mr Foster und blickte auf seine Uhr. »Aber spätestens in einer halben Stunde möchte ich aufbrechen.«

»Miranda Foster?« Ein Clown war zu ihnen getreten. Sein Namensschild wies ihn als Caspar aus. »Du sitzt an dem Tisch da drüben, zusammen mit den Mädchen aus der Traumfängerstube und dem Feengarten.«

Schnell umarmte Miranda ihren Vater und folgte dem Clown zu einem Tisch in der Nähe des Kamins. Sie sah sich um in der Hoffnung, irgendwo Mr Singh zu entdecken. Aber keine Spur von ihm.

Neben Cymbeline war ein Platz frei. Das war Miranda ganz recht, denn obwohl Sharlene ihr im Alter näher stand, fand sie diese nicht sehr sympathisch.

Als alle Platz genommen hatten, stellte sich ein Mann im Schottenrock unter die gekreuzten Lanzen und begann auf einem Dudelsack zu spielen. Der Dudelsack quietschte und pfiff, aber der Schotte sah sehr malerisch aus; und es kehrte Ruhe im Saal ein.

Nun lief ein Clown auf Händen quer durch den Saal, schlug ein paar Saltos rückwärts, kam zum Stehen und verbeugte sich nach allen Seiten.

Alles klatschte.

»Ich begrüße Sie alle recht herzlich auf *Fairytale Castle*«, sagte der Clown. »Natürlich ganz besonders die Kinder, die hier vier unvergessliche Wochen verleben werden. Vielleicht hatten Sie, liebe Eltern, ja schon Zeit, sich ein wenig umzuschauen. Dann haben Sie bemerkt, dass es bei uns wirklich alles gibt, was Kinderherzen erfreut: Pferde zum Beispiel und Mountainbikes, Tennisplätze, einen Pool sowie unseren phantastischen Abenteuerspielplatz.«

»Und was ist bei schlechtem Wetter?«, rief Mrs Miller. »Nicht dass die Kinder sich erkälten.«

»Es gibt kein schlechtes Wetter, gnädige Frau, nur unpassende Kleidung«, erwiderte der Clown. »Aber keine Angst, natürlich gibt es auch genug Möglichkeiten hier im Schloss, wir haben jede Menge Angebote, die die Kreativität und Phantasie der Kinder fördern: Töpfern, Malen, Basteln.«

Beifälliges Raunen war zu hören, ein Mann sagte laut: »Bei dem Preis kann man das ja wohl erwarten.«

Der Clown ließ sich nicht beirren und sprach weiter: »Ich möchte noch kurz den Tagesablauf erläutern: Wecken um sieben Uhr dreißig, um acht Uhr gibt es Frühstück. Ab acht Uhr dreißig beginnen die verschiedenen Aktivitäten. Lunch um ein Uhr, danach folgen die Nachmittagskurse. Um sechzehn Uhr bekommen die Kinder Tee oder Saft und danach können sie sich bis zum Dinner um achtzehn Uhr ganz nach Belieben weiter austoben.«

»Was ist mit Vegetariern?«, rief eine magere Frau. »Meine Tochter isst kein Fleisch.«

»Auch dafür ist gesorgt«, sagte der Clown. »Zum Lunch gibt es ein Büffet mit frischen Salaten, an dem die Kinder sich bedienen können.«
»Gott sei Dank«, sagte Cymbeline.
»Magst du kein Fleisch?«, fragte Miranda.
»Ich esse nichts mit Fell«, erwiderte Cymbeline ernst. »Nur was mit Federn oder Schuppen.«
Sharlene tippte sich an die Stirn und verdrehte die Augen.
»Fisch mag ich ja gar nicht«, sagte Miranda, ohne auf Sharlene zu achten. »Aber Hühnchen esse ich auch sehr gern.«
»Hoffentlich gibt's kein Haggis«, sagte ein kräftiges Mädchen mit krausem Haar, das sich als Patricia vorgestellt hatte.
»Was ist das denn?«, fragte Sharlene.
»Gehacktes Eingeweide, das man mit Kartoffeln in einen Schafsdarm stopft und kocht«, erklärte Patricia. »Das essen alle Schotten.«
»Abartig«, sagte Sharlene.
In diesem Moment klingelte ein Handy. Ein Mann in schwarzem Anzug stand auf und trat mit einem entschuldigenden Achselzucken an eines der großen Fenster, um zu telefonieren.
Der Clown hielt eine Hand an sein Ohr und machte pantomimisch den Mann nach, der jetzt wichtig in sein Handy brüllte. Alles lachte.
»Bitte verstehen Sie, dass Handys im Schloss nicht erlaubt sind«, sagte der Clown. »In der Eingangshalle befindet sich ein Kartentelefon.«

Mrs Miller kramte in ihrer Handtasche. »Ich hatte doch noch eine ganz neue Telefonkarte, wo ist die nur?«
»Aber machen Sie sich bitte keine Sorgen, wenn sich ihre Sprösslinge nicht bei Ihnen melden. Sie werden einfach zu beschäftigt sein.«
»Wo ist Mr Singh?«, fragte der Mann, der die Bemerkung über den Preis gemacht hatte.
»Genau, wo ist Mr Singh? Nur wegen ihm ist meine Tochter hier!«, rief eine Mutter.
Der Clown hob beschwörend die Hände. »Mr Singh ist noch für ein paar Tage in London zu Dreharbeiten. Aber danach kommt er sofort hierher und wird die Kinder jeden Abend mit seinen wundervollen Geschichten erfreuen.«
Mrs Miller wedelte aufgeregt mit dem Arm. »Ich hab eine Frage, bitte!«
»Aber ja doch, Madam. Was möchten Sie wissen?«
Joe wandte sich ab, er ahnte, was gleich kam.
»Was ist, wenn etwas passiert, also ich meine, wenn eins der Kinder einen Unfall hat oder krank wird? Mein Sohn ist sehr empfindlich, er hatte schon mehrmals Mittelohrentzündung und …«
»Sie können wirklich ganz unbesorgt sein, Madam, alle Betreuer haben eine Ausbildung in erster Hilfe. Und für wirklich schwere Fälle steht uns rund um die Uhr ein Arzt aus Killkirky zur Verfügung.«
Mrs Miller machte den Mund auf und wollte noch etwas sagen, aber der Clown winkte den Dudelsackspieler herbei.

»Mr MacDuff, der gute Geist des Schlosses, wird Ihnen jetzt noch etwas vorspielen, und dann möchten wir alle Eltern bitten, sich von ihren Kindern zu verabschieden«, schloss der Clown. »Sie können ganz beruhigt nach Hause fahren, ihre Lieblinge sind bei uns in den allerbesten Händen!«

In dieser Nacht lagen drei Kinder aus den unterschiedlichsten Gründen wach.
Joe fühlte, wie sich ein dicker Kloß in seiner Kehle bildete. Bekam er etwa doch Heimweh? Er sah das verzweifelte Gesicht seiner Mutter vor sich, als sie sich von ihm verabschiedet hatte. Sie war nun vier Wochen lang ganz allein. Sie tat ihm so schrecklich Leid. Und er selbst tat sich auch Leid. Er wusste jetzt schon, dass es ihm auf *Fairytale Castle* nicht gefallen würde.
Nachdem die Eltern abgefahren waren – ein Vater hatte Mrs Miller in seinem Rover mit zum Bahnhof genommen, sodass sie nicht wieder in den Jeep klettern musste –, hatten die Clowns ein Kennenlernspiel veranstaltet: Jedes Kind musste seinen Namen auf einen Zettel schreiben und in einen Korb legen. Dann wurde der Korb geschüttelt, jeder zog einen Zettel, musste dann das Kind suchen, dessen Name auf dem Zettel stand, und es nach seinen Hobbys, Geschwistern, Vorlieben und Abneigungen befragen.
Joe hasste solche Spiele, doch immerhin wusste er jetzt, dass das Mädchen mit den dunklen Zöpfen Miranda hieß. Ihren Zettel hatte er aber nicht gezogen, sondern den von einem

Jungen namens Gregory Wentworth. Gregory hatte abstehende Ohren und sein Hobby war Fußballspielen. Sie merkten beide ziemlich schnell, dass sie nichts gemeinsam hatten. Zu seiner Beruhigung hatte Joe festgestellt, dass offenbar kein Duncan Fletcher unter den Jungs war, keiner, der bereits zu Beginn das große Wort führte und sich aufspielte.
Und trotzdem machten ihm die vielen Kinder Angst und er hatte nur ein Bedürfnis: sich zu verstecken. Nun, Verstecke würde es in diesem alten Gemäuer sicher zur Genüge geben.

Cymbeline saß am Fenster und schaute hinauf zu den Sternen. Die Nacht war klar. Der Große Wagen und der Orion waren deutlich zu erkennen. Da! Eine Sternschnuppe löste sich und verglühte am Himmel. Zu spät, Cymbeline war so fasziniert von dem Anblick gewesen, dass sie vergessen hatte, sich etwas zu wünschen. Aber das war ja sowieso Aberglaube.

Miranda sah die kleine Gestalt, die da regungslos am Fenster saß. Die Einzige, die schlief, war anscheinend Sharlene. Auch Miranda hätte gern aus dem Fenster geschaut, aber sie wollte Cymbeline nicht stören. Vielleicht hatte sie ja Heimweh. Die jüngeren Kinder waren beim Abendessen doch recht schweigsam gewesen, obwohl die Clowns sich alle Mühe gegeben hatten sie aufzuheitern.
Miranda musste von niemandem aufgeheitert werden, sie platzte fast vor Glück. Dieses märchenhafte Schloss, die weite Landschaft, das alles würde für vier unendlich lange Wochen

ihr gehören. Der einzige Wermutstropfen war, dass sie nicht würde angeln können. Auf ihre Frage hatte einer der Clowns geantwortet, dass der Bach im letzten trockenen Sommer leider versiegt sei. Aber schließlich gab es da noch die Pferde, den Swimmingpool und … und … Es fehlte nur noch Mr Singh. Miranda freute sich schon auf das Gesicht, das er machen würde, wenn er sie sah.

4. Kapitel

Ein wunderbarer Morgen begrüßte die Kinder auf *Fairytale Castle*.

Miranda war schon früh wach geworden. Sie saß auf dem Bett und zog sich Socken an, sie wollte unbedingt noch vor dem Frühstück hinaus, um sich in Ruhe alles anzuschauen.

Lächelnd sah sie hinüber zu dem Bett an der Tür. Cymbeline war über ihrem Buch eingeschlafen. Ihre Finger hielten noch die Seiten fest, als wollte sie gleich weiterblättern. Daneben lag eine Taschenlampe, deren Batterie jetzt bestimmt leer war. Sharlene schlief ebenfalls noch, sie drehte sich gerade grunzend zur Seite.

Als Miranda auf den Flur trat, fröstelte sie. Durch das verschmutzte Buntglasfenster am Ende des Ganges drang kaum Licht. Schnell lief sie an den Zimmern mit den märchenhaften Namen vorbei und die breite Treppe hinunter, die in die Halle führte.

Hier fiel das Sonnenlicht in breiten Bahnen durch die großen, bleiverglasten Fenster. Miranda wollte die große Eingangstür aufziehen, aber sie war verschlossen. Sie sah sich um. Links gab es zwei Türen, rechts drei. Hinter der einen war Geschirrklappern zu hören, das musste die Küche sein, die Tür daneben stand einen Spalt offen. Miranda schlüpfte hinaus und gelangte auf einen gepflasterten Hof. Hier parkte der mit bunten Blumen und Kringeln bemalte Jeep, daneben stand ein dunkelgrüner Mini. Miranda lief über den Hof und um die Ecke zum Haupteingang, stellte sich neben eine Säule und atmete tief durch. Wie wundervoll doch alles war. Die Hügel im Hintergrund trugen einen flusigen Saum aus Frühnebel, der sich langsam hob. Auf dem sorgfältig gemähten Rasenrondell vor dem Schloss glitzerten Tautropfen wie Perlen in grünem Samt. Es war so schön, dass es fast wehtat.

Wo sollte Miranda als Erstes hingehen? Zu den Pferden, beschloss sie. Die Pferdekoppel lag hinter dem Schloss. Gestern war sie mit ihrem Vater kurz dort gewesen, aber viel zu viele Kinder hatten sich am Gatter gedrängt und versucht die Tiere zu streicheln. Zu dieser frühen Stunde würde Miranda ganz allein sein.

Vier Pferde standen auf der Weide. Zwei gescheckte Shettys, ein dunkelbraunes Connemara-Pony und ein weißer Araberhengst.

»Na, komm, komm her, mein Schöner!« Miranda streckte die Hand aus. Sie hatte beim Abendessen ein paar Zuckerwürfel eingesteckt. Der Schimmel trabte heran, schnupperte an Mirandas Hand und nahm dann ganz zart das Zuckerstück auf. Miranda strich ihm über das weiche Maul. Was für wundervolle dunkle Augen das Tier hatte, mit so langen hellen Wimpern …

»Was machst du hier!«, ertönte da barsch eine Stimme.
Miranda fuhr herum, der Schimmel wieherte kurz und galoppierte davon.
Ein bulliger Mann, in dem Miranda den Dudelsackspieler vom Vortag erkannte, sah sie böse an.
»Ich wollte doch nur ... ich wollte mir die Pferde anschauen«, sagte Miranda verstört.
Der Mann hatte einen Zahnstocher im Mund. »Reitstunde ist nach dem Frühstück«, sagte er. »Ohne Aufsicht zu den Pferden gehen ist zu gefährlich. Einem Kind ist schon mal der Finger abgebissen worden.«
Miranda steckte schnell die Hand in die Hosentasche.
»Ich bin MacDuff, der Hausmeister«, sagte der Mann nun etwas freundlicher und ließ den Zahnstocher vom rechten Mundwinkel in den linken wandern. »Ich kümmere mich darum, dass auf *Fairytale Castle* alles seine Ordnung hat.«
Miranda sah sehnsüchtig zu dem Araberhengst, der in einiger Entfernung ruhig graste.
»Wie heißt er? Ich meine, der Schimmel.«
»Dancer«, sagte der Mann. »Aber nun geh mal zurück ins Haus. In einer halben Stunde gibt's Frühstück.«
Miranda lief am Tennisplatz und einem kleinen Swimmingpool vorbei zum Schloss zurück. Im Großen Saal war die hagere Frau mit der weißen Schürze gerade dabei, die Tische für das Frühstück zu decken.
Miranda hatte keine große Lust, wieder auf ihr Zimmer zu gehen. »Soll ich Ihnen helfen?«, fragte sie.

Die Frau starrte sie an. »Ich mach das schon«, sagte sie nicht sehr freundlich.
»Hoppla, hallo, was treibet dich schöne Maid so früh aus deiner Kemenate?« Der Clown, der sie gestern an ihren Tisch geführt hatte, trippelte, einen Stapel Teller auf einer Hand balancierend, in den Saal.
»Heiße Caspar, habe die Ehre«, sagte er und verbeugte sich, wobei die Teller in bedenkliche Schieflage gerieten. Der Stapel wankte, der Stapel schwankte. Caspar stand nur noch auf einem Bein, beugte sich vor und zurück, die Teller rutschten … Miranda fing die obersten auf, aber drei, vier fielen krachend auf den Steinboden.
Erschrocken sah Miranda auf die Scherben. Caspar lachte schallend, und Miranda fiel mit ein. Die hagere Frau schüttelte den Kopf und bückte sich, um die Scherben aufzulesen.
»Hey, Mrs MacDuff, nicht so ernst!« Der Clown klopfte ihr auf die Schulter. »Wir sind doch nicht auf einer Beerdigung.« Er schlug sich die Hand vor den Mund. »Oder doch? Und ich habe es nicht bemerkt. Oh weh, oh weh!«
Er machte einen Salto rückwärts, dabei fiel ihm ein Ei aus der Hosentasche und rollte Miranda genau vor die Füße. Sie hob es auf. Es war echt. Sie hielt es Caspar hin, der nahm es, schlug es sich an die Stirn, pellte es und verschluckte es mit einem Haps. Das sah so komisch aus, dass Miranda wieder lachen musste.
»Willst du den Gong schlagen?«, fragte Caspar.
Miranda nickte. Er drückte ihr einen Trommelschlägel in die Hand, und Miranda schlug damit auf den Gong.

»Lauter!«, rief Caspar.
Sie schlug noch einmal kräftiger. Und noch einmal. Der Nachhall zitterte in dem hohen Raum.
»Na also«, sagte Caspar. »Nun ist hoffentlich auch die letzte Schlafmütze wach.«
Die ersten Kinder stürmten in den Saal, stürzten sich auf gerösteten Toast, Würstchen, Rührei und gebratene Nierchen.
Joe zerteilte ein Nierchen und ließ die Blicke über die Tische schweifen. Noch gestern Abend hatte er den Eindruck gehabt, dass es mindestens zehn oder mehr Clowns auf *Fairytale Castle* gäbe, dabei waren es nur vier.
Da gab es zunächst einmal Balthazar, der ihn und seine Mutter vom Bahnhof abgeholt hatte. Balthazar war klein und hatte einen dicken Bauch, der sein eigener zu sein schien. Auf seinem Kopf saß ein winziges rundes Hütchen mit einer Feder daran. Er trug einen viel zu großen Anzug mit bunten Flicken und auf der Nase steckte eine rote Kugel. Wenn Balthazar lief, war alles an ihm in Bewegung, der Bauch wogte, die Feder wippte und die Kugelnase ließ er an einem Gummiband ständig vor- und zurückschnappen.
Der Clown namens Nepomuk hatte eine Gummiglatze auf dem Kopf, die von einem Kranz roter Locken umgeben war. Er trug ein gepunktetes Jackett zu karierten Hosen und Schuhe, die so dick und klobig waren, dass er die Füße beim Laufen auswärts stellen musste, um nicht zu stolpern.
Caspar, ein ziemlich langer und dünner Clown, trug Pluderhosen aus violetter Seide, ein weißes Hemd mit gepunkteter

Fliege und eine geblümte Weste. Seine Haare standen stachelig in die Luft, sahen aber echt aus.

Und dann gab es noch Perceval. Er war wie ein Pierrot in Schwarz-Weiß gekleidet. Als Einziger hatte er kein Lächeln aufgemalt, seine Mundwinkel hingen tief herab und unter seinem rechten Auge klebte eine silbrig glänzende Träne, eine weiße Krause umschloss seinen Hals.

Der Mann, der gestern so schrecklich auf dem Dudelsack gespielt hatte, und die mürrische Frau, anscheinend die Köchin, waren die Einzigen ohne Verkleidung und auch die Einzigen, die sich halbwegs normal benahmen, fand Joe. Das ewige Herumgespringe und Purzelbaumschlagen der Clowns fand er anstrengend. Gerade als er mit der Gabel ein Stück Niere aufgespießt hatte, wurde es ihm von Balthazar weggerissen, in die Luft geworfen und mit dem Mund wieder aufgefangen. Die Jungen an Joes Tisch klatschten und lachten. Das ganze Frühstück über wirbelten die vier Spaßmacher zwischen den Tischen herum, machten Faxen und stibitzten den Kindern das Essen.

Sharlene fand es unheimlich witzig, als Caspar, der mit drei Orangen jonglierte, ihr eine davon in den Schoß fallen ließ. »Ist der nicht süß?«, sagte sie. »Diese Haare!«

Cymbeline reagierte nicht. Sie hielt in der linken Hand ein längst erkaltetes Würstchen, mit der rechten blätterte sie in einem Buch. Zu Hause war Mrs Harding streng dagegen, dass Cymbeline beim Essen las, aber hier schien sich keiner daran zu stören.

Nach dem Frühstück wurden die Kinder in vier Gruppen eingeteilt. Die einen gingen mit Balthazar zu den Pferden, die anderen mit Caspar auf den Tennisplatz. Perceval führte seine Gruppe zum Kricket und Nepomuk verteilte Rollerblades und Skateboards.

Um elf Uhr gab es Saft und Haferplätzchen, danach wechselten die Gruppen. Endlich war Miranda mit Reiten an der Reihe, aber nicht sie, sondern Sharlene durfte auf Dancer reiten. Miranda versuchte nicht allzu enttäuscht zu sein, aber ihr Connemara-Pony namens Brownie war eher mit einem durchgesessenen Sofa zu vergleichen als mit einem Reittier. Außerdem ging es immer nur im Kreis herum. Mr MacDuff und Balthazar führten jeweils die beiden Shettys, auf denen kleinere Kinder saßen.

Das Reiten hatte Miranda sich ganz anders vorgestellt. Im Galopp die Hügel hinauf und hinunter, durch den Wald, über Wiesen und Weiden … Aber vielleicht kam das ja noch.

Am Ende der Reitstunde sollte jeder seinem Pferd Sattel- und Zaumzeug abnehmen und es abreiben. Sharlene drückte Miranda Dancers Zügel in die Hand. »Machst du das für mich mit? Ich glaube, du kannst das besser.«

Miranda nickte. Sie hatte bereits mitbekommen, dass Sharlene gern andere einspannte, aber in diesem Fall war es ihr sehr recht! Hingebungsvoll bürstete sie Dancers lockige Mähne, bis sie schimmerte. Sie hätte gern Zöpfchen hineingeflochten, so wie sie das bei Dressurpferden gesehen hatte, aber MacDuff unterbrach sie bei der Schönheitspflege.

»Genug gekämmt. Das sind Pferde und keine Puppen. Die müssen zurück auf die Weide!«, sagte er.
Miranda hatte beschlossen, alles auf *Fairytale Castle* wundervoll zu finden. Bei MacDuff machte sie eine Ausnahme. Er war ganz einfach nur grässlich.
Sie führte Dancer auf die Koppel. Als sie ihm das Halfter abnahm, steckte sie dem Pferd ein Zuckerstück zu und flüsterte ihm ins Ohr: »Kannst du diesem Kerl nicht mal auf den Fuß treten? So ganz aus Versehen?«

Zum Mittagessen fanden sich alle hungrig und bestens gelaunt im Großen Saal ein. Auch die griesgrämige Miene, mit der Mrs MacDuff die Teller der Kinder mit Kartoffelbrei, Erbsen und Fleischbällchen füllte, konnte der guten Stimmung keinen Abbruch tun.
»Caspar hat mir gezeigt, wie ich beim Tennis meine Rückhand verbessern kann«, erzählte Sharlene. »Er meint, ich sei ein Naturtalent.«
»Fürs Reiten hast du jedenfalls keinerlei Talent«, sagte Cymbeline und versuchte vergeblich, die etwas hart geratenen Erbsen mit der Gabel zum Mund zu befördern. »Ich hab gesehen, wie du auf dem Pferd gesessen oder besser gehangen hast.«
Sharlene pustete sich eine Haarsträhne aus der Stirn. »Aus Pferden mach ich mir sowieso nichts, bei denen weiß man nie, ob sie nicht auskeilen oder beißen.«
Miranda wollte schon den Mund aufmachen, um Dancer zu

verteidigen, aber dann schwieg sie lieber. Sie war die Nächstgrößere, wenn Sharlene in Zukunft nicht mehr mitritt, würde Miranda Dancer ganz für sich alleine haben.

Nach der Mittagspause ging es auf den Abenteuerspielplatz, danach hüpften die Mutigen in den Pool, dessen Wasser noch ziemlich kalt war.

Beim Dinner waren zwar alle etwas erschöpft, aber auch voller Eindrücke und prahlten gegenseitig mit ihren sportlichen Fähigkeiten.

Mit schlechtem Gewissen fiel Miranda ein, dass sie den ganzen Tag nicht an Mum und das Baby gedacht hatte, aber es hatte schließlich auch keine ruhige Minute gegeben. Und an noch jemanden hatte sie nicht gedacht, an Mr Singh!

Als Mrs MacDuff mit einer Kanne Tee an ihr vorbeikam, hielt ihr Miranda die Tasse hin und fragte: »Wann kommt denn Mr Singh?«

Mrs MacDuffs Hand zitterte ein wenig, als sie den Tee eingoss. »Weiß nicht«, sagte sie, ohne Miranda anzublicken.

»Ich hab Mr Singh in *Wir aus der Albert Street* gesehen«, sagte Sharlene wichtig.

»Was ist das denn?«, fragte Cymbeline.

»Na, die Serie, die jeden Freitag kommt. Kennst du die etwa nicht?«

Cymbeline schüttelte den Kopf. Im Fernsehen schaute sie sich nur die Wissenschaftssendungen an.

»Ich hab die auch noch nie gesehen«, gab Miranda zu. »Meine

Eltern finden Serien blöd. Was für eine Rolle spielt Mr Singh denn?«
»Einen Inder natürlich«, sagte Sharlene. »Meine Mutter hat mir auch eine Kassette von ihm gekauft, wo er indische Märchen vorliest.«
»Hast du sie mit?«, fragte Cymbeline.
Sharlene schüttelte den Kopf. »Märchen finde ich langweilig.«
»Fand ich eigentlich auch, aber dann war ich dabei, wie er ein Märchen erzählt hat, und das war ganz toll«, sagte Miranda. Sie überlegte, ob sie den anderen Mädchen den Prospekt mit der persönlichen Einladung zeigen sollte, doch da sagte Patricia: »Und ich hab ihn in Liverpool gesehen. Er hat mich sogar auf die Bühne geholt, als seine Assistentin, und hinterher hat er gesagt, ich hätte es super gemacht.«
Miranda versetzte es einen kleinen Stich und sie beschloss, nichts von Mr Singhs Botschaft an sie zu erzählen.

Harry und Daniel waren nach dem Abendessen gleich in ihr Zimmer gegangen, doch Joe war überhaupt nicht müde. Als Balthazar ihn zum Reiten hatte mitnehmen wollen, hatte er behauptet, bereits beim Kricket dabei zu sein, und zu Perceval hatte er gesagt, er könne nicht beim Kricket mitmachen, da er lieber Rollerblades laufen wollte. Diese Lügen fielen Joe leicht, ja, er empfand sie überhaupt nicht mehr als Lügen, es war reiner Selbstschutz, den er jahrelang trainiert hatte. Man musste nur willig und interessiert erscheinen, dann ließen einen die Erwachsenen meistens in Ruhe.

Cymbeline hätte in diesem Punkt noch viel von ihm lernen können. Als sie sich mit einem Buch auf die Treppe vor dem Schloss gesetzt hatte, waren gleich zwei der Clowns auf sie zugestürzt, um sie zu irgendeiner sportlichen Aktivität zu überreden. Schließlich hatte sie eingewilligt, eine Partie Tischtennis mitzuspielen.

Joe hatte dies aus seinem Versteck heraus genau beobachtet. Ein geradezu geniales Versteck, fand er.

Schon bei seiner Ankunft war ihm der Gartenpavillon aufgefallen, und als er sich unbeobachtet glaubte, hatte er ihn näher inspiziert und zu seiner großen Freude festgestellt, dass die Tür nicht abschlossen war. Das Häuschen stand am Ende des gepflegten Rasens, ein schmaler Weg führte an ihm vorbei in ein kleines Wäldchen.

Der Pavillon hatte einmal bessere Zeiten gesehen, jetzt schien ihn der Hausmeister als Abstellraum für diverse Gartengeräte zu benutzen. Die rundum laufende Bank hatte einen Bezug aus geblümtem Chintz, der arg zerschlissen war. Aus dem gleichen verblichenen Stoff hingen Vorhänge an den Fenstern.

Nach dem Abendessen war Joe nicht mit den anderen aufs Zimmer gegangen, sondern hatte die allgemeine Unruhe ausgenutzt und war aus dem Schloss und zu seinem Versteck gelaufen. Nun schob er den Rasenmäher beiseite, setzte sich auf die Bank und schaute aus dem Fenster zu dem mächtigen Gemäuer hinüber. Die Abendsonne ließ die Fensterscheiben golden schimmern, die Mauern glühten wie Feuer.

Da ging die Eingangstür auf und Caspar erschien unter dem

Portal. Suchend sah er sich um, dann lief er rechts herum in Richtung Abenteuerspielplatz. Hinter ihm tauchte Nepomuk auf und kam genau auf den Pavillon zu.
Joe duckte sich. Er wollte nicht, dass man ihn hier entdeckte, denn dann würde er sich nie mehr hierher zurückziehen können. Er kroch unter die Bank und zog den Rasenmäher so vor sich, dass man ihn nicht sehen konnte.
Knarrend öffnete sich die Tür, Joe sah die plumpen Schuhe einen Moment auf der Schwelle verharren. Mit einem »verdammter Bengel« wurde die Tür wieder geschlossen.
Joe wartete ein paar Minuten, dann kroch er unter der Bank hervor und lugte aus dem Fenster. Niemand war zu sehen. Hatte er richtig gehört? Hatte Nepomuk wirklich »verdammter Bengel« gesagt? Damit konnte ja wohl nur er gemeint sein.
Also verließ Joe den Pavillon, lief ins Wäldchen und kehrte in einem großen Bogen zum Schloss zurück.
Gerade als er um die Ecke biegen wollte, vernahm er Stimmen. Caspar und Nepomuk. Es klang nach einem Streit.
»... darfst nicht so grob sein, die Kleine hätte beinah angefangen zu weinen.«
»Sag du mir nicht, wie ich die Kinder behandeln soll!«
»Ich sag's dir aber!«
Als Joe jetzt auf die beiden zutrat, lächelten sie ihn an. Aber Nepomuks Stimme strafte seine lachende Miene Lügen. »Wo warst du? Wir haben dich überall gesucht!«, sagte er.
Joe zuckte die Schultern. »Nur ein bisschen spazieren.«
»Das wirst du schön bleiben lassen!«, polterte Nepomuk.

Caspar lenkte ein. »Wir haben uns Sorgen gemacht, das musst du verstehen, schließlich tragen wir für euch alle hier die Verantwortung.«
»Genau«, sagte Nepomuk. »Es hätte ja sein können, dass du dich verletzt hast oder in den Pool gefallen bist.«
»Also keine Extratouren mehr, versprochen?«, sagte Caspar freundlich, griff Joe hinters Ohr und holte eine Blume aus Papier hervor. »Hier, die schenke ich dir!«

Mr und Mrs MacDuff saßen in der Schlossküche beim Abendbrot. Es gab zwar noch einen alten Herd, der mit Holz und Kohle zu heizen war, und auf einem Bord standen ein paar Zinnkrüge und Teller, aber das war auch alles, was an die hochherrschaftliche Vergangenheit erinnerte. Der Rest der Kücheneinrichtung war zwar nicht sehr modern, aber praktisch: Einbauschränke, ein mehrflammiger Gasherd, eine riesige Tiefkühltruhe und mannshohe Eisschränke. Durch eine kleine Tür ging es in die Vorratskammer, wo Mrs MacDuff Zucker, Mehl, Kartoffeln, Zwiebeln und Haferflocken in großen Säcken lagerte. Alles war blitzsauber und aufgeräumt.
MacDuff und seine Frau saßen einander an dem langen Küchentisch gegenüber. Schweigend löffelten sie die Suppe, die vom Abendessen der Kinder übrig geblieben war.
Die MacDuffs waren schon sehr lange verheiratet und wie viele alte Ehepaare hatten sie sich nicht mehr viel zu sagen, und obwohl sie dürr und hager und er eher massig war, ähnelten sie sich in ihrem mürrischen Gesichtsausdruck.

MacDuff nahm eine Brotscheibe und tunkte sie in die Suppe. »Glücklicherweise ist diesmal nur ein einziges pferdeverrücktes Mädchen dabei«, sagte er. »Die mit den Zöpfen.«
Seine Frau nickte. »Sie hat mich nach Mr Singh gefragt. Wann er kommt.«
»Was hast du ihr gesagt?«
»Nichts. Was weiß ich denn?«
»Je weniger du weißt, desto besser«, sagte MacDuff.
Seine Frau legte den Löffel hin. »Nur noch einen Sommer, hast du gesagt, und das war letztes Jahr! Ich will hier weg!«
MacDuff wischte sich mit der Serviette den Mund ab und schob sich einen Zahnstocher zwischen die Lippen. »So eine leichte und gut bezahlte Arbeit finden wir doch nirgends.«
»Du vielleicht nicht, aber Köchinnen werden immer gebraucht, ich war schließlich nicht im ...«
»Schweig!«, unterbrach sie MacDuff.

Als Joe in sein Zimmer kam – Nepomuk und Caspar hatten ihn bis vor seine Tür begleitet –, schliefen Daniel und Harry bereits. Joe putzte sich die Zähne und dachte darüber nach, was seine Mutter jetzt wohl machte. Es war Sonntagabend, da lief ihre Lieblingsserie im Fernsehen. Sie würde auf dem Sofa sitzen, auf dem Tisch stünde ein Schälchen mit Käsecrackern, und wenn sie sich nicht gerade einen Cracker in den Mund steckte, dann würden ihre Finger sich mit etwas anderem beschäftigen: mit Stricken, dem Häkeln von Topflappen oder dem Besticken von Kissenhüllen.

Joe legte sich auf sein Bett. Die Bettwäsche roch ein wenig nach Scheuerlappen. Nicht gut gewaschen. Aber fast war ihm dieser Geruch lieber als die Duftorgien, die seine Mutter mit ihrer Wäsche veranstaltete. Ständig probierte sie neue Weichspüler aus. Frühlingserwachen, Maienblüte, Sommerbrise, Herbstwald, egal wie sie hießen, all diese Düfte hatten etwas Stechendes, das ihn in der Nase kitzelte. Joe stopfte sich das klumpige Kissen unter den Kopf und sehnte sich nach Bournemouth. In der *Seagull Lodge* hatte er ein Zimmer für sich allein gehabt. Und da seine Großmutter bereits morgens um sieben zu schwimmen pflegte, hatte er auch das Frühstück allein eingenommen. Tagsüber hatte er mit seiner Großmutter in ihrem Strandkorb gesessen, gelesen oder die anderen Badegäste beobachtet. Erst jetzt wurde ihm bewusst, wie entspannend diese Ferien immer gewesen waren. Keiner, der von ihm ständig gute Laune oder sportliche Höchstleistungen erwartete wie hier. Wie sollte er diese vier Wochen nur überstehen? Immerhin war unter den Kindern keins, das richtig fies zu sein schien. Die meisten waren sowieso jünger als er. Nur am letzten Tisch, da saßen drei Mädchen, die mochten elf oder zwölf sein. Unter ihnen auch das Mädchen mit den Zöpfen, Miranda. Aber Mädchen interessierten Joe nicht. Mit Mädchen wollte er nichts zu tun haben. Alles, was er wollte, war in Ruhe gelassen zu werden.

Cymbeline verspürte den gleichen Wunsch, und sie spürte noch etwas, von dem sie nie gedacht hatte, dass sie es je be-

kommen würde: Heimweh. Dieses würgende Gefühl in ihrem Hals, das musste Heimweh sein.
Dabei sehnte sie sich gar nicht nach North Wainbridge zurück. Nicht nach ihrem gepflegten Haus und dem nicht minder gepflegten Garten, und wenn sie ehrlich war, auch nicht nach ihren Eltern. Schon eher nach Rani, bei der sie nachmittags oft in der Küche saß und ihr erzählte, was sie Aufregendes in einem ihrer Bücher gelesen hatte.
Auch den alten Mr Witherspoon vermisste sie, der extra für sie ein Beet mit Kräutern, Möhren und Radieschen angelegt hatte (versteckt in einer Ecke des Gartens, denn Mrs Harding fand Gemüsegärten ordinär). Was würde aus den beiden wohl werden, wenn sich ihre Eltern trennten? Wer würde das Haus behalten? Bei wem würde Cymbeline leben? Und Ginger? Sie vermisste Ginger, vor allem die langen Spaziergänge mit ihm. Sosehr Mr und Mrs Harding Ginger auch liebten, spazieren gingen sie mit dem Hund nie. Mr Harding hielt Spaziergänge für Zeitverschwendung. Und Mrs Harding benutzte für jede Besorgung ihren Sportwagen. Ginger saß dann auf dem Rücksitz und bellte verdrossen; er fuhr nicht gern Auto.
Aber Mrs Harding wollte ihren Liebling immer bei sich haben, egal ob sie beim Frisör saß und sich die Nägel lackieren ließ oder sich im einzigen Feinkostladen von North Wainbridge französischen Schinken oder italienischen Käse hauchfein aufschneiden ließ.
Also blieb es Cymbeline überlassen, dem Hund ein wenig Bewegung zu verschaffen.

Die meisten Kinder wandern nicht gern, ganz anders Cymbeline. Sie konnte stundenlang durch die Gegend laufen, denn dabei ließ sich so gut nachdenken.
Wir werden hier bestimmt nichts dergleichen tun, dachte Cymbeline. Aber da irrte sie sich.

Zur gleichen Zeit, in der Joe und Cymbeline ihren so unterschiedlichen Gedanken nachhingen, schlug in einem Londoner Fernsehstudio der Aufnahmeleiter von *Wir aus der Albert Street* die letzte Klappe. Kabelträger rollten die Kabel ein. Scheinwerfer wurden gelöscht. Das übermüdete Scriptgirl fiel über einen Blumenkübel und riss die Verkehrsampel um, die vor dem indischen Schnellimbiss stand. Die Ampel donnerte in die Auslage mit Hackfleisch-Samosas und Blumenkohl-Pakoras aus bemaltem Gips.
»Tut mir Leid«, sagte das Scriptgirl.
»Macht nichts«, sagte der Aufnahmeleiter. »Halb so schlimm.«
Die Schauspieler gingen in die Garderobe, um sich umzuziehen. Vor einem Spiegel saß bereits ein Mann mit Vollbart und wischte sich mit einem Kosmetiktuch die braune Schminke vom Gesicht.
»Na, fährst du wieder nach Schottland auf dein Schloss?«, fragte Betsy Bates, die in der Serie eine böse Verführerin namens Lauralee spielte, in Wirklichkeit aber treue Ehefrau und Mutter von zwei kleinen Kindern war.
Der Mann mit dem Vollbart nickte und zog Stecknadeln aus seinem Turban.

Betsy setzte sich auf einen Hocker und massierte ihre Zehen. »Kannst du verstehen, wie Frauen den ganzen Tag in solchen mörderischen Schuhen herumlaufen können?« Sie zeigte auf ein Paar rote Lackschuhe mit Stöckelabsatz.

Der Mann antwortete nicht, denn er hatte den Mund voller Stecknadeln.

»Na, jedenfalls bin ich froh, dass jetzt Drehschluss ist«, sagte Betsy und zog sich vorsichtig die Perücke mit dem roten Wallehaar vom Kopf. »Ich hab meine Süßen ja kaum noch zu Gesicht gekriegt. Wenn ich morgens aus dem Haus bin, schliefen sie noch, und wenn ich abends nach Hause kam, schliefen sie schon wieder.«

»Habt ihr gehört, dass für die nächste Staffel die Drehtage schon wieder gekürzt worden sind?«, fragte ein schlaksiger junger Mann mit einer gepiercten Augenbraue und dunkel geschminkten Augen.

»Einige Rollen sollen auch rausgeschrieben werden«, sagte Betsy.

»Na, hoffentlich lassen sie mich nicht irgendeinen grässlichen Tod sterben«, sagte der junge Mann. »Ich hab keinen Bock, wieder von Casting zu Casting zu latschen.«

»Hast Recht«, sagte Betsy. »Die Serie ist zwar dämlich hoch zehn, aber man weiß doch wenigstens jeden Monat, wo das Geld herkommt.«

»Genau, und der eine oder andere Werbespot fällt auch immer ab.«

Der Mann mit dem Vollbart hatte jetzt den Turban vollständig abgewickelt und legte das Tuch sorgfältig zusammen. »Macht euch keine Sorgen«, sagte er. »Ich bin's, mich haben sie rausgeschrieben.«

»Was?«, rief Betsy. »Aber du bist doch von Anfang an dabei!«

»Der Produzent meinte, die Quoten seien so schlecht, dass sie was verändern müssten.«

»Und was soll's denn diesmal sein?«, fragte der junge Mann und fuhr sich mit einem Wattebausch über die Augen. »Nennen sie aus Gründen der Gleichberechtigung die Albert Street in Alberta Street um?«

»Sie finden einen indischen Imbiss nicht trendy genug, stattdessen gibt's jetzt einen Sushi-Laden.«

»Na, als Japaner gehst du irgendwie nicht durch«, sagte der junge Mann.

»Sei froh, dass du auf den Job nicht angewiesen bist, Thomas«, sagte Betsy. »Deine anderen Geschäfte laufen doch gut, oder?«

Der Mann mit dem Vollbart lächelte. »Danke, ich kann nicht klagen.«

5. Kapitel

Die folgenden drei Tage vergingen wie im Flug. Um sieben Uhr ertönte der Gong zum Wecken, danach gab es Frühstück und dann folgten in stündlichem Wechsel die verschiedenen Aktivitäten. Die Kinder kamen kaum zum Nachdenken, geschweige denn zum Stillsitzen. Wer untätig herumsaß und vor sich hinträumte, wurde sofort von einem der Clowns mit Lachen und Grimassenschneiden zu irgendeinem Spiel herangezogen.

Miranda hätte am liebsten den ganzen Tag bei den Pferden verbracht, da Sharlene das Reiten aufgegeben hatte und sie jetzt auf Dancer reiten durfte. Er machte seinem Namen alle Ehre und setzte seine Hufe so behutsam und elegant auf wie ein Tänzer seinen Fuß. Leider ging es nach wie vor immer nur im Kreis herum.

»Wann reiten wir denn mal richtig aus?«, fragte Miranda Balthazar, der Brownie, das »Sofa«, mit einer etwas verkrampft darauf sitzenden Patricia am Zügel führte.

»Ausreiten? Meinst du das hier?« Balthazar hob die Beine und tat, als galoppierte er über Stock und Stein. Das gefiel dem Sofa gar nicht und es legte die Ohren an.

»Hey, nicht loslassen!«, rief Patricia. »Nachher geht der Gaul noch mit mir durch!«
Balthazar griff wieder fester in den Zügel, aber Miranda wurde das Gefühl nicht los, dass auch er Angst vor Pferden hatte. Sobald das Pony ihm den Kopf zuwandte, zuckte er zurück.
MacDuff hatte keine Angst vor Pferden, im Gegenteil. Miranda gefiel überhaupt nicht, wie er die Shettys mit einem Stock antrieb, wenn die nicht laufen wollten. Aber er schien bei den Pferden das Sagen zu haben. Also fragte sie ihn, nachdem sie Dancer abgesattelt hatte.
»Mr MacDuff, reiten wir denn auch mal aus?«
MacDuff bearbeitete gerade den Huf eines der Shettys mit einem Kratzer. »Jetzt den anderen, na wird's bald!« Er riss das Bein des Ponys hoch und sah Miranda nicht an, als er antwortete. »Im Augenblick bist du die Einzige, die halbwegs sicher auf dem Pferd sitzt. Mal abwarten.«
Abwarten! Dabei kribbelte es Miranda bei dem Gedanken daran, die grünen Hügel hinauf- und hinunterzugaloppieren, aber dann schalt sie sich selbst. Heute war erst Donnerstag, sie hatte noch über drei Wochen vor sich.
Drei herrliche Wochen!

Joe war es bisher fast immer gelungen, unbemerkt im Gartenpavillon zu verschwinden. Einmal hätte ihn MacDuff beinahe dort entdeckt, als er eine Heckenschere holen wollte. Aber Joe hatte ihn glücklicherweise kommen sehen und sich wieder unter die Bank gekauert.

In dem staubigen, leicht modrig riechenden Pavillon fühlte Joe sich wohl. Er hatte aus herumliegendem Stroh, das wohl zum Abdecken der Rosen im Winter benutzt wurde, eine Puppe gebastelt. Eine Puppe mit Zöpfen. Gerade wickelte er ihr eines seiner Taschentücher um den Bauch, als sich die Tür öffnete.

Joe schrak zusammen, aber es war keiner der Clowns und auch nicht MacDuff. Es war dieses kleine Mädchen mit dem wirren roten Haar, das ihm bereits aufgefallen war, weil es immer ein Buch bei sich trug. Schnell versteckte er die Puppe hinter seinem Rücken.

Aber Cymbeline hatte sie schon gesehen. »Zeig mal«, sagte sie. »Hast du die selbst gemacht?«

Joe nickte und gab sie ihr widerstrebend.

»Sieht gut aus«, sagte Cymbeline und setzte sich neben ihn. Sie schien nichts dabei zu finden, dass ein Junge mit einer Puppe spielte. »Ich hätte das nicht gekonnt, aber ich hab auch zwei linke Hände.«

»Was willst du hier?«, fragte Joe unfreundlich.

»Das Gleiche wie du, vermute ich mal«, sagte Cymbeline unbeeindruckt. »Ich will meine Ruhe haben.«

Joe seufzte. Mit seiner Ruhe war es jetzt unwiderruflich vorbei. Womöglich posaunte dieses Mädchen überall herum, dass es hier ein fabelhaftes Versteck gab.

»Und wie heißt du?«, fragte er weiter.

»Cymbeline.«

»Cymbeline? Wie das Stück von Shakespeare?«

»Ja, hast du es etwa gelesen?«

»Nein, aber ich weiß, dass Cymbeline ein König ist.«

Cymbeline zuckte mit den Schultern. »Mein Vater liebt Shakespeare, er wollte unbedingt, dass ich einen Namen aus einem seiner Stücke bekomme, aber meine Mutter fand Julia zu normal und Hermia zu altmodisch. Also hat sie in Shakespeares Werken geblättert und stieß auf ... Cymbeline. Das fand sie schick. Natürlich hat sie das Stück nicht gelesen, sonst hätte sie mir bestimmt keinen Männernamen gegeben.«

»Und dein Vater?«

»Der war wütend, aber da war es schon zu spät. Bei meiner Geburt steckte er wie üblich in irgendeiner Bibliothek.«

Cymbeline ließ Joes Strohpuppe auf ihren Knien tanzen. »Und wie heißt du?«

»Joe. Aber hör mal, Cymbeline, das hier ist eigentlich *mein* Versteck ...«

»Ich verrat's keinem, ist schon klar«, sagte Cymbeline.

Sie saßen beide auf der Bank und starrten vor sich hin.

»Ich hoffe, das Wetter wird bald schlechter«, sagte Cymbeline nach einer Weile.

»Warum?«

»Weil wir dann drin sein können. Die Mal- und Bastelkurse gibt's erst bei schlechtem Wetter, hat Caspar gesagt. Dann kommt auch Mr Singh.«

»Wer ist eigentlich dieser Mr Singh?«, fragte Joe.

»Keine Ahnung, aber die Mädchen kennen ihn fast alle, aus dem Fernsehen oder so. Ein Inder, der Märchen erzählt. Mi-

randa aus meinem Zimmer findet ihn supertoll. Sie hat ein Autogramm von ihm.«
»Aha«, sagte Joe.
»Ich finde Autogramme blöd«, sagte Cymbeline. »Der Einzige, von dem ich gern eins hätte, ist Einstein, der klügste Mensch der Welt.«
»Einstein ist tot«, sagte Joe.
»Weiß ich.«
Wieder schwiegen sie.
»Wie findest du die Clowns?«, fragte Cymbeline.
Joe schwieg. Er hatte noch gar nicht darüber nachgedacht, wie er die Clowns fand, sondern nur darüber, wie er ihnen am besten aus dem Weg gehen konnte.
»Balthazar scheint ganz gemütlich zu sein«, begann Joe. »Immer wenn er lacht, lacht sein Bauch mit.«
Cymbeline sah ihn aufmerksam an. »Stimmt«, sagte sie. »Perceval mag ich nicht. Hast du mal seine Fingernägel gesehen? Total abgekaut.«
Joe nickte. Percevals Hände sahen aus wie die von Duncan Fletcher. Der kaute auch Nägel.
»Und Caspar«, fuhr Cymbeline fort. »Caspar ist ganz in Ordnung, er hat ein paar wirklich gute Zaubertricks drauf. Ich beobachte ihn immer, aber ich hab bis jetzt noch nicht rausgekriegt, wie er's macht. Aber Nepomuk …«
»Nepomuk ist nicht echt«, sagte Joe, denn ihm fiel der »verdammte Bengel« und der Streit mit Caspar ein. »Ich meine, bei dem ist das Lachen wirklich nur eine Maske.«

»Unheimlich«, sagte Cymbeline. »Nepomuk ist mir richtig unheimlich.«
Joe zuckte mit den Achseln.
»Also unheimlich finde ich ihn nicht. Vielleicht macht ihm sein Job nur einfach keinen Spaß.«
»Pscht«, machte Cymbeline. »Hörst du? Der Gong.«
»Na dann …« Joe öffnete vorsichtig die Tür und schielte hinaus.
»Geh schon mal vor«, sagte er. »Aber sei vorsichtig.«
Cymbeline verschwand im Wäldchen, Joe wartete ein paar Minuten, dann schloss er die Tür hinter sich und ging ebenfalls.

Joe hatte Recht gehabt. Nepomuk machte sein Job keinen Spaß. In seinem früheren Leben war er Schaffner bei der Bahn gewesen. In Uniform hatte er blendend ausgesehen. Und jetzt? Er schaute in den Spiegel und riss sich die Gummiglatze vom Kopf. Das Ding juckte, und wie! Dann zog er die albernen Schuhe aus.
Gern hätte er sich auch das Lachen vom Gesicht gewischt, aber in spätestens einer halben Stunde musste er wieder unten sein und den Spaßmacher mimen.
Nepomuk zog einen Flachmann aus der Schublade und nahm einen kräftigen Schluck. Ohne Alkohol war das alles nicht auszuhalten.
Er schloss die Augen und stellte sich vor, wie er durch den Zug ging und die Fahrkarten kontrollierte. Auf der Strecke von London nach Birmingham zum Beispiel. Da fuhren immer viele

Geschäftsleute mit, natürlich erster Klasse. Kinder hatte Nepomuk schon damals gehasst. Solange sie klein waren, schmierten sie Schokolade auf die Sitze, später schlitzten sie sie dann auf. Aber nicht, wenn er im Zug war. Sogar eine Belobigung hatte er erhalten, weil auf seinen Strecken so wenig Vandalismus vorgekommen war. Einen Jugendlichen hatte er dabei ertappt, wie er mit einer Spraydose ein großes Herz aufs Fenster sprühen wollte. Das hatte der bestimmt kein zweites Mal versucht. Natürlich war er viel unterwegs gewesen, hatte seine Frau oft allein lassen müssen. Eines Abends dann war er vorzeitig nach Hause gekommen, weil irgendwelche Scherzbolde eine Bombenattrappe in Victoria Station deponiert hatten. Und da … Nepomuk ballte seine Hand zu einer Faust … da hatte er nur noch rotgesehen. Auch heute würde er nicht anders handeln, trotz allem.
Nein, mit ihm legte man sich besser nicht an.

Die Stimmung beim Abendbrot war leicht gedämpft. Die Kinder waren müde und erschöpft und die Buchweizengrütze, die Mrs MacDuff wie immer mit versteinerter Miene auftrug, schmeckte niemandem.
Da kam Caspar mit einem Wäschekorb in den Saal. Der Korb musste sehr schwer sein, er zog seine Arme tief herunter. Ächzend und stöhnend lief er damit zwischen den Tischen umher. Doch jedes Mal, wenn eines der Kinder in den Korb schauen wollte, hob er ihn hoch über den Kopf. Schließlich tat er so, als ob er über ein Hindernis stolperte, fiel auf den Hintern und

der Korb entleerte sich über seinem Kopf. Unzählige Briefe und Postkarten segelten auf ihn nieder.
Sofort war die schlechte Laune der Kinder wie weggeblasen. Sie stürzten sich auf Caspar und grabschten nach den Briefen. Perceval und Nepomuk sprangen Caspar zur Seite, stellten ihn wieder auf die Füße und hoben die Briefe auf.
»Haben wir hier eine ... einen D – A – N – I – E – L ... Smith?«, buchstabierte Nepomuk.
»Nein, niemals«, erwiderte Perceval kopfschüttelnd.
»Nie gehört!«, sagte auch Caspar.
Der kleine Daniel rief: »Das bin ich! Ich bin Daniel Smith! Der Brief ist von meiner Mummy!«
Nepomuk tat ganz erstaunt und drückte Daniel den Brief in die Hand.
So ging es weiter, bis schließlich alle Kinder ihre Post in der Hand hielten.
Miranda machte ihren Brief mit ein wenig Herzklopfen auf. Hatte sie nicht versprochen anzurufen? Aber immer wenn sie es tun wollte, gab es entweder Essen oder die Reitstunde begann, ein Kricketspiel oder ein Tennisturnier, und ab neun Uhr abends durfte nicht telefoniert werden, wegen der Nachtruhe, wie es hieß.

Meine liebe Miranda,
dein Dad hat mir berichtet, wie herrlich es auf Fairytale Castle *ist. Ich freue mich so für dich! Mir geht es ganz gut, deinem Brüderchen auch. Jeden Morgen um sechs strampelt er wie wild in meinem Bauch.*

Hast du eigentlich mal über einen Namen nachgedacht? Dad und mir fallen nur Mädchennamen ein. Tante Prudence hat Charles vorgeschlagen, aber stell dir vor, der Ärmste hat womöglich Segelohren! Sie hat auch schon nach dir gefragt. Vergiss nicht, ihr eine Postkarte zu schicken.
1000 Küsse von deiner Mum
Auch ich umarme und küsse dich, dein Dad
PS. Schreib bitte auch Mum ein paar Zeilen.

Joe zog aus seinem Umschlag drei eng beschriebene Seiten und einen Zeitungsartikel, in dem es um die Gefährlichkeit von Giftschlangen im schottischen Hochland ging.
In ihrem Brief schrieb Mrs Miller, was sie sich für Sorgen um Joe machte, dass er sich ja immer mit dem Sonnenschutzmittel einschmieren sollte, auch wenn der Himmel bewölkt wäre, dass er wegen der Schlangen nie ins Unterholz kriechen dürfte, auch nie vergessen dürfte ein Unterhemd anzuziehen und … und …
Joe überflog die Seiten, bis er beim letzten Absatz stutzte.

Heute Morgen sollte endlich jemand kommen, um den Wasserhahn zu reparieren. Ich mache seit Tagen nachts kein Auge mehr zu wegen diesem ständigen »Platsch, platsch«. Aber wer nicht kam, war der Klempner.
Netterweise hat mir dann Mr Fairfax aus dem ersten Stock seine Hilfe angeboten.
Du wirst es nicht glauben, aber im Handumdrehen hatte er den Was-

serhahn repariert und die defekte Lampe im Bad gleich mit dazu. Du fehlst mir, mein Schatz, bitte, bitte ruf an oder schreibe mir!
Viele Grüße
von deiner dich liebenden Mutter

Soso, Mr Fairfax, dachte Joe. Der Nachbar war ihm immer nur durch seine übertriebene Höflichkeit aufgefallen. Wann immer Joe und seine Mutter ihm im Treppenhaus begegneten, zog er den Hut, machte eine kleine Verbeugung und versuchte ein Gespräch mit Mrs Miller zu beginnen. Jung war Mr Fairfax jedenfalls nicht mehr. Bestimmt schon fünfzig. Eine Glatze hatte er auch. Ob sich da vielleicht was anspann? Joe versuchte in sich hineinzuhorchen, was er in so einem Fall wohl fühlen würde. Eifersucht? Erleichterung? Wahrscheinlich beides. Aber noch heute würde er seiner Mutter schreiben, wenn auch natürlich kein Wort davon, dass er die meiste Zeit einsam und allein in einem Geräteschuppen verbrachte.

Cymbeline hatte gleich zweimal Post bekommen, zwei Postkarten. Auf der einen prangte ein Springbrunnen unter Palmen und eine italienische Briefmarke klebte darauf.

Hallo, mein Darling!
Es ist wundervoll hier. Die Sonne scheint und ich erhole mich ganz prächtig. Keiner hier glaubt, dass ich schon eine so große Tochter habe.
Ciao (das ist italienisch und heißt bye-bye)
Violet

Auf der zweiten Karte war ein spitzbärtiger Herr abgebildet mit einer übergroßen Feder hinter dem Ohr. Shakespeare, natürlich.

Liebe Cymbeline,
bin leider noch nicht viel weitergekommen mit meiner Suche. Außerdem hat es Ärger gegeben, weil ich in Shakespeares Studierzimmer die Dielenbretter aufgebrochen habe. Aber da war nichts.
Herzliche Grüße von deinem Vater

Und an die Seite war noch ein Satz gequetscht:
Hast du schon angefangen zu lesen?

Diese Frage an Cymbeline zu richten war etwas seltsam, schließlich tat sie fast nichts anderes als zu lesen.
Aber Cymbeline wusste, was ihr Vater meinte: ein dickes Buch über Shakespeares Leben und Werk, das er ihr mitgegeben hatte.
Cymbeline interessierte sich zwar eher für Naturwissenschaften und nicht so sehr für Literatur, aber wenn sie mit ihrem Buch über die Insekten Großbritanniens fertig war, wollte sie gleich mit der Lektüre anfangen, ihrem Vater zuliebe.

Daniel hielt Joe einen tränenbefleckten Brief hin. »Liest du mir das vor?«, schniefte er. »Von meiner Mummy!«
Joe nahm den Brief. Daniels Mutter hätte sich ja nun wirklich Mühe geben und deutlicher schreiben können, fand Joe. Aber

als er anfing zu lesen, war er ganz froh, dass der Kleine die Schrift seiner Mutter nicht entziffern konnte. Da stand nämlich:

Mein lieber Daniel.
Dein kindischer Auftritt bei unserer Verabschiedung hat mich sehr verstimmt. So benimmt sich kein Junge von fast neun Jahren. Dein Vater und ich haben beschlossen, dich ab Herbst auf ein Internat zu schicken. Das wird dir bestimmt sehr gut tun.
Nun wünsche ich dir noch schöne und erholsame Ferien.
Deine Mutter

Joe beschloss, Daniel nicht die Wahrheit zu sagen, die würde er noch früh genug erfahren. Stattdessen las er:

Mein lieber Daniel,
gefällt es dir gut auf Fairytale Castle*? Hast du schon Freunde gefunden? Ich zähle die Tage, bis du wieder bei mir bist, und von Daddy soll ich dir ausrichten, dass er dich sehr vermisst.*
Herzliche Grüße und einen dicken Kuss von deiner Mummy

Daniel strahlte.
»Das hat sie geschrieben? Wirklich? Lies es mir noch einmal vor, bitte!«
Eine leicht melancholische Stimmung herrschte inzwischen im Saal. Selbst von den älteren Kinder wischten sich einige verstohlen über die Augen.

Da klatschte Balthazar in die Hände und rief: »Herhören, alle mal herhören!«
Die Kinder sahen brav zu ihm hin, aber kaum noch eines lachte über seine drolligen Grimassen und darüber, wie er sein Hütchen in die Luft warf und »Juchhuhh!« schrie.
»Morgen machen wir einen Ausflug!«
Nepomuk schlug mit den Armen. »Wie willst du denn fliegen, du hast doch nur noch eine Feder!« Er zog Balthazar die Feder aus dem Hut.
Jetzt lachten doch einige.
Balthazar stemmte die Fäuste in die Seiten. »Weißt du denn nicht, was ein Ausflug ist, du Trottel? Das weiß doch jedes Kind.«
»Na klar!«, rief Harry an Joes Tisch.
»Mit Picknick?«, fragte Patricia.
Nun kam Caspar, schob Nepomuk und Balthazar beiseite und legte verschwörerisch die Hand an den Mund: »Die beiden haben doch keine Ahnung ...«
Nepomuk und Balthazar taten so, als wollten sie Caspar in den Hintern treten. Das Lachen wurde stärker.
»... wir lassen die zu Hause und wandern ganz allein zum Loch Leigh und machen dort ein Picknick.«
»Oh nein! Bitte nehmt mich mit«, flehte Balthazar und ließ seine rote Kugelnase vor- und zurückschnappen. »Ich liebe Picknick!« Er drehte sich zu den Kindern um. »Darf ich mit?«
»Ich auch?«, fragte Nepomuk.
»Jaaa!«, schrien die Kinder.

Caspar schüttelte in gespielter Verzweiflung den Kopf.
»Na gut, wenn ihr unbedingt wollt, dann nehmen wir die beiden Schwachköpfe mit. Die können die Picknickkörbe tragen.« Er blickte sich um. »Hat jemand unseren traurigen Pierrot gesehen? Perceval! Wo bist du?«
Die Tür zum Saal ging auf. Ganz gebeugt schlurfte Perceval herein.
»Was hast du denn, mein Lieber?«, fragte Caspar.
»Ich bin so enttäuscht, so furchtbar enttäuscht ...«
»Aber warum denn?«
»Ich glaube, es gibt Kinder, denen es bei uns nicht gefällt ...«
»Nein!«, riefen Nepomuk, Balthazar und Caspar wie aus einem Mund. »Das kann doch nicht sein!«
Perceval nickte betrübt. »Doch, doch, die gibt's. Die wollen einfach nicht mitmachen, die wollen lieber irgendwo ganz allein sein ...«
Joe erschrak. Hatte man ihn durchschaut?
»... allein sein und ein Buch lesen zum Beispiel.«
Sharlene sah Cymbeline triumphierend an. »Ich hab gesagt, dass du nie bei was mitmachst.«
»Blöde alte Petze«, zischte Cymbeline.
»Musste ich doch, wenn ich gefragt werde, wo du bist«, sagte Sharlene beleidigt.
Cymbeline starrte wütend vor sich hin. Miranda legte ihr die Hand auf den Arm. »Komm doch das nächste Mal mit mir zu den Pferden. Dancer ist wunderschön und ganz lieb, du wirst sehen.«

»Das macht mich sehr, sehr traurig«, sagte Perceval freundlich. »Ich möchte doch nur, dass ihr alle glücklich seid.« Er trat nah an Cymbeline heran.

Joe atmete erleichtert auf. Er war nicht gemeint gewesen.

Cymbeline sah nicht auf.

»Morgen machen wir alle zusammen einen Ausflug, nicht wahr?«, sagte Perceval leise. »Wir alle, ohne Ausnahme.«

Jetzt hob Cymbeline den Kopf. »Ich bin dabei.«

Caspar klatschte in die Hände. »Na, wunderbar, Ente gut, alles gut, nicht wahr, Mrs MacDuff? Packen Sie uns ja was Gutes zu essen ein. Laufen macht hungrig.«

6. Kapitel

Am Freitag, ihrem sechsten Tag auf *Fairytale Castle*, wurden die Kinder früher geweckt als sonst. Der Nebel hatte sich noch nicht gelichtet, als sie zu ihrer Wanderung aufbrachen. Die Rucksäcke der Kinder waren mit Sandwiches und Äpfeln gefüllt, die Mrs MacDuff für sie bereitgelegt hatte.

Die Clowns waren wie immer geschminkt, trugen jedoch Baumwollhemden, Weste, Jeans und festes Schuhwerk. Nepomuk marschierte allen voran, in der Mitte der Gruppe lief Caspar, am Ende Perceval. Balthazar war auf dem Schloss geblieben. Am Morgen war er mit einem riesigen Verband um den Fuß herumgehumpelt. In der Nacht sei ihm ein Elefant auf den Zeh getreten, erzählte er, oder war's eine Mücke?

Joe vermutete, dass er einfach keine Lust hatte, seinen dicken Bauch durch die Gegend zu schleppen.

Miranda vermisste ihre Reitstunde. Wenn es doch nur erst so weit sein würde, dass sie auf Dancer ausreiten könnte! Wann hätte sie wohl wieder die Gelegenheit, auf einem Pferd zu sitzen. Reiten war in London einfach viel zu teuer, und war das Baby erst einmal da, würde es mit dem Geld noch knapper werden als jetzt.

In ihre Gedanken hinein sagte Sharlene. »Also Cymbeline ist wirklich unmöglich. Ich hab genau gesehen, dass sie wieder ein Buch eingesteckt hat. Wie die immer angibt mit ihrer Leserei!«
»Wenn's ihr doch Spaß macht«, sagte Miranda. »Sie liest eben gern und bestimmt nicht, um damit anzugeben.«
Sharlene rümpfte die Nase: »Du kennst sie eben nicht so gut wie ich.«
Miranda wusste inzwischen, dass Sharlene und Cymbeline in eine Klasse gingen und beileibe keine guten Freundinnen waren.
»Aber die wird noch ihr blaues Wunder erleben.« Sharlene hatte die Stimme gesenkt. »Meine Mutter hat mir erzählt, dass Mrs Harding, Cymbelines Mutter, sich scheiden lassen will.«
»Arme Cymbeline«, sagte Miranda.
»Aber das Tollste ist«, fuhr Sharlene fort, »weder ihr Vater noch ihre Mutter wollen Cymbeline bei sich haben. Sie geht sogar ihren eigenen Eltern auf die Nerven. Ist das nicht zum Piepen!«
Miranda blieb stehen. Ihre Augen funkelten vor Zorn.
»Weißt du was, Sharlene Grant? Du bist nicht nur gemein, sondern auch eine Lügnerin. Alle Eltern lieben ihre Kinder!«
»Das glaubst du vielleicht!«, keifte Sharlene zurück.
»Hey, ihr dahinten, nicht stehen bleiben!«, rief Perceval. »Ihr müsst alle zusammenbleiben!«
»Können wir nicht mal 'ne Pause machen?«, murrte Sharlene.
»Ich hab schon Blasen an den Füßen.«

»Nichts da, gerastet wird erst am See«, sagte Perceval.
»Aber hier gibt's Mücken!«, sagte Harry.
»Eben. Je schneller ihr lauft, desto weniger können sie euch stechen«, sagte Caspar und zauberte aus der Tasche seiner Weste eine Wasserpistole hervor.
»Da, da ist eine, auf deinem Po!« Er schoss einen Strahl in Harrys Richtung. »Getroffen!«
Alle lachten, bis auf Harry, der mit nassem Hintern weitergehen musste.
Die Clowns legten ein beachtliches Tempo vor. Hatten die Kinder sich anfangs noch unterhalten, marschierten sie jetzt schweigend hintereinander her. Und jedes Mal, wenn eines von ihnen stehen blieb, wurde es zum Weitergehen aufgefordert.
»Ich hab einen Stein im Schuh«, sagte Joe, als Nepomuk ihn ungeduldig heranwinkte.
»Dann hol ihn raus, aber schnell!«
Miranda kam an Joe vorbei, der sich gebückt hatte und umständlich seinen Schuh aufknotete. Sie lächelte ihm aufmunternd zu und ging weiter. Der Junge war ihr aufgefallen, weil er immer so furchtbar unglücklich aussah. Aber wer wusste schon, warum er hier war. Vielleicht ließen sich seine Eltern auch scheiden oder einer von beiden war krank geworden. Die Gründe, warum die Kinder Ferien auf *Fairytale Castle* machten, waren sehr verschieden und nicht immer erfreulich.
Wie bei mir, dachte Miranda. Wenn alles normal verlaufen wäre, dann stünde sie jetzt mit ihrem Vater an einem Bach und

würde angeln. Aber sie war nicht unglücklich, im Gegenteil. Ihr gefiel es hier. Morgen würde sie wieder Dancer striegeln, ihm den Schweif bürsten, ihn aufsatteln. Wenn sie an die Koppel trat, dann erkannte er sie schon. Von ganz hinten kam er angaloppiert, um kurz vor ihr Halt zu machen und leise zu schnauben, wenn sie ihn am Hals kraulte. Wenn sie ihn doch nur mit nach London nehmen könnte …

Die Landschaft wurde immer unwirtlicher. Es sah aus, als hätten Riesen mit Felsbrocken gespielt und danach vergessen sie wegzuräumen. Das sanfte Grün der Hügel verwandelte sich mehr und mehr in steiniges Grau.

Ein schmaler, mit Geröll bedeckter Pfad wand sich einen Berg hinauf.

Daniel weinte still vor sich. »Ich will nach Hause. Ich will nach Hause«, wiederholte er ein um das andere Mal.

Joe lief neben ihm her. »Wir sind bald da und dann gibt es Picknick, vielleicht können wir ja sogar baden«, versuchte er den Jungen zu trösten.

»Ich kann ja noch nicht mal schwimmen«, sagte Daniel und schluchzte auf. »Deswegen hat meine Mummy mich hierher geschickt, weil ich alles nicht kann. Schwimmen nicht und Fahrradfahren nicht und Rollerbladen nicht, gar nichts!«

»Pass mal auf«, sagte Joe. »Wenn du in vier Wochen nach Hause kommst, dann hast du das alles gelernt, und deine Eltern werden staunen.« Joe hoffte sehr, dass das auch stimmte. Er hoffte, dass sie den kleinen Kerl nicht ins Internat stecken würden.

Daniel sah ihn aus geröteten Augen vertrauensvoll an. »Glaubst du wirklich?«
»Na klar. Und weißt du was? Ich kann zwar nicht besonders gut Rollschuh laufen, aber es geht. Wenn du willst, laufen wir morgen mal zusammen.«
»Au ja«, sagte Daniel und legte seine kleine feuchte Hand in die von Joe.

Die Einzige, die keinerlei Ermüdung zeigte, war Cymbeline. Wenn sie intensiv über etwas nachdachte, spürte sie ihren Körper nicht. Oft hatte sie beim Lesen ihre Beine so ineinander verknotet, dass sie völlig taub geworden waren und sie sie nur unter Schmerzen hatte entwirren können. Mechanisch setzte sie einen Fuß vor den anderen und nahm das Gejammere der anderen nicht wahr. Am Abend zuvor hatte sie in ihrem Insektenbuch über Köcherfliegen gelesen, deren Larven sich zum Schutz ihres weichen Hinterleibs eine Hülle bauten, aus kleinen Kieseln, Pflanzenteilen, eben allem, was sie in ihrer Umgebung vorfanden. Abgebildet war eine Larve, die in einem Köcher steckte, der spiralförmig mit winzigen Schneckenhäuschen beklebt war. Das hatte fast wie ein Schmuckstück ausgesehen.
Wenn man nun die Fliegenlarven in ein Becken setzt, in dem bunte Steinchen sind, überlegte Cymbeline, dann könnte man doch feststellen, ob die Larven Farben wahrnehmen und unterscheiden. Ob sie sich einen rot-blau geringelten Köcher bauen oder einen einfarbigen oder … Ihr wurde ganz heiß bei

dieser Vorstellung. Hinter ihrem Haus in North Wainbridge floss ein kleiner Bach, sie würde bestimmt eine Eiablage finden und dann damit experimentieren. »Man könnte sogar Edelsteine nehmen, Gold- und Silbersplitter«, sagte Cymbeline laut.

»Jetzt führt sie wieder Selbstgespräche«, sagte Sharlene. »Die tickt doch nicht richtig.«

»Ach was«, erwiderte Patricia. »Das macht meine kleine Schwester auch. Die redet sogar im Schlaf.«

Nach genau drei Stunden und siebenundzwanzig Minuten Fußmarsch kamen sie oberhalb von Loch Leigh an. Der See lag am Fuße einer Anhöhe und blickte zu ihnen hoch wie ein rundes, schwarzes Auge.

Vorbei an den Resten einer alten Burg stiegen die Kinder den saftig grünen Hügel hinunter zum Ufer. Nepomuk und Caspar hatten bereits an einer windgeschützten Ecke Decken ausgebreitet. Aufatmend ließen sich alle nieder und packten ihre Rucksäcke aus.

»Auf meinem Sandwich ist Leberpastete«, sagte Cymbeline. »Wer tauscht mit mir?«

»Du kannst meins haben«, sagte Sharlene großzügig. »Da ist Käse drauf.«

»Oder meins.« Miranda hatte ihr Brot aufgeklappt. »Hat jemand Lust auf matschige Tomaten?« Sie hielt das Sandwich hoch, die Tomaten rutschten heraus und landeten genau auf Mirandas Hose.

»Nein, wie schick!«, feixte Sharlene. »Trägt man das jetzt so?«
»Aber natürlich, das ist der neueste Trend: Tomaten auf der Hose und Salat im Haar.« Miranda pappte Sharlene ein matschiges Salatblatt auf den Kopf, die kreischte auf, zerrte sich den Salat aus den Haaren und wollte Miranda gerade damit bewerfen, als Nepomuk in ihre Schusslinie trat. Der Salat blieb wie eine grüne Fliege an seinem Hals kleben.
Die Kinder lachten.
Und Nepomuk lachte auch, nein, nur seine Maske lachte. Mit der einen Hand wischte er den Salat runter, mit der anderen holte er aus –
Alle waren wie erstarrt. Er würde doch nicht etwa –
In diesem Moment sprang Caspar auf Nepomuk zu, riss ihn zu Boden und wälzte sich mit ihm im Gras. »Du, du hast mein Ei verschluckt! Mein schönes hart gekochtes Ei. Los, spuck's aus!« Caspar kniete nun über den am Boden liegenden Nepomuk und schüttelte ihn. »Her mit dem Ei! Ihr habt doch gesehen, wie er mir mein Ei stibitzt hat, oder?«, wandte er sich an die Kinder.
»Ja!«, johlten einige.
»Mund auf!«, befahl Caspar.
Nepomuk machte den Mund auf und Caspar krempelte den Ärmel hoch und tat so, als griffe er tief in Nepomuks Schlund. Triumphierend hielt er daraufhin ein weißes Ei in die Höhe.
»Na also, da haben wir es ja«, sagte Caspar und versuchte das Ei an Nepomuks Gummiglatze aufzuklopfen.
»Au, au, lass das!«, schrie der, und wieder lachten alle.

Miranda lachte nicht. Einen kurzen Augenblick lang hatte sie geglaubt, Nepomuk würde Sharlene schlagen. Aber das war doch nicht möglich, oder?

Nach dem Essen wollte Caspar die Kinder zu einem Ballspiel animieren, aber nur ein paar Unermüdliche machten mit. Cymbeline legte sich auf den Rücken und verfolgte den Zug der Wolken. Immer mehr kamen und immer dicker wurden sie; das Wetter schien umzuschlagen. An Schwimmen im See war nicht zu denken, außerdem sah das schwarze Wasser nicht sehr einladend aus.

»Ob da ein Ungeheuer drin ist?«, fragte Daniel.

»Du meinst, wie das von Loch Ness?«, sagte Joe.

»Mein Vater sagt, Nessie gibt's nicht, das haben die nur erfunden, damit Touristen kommen«, mischte sich Sharlene ein.

»Nessiteras rhombopteryx«, sagte Cymbeline nachdenklich.

»Wie bitte?«, fragte Miranda.

»So haben die Wissenschaftler Nessie genannt. Einige der Aufnahmen waren Fälschungen, das stimmt, aber nicht alle«, sagte Cymbeline. »Man hat Ultraschallfotos gemacht, und die zeigen ganz deutlich das Meeresungeheuer oder zumindest seinen Geist.«

»Geist?«, fragte Joe.

»Ja, manche glauben, dass Nessie längst ausgestorben ist und nur noch sein Geist rumspukt, schließlich hat man das Ungeheuer zum ersten Mal vor 500 Jahren gesehen.«

»Huh, das ist ja doppelt gruslig«, sagte Miranda.

»Gibt's auf *Fairytale Castle* eigentlich Gespenster?«, fragte Daniel.

»Wie kommst du denn darauf?«, fragte Nepomuk zurück.

»Heute Nacht hab ich Schritte gehört, über meinem Bett.«

»Ach das! Das war nur Sir Archibalds Geist«, sagte Caspar.

»Ein Geist? Oh bitte, Caspar, erzähle!«, riefen die Kinder.

»Nun, Sir Archibald ist der Erbauer von *Fairytale Castle*, das war im Jahr … Perceval, wann war das noch mal?«

»Anno 1564«, sagte Perceval und seine aufgemalte Glitzerträne zitterte, als könne er sich das Lachen nicht verbeißen.

»In Shakespeares Geburtsjahr«, stellte Cymbeline fest.

»Das interessiert doch jetzt kein Schwein«, sagte Sharlene. »Was war mit Sir Archibald?«

»Er heiratete die falsche Frau«, sagte Caspar. »Soll ja angeblich öfter passieren, nicht wahr, Nepomuk?«

Nepomuk bückte sich, hob einen Stein auf und schleuderte ihn ins Wasser.

»Lady Gwendolin war jung und schön und Sir Archibald war leider nichts von beidem …«

»Halt's Maul!«, rief Nepomuk.

Perceval warf ihm einen Blick zu.

»Ich meine, hör auf, den Kindern diese Schauermärchen zu erzählen. Es gibt keine Gespenster auf *Fairytale Castle*.«

»Gibt's doch!«, beharrte Daniel. »Wie ging's weiter, Caspar?«

»Ich mach's kurz«, fuhr Caspar fort. »Lady Gwendolin verliebte sich in den Stallburschen, wollte mitten in der Nacht mit ihm auf und davon, aber Sir Archibald bekam Wind davon. Er

steckte sie in einen Sack und ließ sie …«, Caspar zeigte mit dramatischer Geste auf den See, »… in den Loch Leigh werfen.«
Ein Mädchen schrie auf, Daniel drückte sich an Joe und Sharlene kicherte. »Das war aber gar nicht nett von Sir Archibald«, sagte sie.
»Allerdings. Zur Strafe ist er ja dazu verdammt, bis zum heutigen Tage in seinen ehemaligen Gemächern herumzuspuken. Also bleibt nachts hübsch in euren Betten.«
»Und ihr? Wo schlaft ihr eigentlich?«, fragte Joe.
»Wir? Wir schlafen mal hier, mal da, nicht wahr, Perceval?«, sagte Caspar.
»Genau, wir sind Tag und Nacht in eurer Nähe. Damit euch nichts zustößt.«
»Dann bin ich ja beruhigt«, seufzte Daniel.
Ein heftiger Wind kam auf, die Sonne war längst verschwunden.
Die Clowns drängten zum Aufbruch.
Obwohl Sharlene ihr ungeduldig winkte, wartete Miranda, bis Cymbeline ihre Sachen eingepackt hatte. Cymbeline war ein ungewöhnliches Mädchen, ganz anders als sie selbst, aber Miranda mochte sie. Außerdem verbreitete Cymbeline nicht ständig Gemeinheiten über andere.
Joe hätte sich gern den beiden angeschlossen, schon allein, um noch etwas über das Ungeheuer von Loch Ness zu erfahren, aber Daniel hatte Mühe, mit den anderen Schritt zu halten, und so blieb Joe von Zeit zu Zeit stehen.
War der Hinweg schon mühsam gewesen, so war es der Rück-

weg erst recht. Der Himmel war nun bleigrau und es fielen die ersten Tropfen.
Daniel hatte seine Regenjacke vergessen und Joe hüllte sie beide in seine ein, die ihm sowieso viel zu groß war.
Völlig durchnässt und verfroren erreichten die Kinder am Abend *Fairytale Castle.*
Kurz vor dem Schloss kam ihnen der Jeep mit einem Pferdeanhänger entgegen. Am Steuer saß MacDuff und auf dem Hänger konnte Miranda einen hellen und einen dunklen Pferdehintern erkennen.
»Dancer und Brownie!«, rief Miranda. »Warum werden sie weggebracht?«
»Vielleicht müssen sie zum Tierarzt«, sagte Joe.
»Blödsinn«, sagte Patricia. »Der Tierarzt kommt zu den Pferden, nicht umgekehrt.«
Mit einem unguten Gefühl betrat Miranda das Schloss.
Doch was für ein Empfang! Im Großen Saal brannte der Kamin, Mrs MacDuff hatte eine köstliche Hühnersuppe gekocht, die heiß und dampfend auf den Tisch kam. Und gerade als sich in allen wohlige Wärme ausbreitete, betrat ein Mann den Raum.
Ein Mann in einem langen weißen Gewand mit einem roten Turban auf dem Kopf.
»Das ist er!«, sagte Miranda zu Cymbeline. »Das ist Mr Singh!«
»Er sieht aber nicht sehr indisch aus«, sagte Cymbeline.
Miranda hörte nicht zu, sie hätte Mr Singh am liebsten zugewinkt, sich irgendwie bemerkbar gemacht.

Nun blieb er vor dem Kamin stehen, und das flackernde Feuer umgab ihn mit einer goldenen Aureole. »Guten Abend, einen wunderrrschönen guten Abend wünsche ich euch, meine lieben Kinderrr«, tönte Mr Singh. »Ihr habt auf mich warrrten müssen, das tut mir Leid. Aberrr nun bin ich hier und bleibe auch.« Er lächelte.

Miranda wurde ganz warm ums Herz bei diesem Lächeln. Sie hatte das Gefühl, jetzt, wo Mr Singh da war, fingen die Ferien erst richtig an.

»Kommt, kommt mit ins Märrrchenzimmer!«

Die Kinder folgten Mr Singh in einen Raum, der bisher verschlossen gewesen war. Auch hier brannte ein Feuer im Kamin, auf dem Boden lagen dicke Kissen. Die Wände waren bemalt mit Schlangen, Tigern, Elefanten und mehrarmigen Gottheiten. Orangefarbene Vorhänge tauchten den Raum in ein warmes Licht.

»Heute errrzähle ich euch das Märrrchen von Sultan Sulaiman und dem Reiher«, begann Mr Singh.

»So hörrret denn: Sultan Sulaiman war der König aller Lebenden, Menschen wie Tiere. Eines Tages kam aus derrr unsichtbaren Welt ein Weiser an seinen Hof und brrrachte ihm einen Becher, gefüllt mit dem Wasserrr des Lebens.«

Mr Singh nahm einen goldenen Becher, der auf einem kleinen Tischchen stand, und hob ihn hoch.

»Der Weise sprach also: ›Göttliche Eingebung hat mir errröffnet, dass du binnen kurrrzem aus dieser Welt scheiden musst. Doch wenn du diesen Becher leerrrst, ist dir ein langes Leben beschieden, denn er ist mit dem Wasserrr des Lebens gefüllt. Trrrinkst du es, so lebst du ewig, wenn nicht, dann bereite dich vor zum Aufbrrruch in die Welt des Nichts.‹«

Mr Singh hielt Sharlene den Becher unter die Nase. »Nun, mein Kind, was würrrdest du an Sulaimans Stelle tun?«

Sharlene schnupperte. »Trinken natürlich. Wer stirbt schon gern?«

Mr Singh ging mit dem Becher von einem Kind zum anderen und stellte jedem die gleiche Frage.

Alle hätten getrunken, wenn sie an Sulaimans Stelle gewesen wären, nur Joe nicht. »Ewig zu leben muss grässlich sein«, sagte er. »Wenn ich mir vorstelle, meine Oma würde noch leben, wenn ich längst tot bin … Sie kommt doch jetzt schon mit allem Neuen nicht klar, Handys, Computer und so weiter, ein Wunder, dass sie überhaupt Telefon hat.«

»Interrressant, interrressant«, rollte Mr Singh. »Sehr interrressant, was der junge Mann hier sagt, aber lasst euch berrrichten, wie es weiterging. Sulaiman, der große Herrrscher, dachte lange nach und beschloss sich zu beraten. Alle, die klug und scharfsichtig waren, Mensch und Tier trrraten vor ihn hin und sie alle waren der Meinung, der Sultan müsse den Becher mit dem Wasserrr des Lebens trinken. Da frrragte der Sultan, ob auch wirrrklich alle Weisen erschienen seien. Da hieß es, jawohl, nur der alte Rrreiher sei nicht da. Nun entsandte der Sultan sein stolzestes Rrross, um den Rrreiher zu laden.«

Plötzlich trat vor Mirandas Augen ein Bild: Dancer und Brownie im *Pferdeanhänger*. Was hatte das nur zu bedeuten? Wenn die beiden fort waren, blieben zwar noch die Shettys, aber auf denen konnten nur die kleineren Kinder reiten, wenn man das Herumgehoppel auf den störrischen Biestern überhaupt reiten nennen wollte.

Die Kinder um sie herum lachten auf. Was hatte Mr Singh gerade erzählt? Miranda hatte Mühe, sich wieder auf das Märchen zu konzentrieren.

»Nun aber sprach Sulaiman zu dem Rrreiher: ›Sage mir, wieso bist du dem Ruf meines kostbarrrsten Rrrosses nicht gefolgt und erst vor mir errrschienen, als ich dir den Hund schickte, welcher in allen Augen ein gemeines Wesen ist?‹ Der Rrreiher entschuldigte sich bei Sulaiman und sprach: ›Oh Herr, das Rrross mag wohl edel von Gestalt sein, doch hat es nie auf der Wiese der Trrreue geweidet. Der Hund hingegen, mag er auch allen als gemein errrscheinen, hat sich vom harten Brot der Trrreue genährt. Als also Euer Rrross zu mir kam, schenkte ich seinen Worrrten keinen Glauben, dem getreuen Hund jedoch folgte ich an Euren Hof.‹ Dem wusste nun Sulaiman nichts entgegenzusetzen und er fragte den Rrreiher, ob er vom Wasserrr des Lebens trinken sollte. Nun, was glaubt ihr, hat der kluge Vogel ihm gerrraten?«

Mr Singh zeigte auf Cymbeline, die ganz in Gedanken verloren im Schneidersitz auf ihrem Kissen thronte.

»Wie? Ach so, wenn alle anderen gesagt haben, er soll trinken, dann hat der Reiher bestimmt gesagt, er soll es nicht tun, sonst wäre die Geschichte ja langweilig.«

»Aber dann muss er ja sterben!«, rief ein kleines Mädchen.

Cymbeline zuckte die Achseln. »Vielleicht war er ja schon alt.«
Mr Singh nickte. »In der Tat, der Sultan Sulaiman war alt, sehrrr alt sogar. Und was antwortete nun der Rrreiher? Er sprach: ›Herr, werdet Ihr das Wasserrr des Lebens auch Euren Frrreunden geben oder wollt Ihr es allein trinken?‹ Sulaiman sagte, dass es nur für ihn bestimmt sei. Da sagte der Rrreiher: ›Allmächtiger Herrscher, was für eine Frrreude kann das Leben noch sein, wenn man vorher all seine Freunde und Getreuen hat scheiden sehen?‹ Sultan Sulaiman lobte die klugen Worte des Rrreihers und gab das Wasserrr des Lebens zurrrück.«
Mr Singh reichte Joe den goldenen Becher und sagte: »Ich hingegen gebe das Wasserrr des Lebens nicht zurück, sondern euch. Trrrinkt, trrrinkt das Wasserrr des Lebens!«
Seine Augen glühten dunkel unter dem roten Turban.
Joe zögerte, dann nahm er einen kleinen Schluck, dann noch einen.
»Wie schmeckt das denn?«, fragte Daniel neben ihm.
Joe gab ihm den Becher. »Probier mal. Ein bisschen wie Apfelsaft.«
Der Becher ging nun reihum. Immer, wenn er leer war, füllte Mr Singh aus einem großen Tonkrug nach.
Cymbeline leckte sich die Lippen. »Da ist Alkohol drin«, sagte sie.
Sharlene, die gerade trinken wollte, hielt den Becher weit von sich. »Stimmt das? Ist da wirklich Alkohol drin? Kinder dürfen keinen Alkohol trinken!«

»Natürrrlich nicht, keine Angst, das ist nur Mrs MacDuffs selbst gemachter Apfelsaft«, sagte Mr Singh.
»Aber er hat schon angefangen zu gären«, beharrte Cymbeline. »Ich schmecke das.«
»Was du alles schmeckst«, sagte Sharlene abfällig und nahm einen großen Schluck. »Du siehst ja auch Farben, wo gar keine sind.«
»Nun, nun, meine Lieben, es ist spät geworrrden, Zeit zum Schlafen und Trrräumen«, sagte Mr Singh. »Ich wünsche euch eine gute Nacht.«
Als die Kinder nacheinander den Raum verließen, blieb Miranda zurück.
»Und du, was ist mit dirrr? Nicht müde?«, fragte Mr Singh freundlich.
»Nein, doch ... ich wollte nur sagen, ich bin hier«, stieß Miranda hervor.
»Das sehe ich«, sagte Mr Singh und lachte.
Miranda wurde rot. »Sie haben mir doch eine Nachricht hinterlassen, ich meine in dem Prospekt von *Fairytale Castle. Kommst du?*, haben Sie geschrieben. Und ich bin gekommen.«
Ein Lächeln des Verstehens huschte über Mr Singhs Gesicht.
»Wie schön, wie wunderrrschön, Prrrinzessin, dass du zu mir auf mein Schloss gekommen bist. Wir werden eine wunderrrvolle Zeit miteinander verbringen.«
Sanft schob Mr Singh Miranda zur Tür hinaus.
»Gute Nacht«, sagte Miranda.
»Trrräum süß«, sagte Mr Singh und schloss die Tür.

»Welcher Schwachkopf hat Cider in den Krug gekippt?«
Mrs MacDuff, die gerade das saubere Geschirr aus der Spülmaschine räumte, drehte sich um.
Nepomuk hielt ihr den Krug hin. »Mr Singh tobt vor Wut.«
»Aber er hat mir doch extra gesagt, er will ein starkes Getränk, damit man …«
»Pscht!« Nepomuk legte den Finger auf den Mund. »Mit stark meinte er doch aber nicht Alkohol, sondern irgendwas mit kräftigem Geschmack.« Er riss die Tür zur Speisekammer auf. »Hier, Himbeersirup. Nehmen Sie in Zukunft das, und zwar reichlich.«
In diesem Moment trat MacDuff, den unvermeidlichen Zahnstocher im Mund, in die Küche. »Das mit den Pferden ist erledigt.«
»Na, wenigstens etwas, das klappt«, sagte Nepomuk.
MacDuff trat ans Fenster. Regen rauschte herab. »In den nächsten Tagen soll es wieder schön werden«, sagte er.
»Das kümmert uns überhaupt nicht«, sagte der Clown. »Wir fangen morgen an, wie geplant.«
MacDuff nickte. »Mir soll's recht sein.«

Miranda lag im Bett und lauschte dem Regen, der allmählich schwächer wurde. Sie hatte mit Sharlene das Bett getauscht.
»Hier zieht's ja kalt rein«, hatte Sharlene gesagt.
Das stimmte. Die Fenster waren nicht ganz dicht, aber Miranda war glücklich. Glücklich darüber, dass Mr Singh endlich da war, und glücklich, weil sie am Fenster schlafen konnte. Als

sie Sharlenes Schnarchen hörte, stand sie auf, um den Vorhang einen Spalt zu öffnen. So würde sie morgen früh hinausschauen können. Das Fenster lag genau über dem Seiteneingang neben der Küche. Gerade ging die Tür auf und zwei Männer traten heraus. An den stachelig vom Kopf abstehenden Haaren erkannte sie Caspar, der andere musste Nepomuk sein, seine Gummiglatze schimmerte in dem Lichtschein, der aus der Tür fiel. Miranda konnte durch das geschlossene Fenster nicht hören, was sie sagten, aber sie schienen zu streiten. Jetzt packte Nepomuk Caspar sogar am Kragen, doch plötzlich wandten beide den Kopf, verharrten einen Moment regungslos und verschwanden dann in der Tür.

Miranda gähnte. Sie war zu müde, um über das Gesehene nachzudenken. Sie wollte nur noch schlafen, schlafen und träumen, süß träumen …

7. Kapitel

Am nächsten Morgen fiel feiner Nieselregen. Alles war grau: der Himmel, die Landschaft und das Schloss.

Doch ausgerechnet heute brannte kein Feuer im Kamin, und im Speisesaal war es unangenehm frisch. Die Kinder sahen nicht sehr munter aus, einige rieben sich die Augen, andere gähnten. Daniel hatte sogar komplett verschlafen, Joe musste hinaufgehen und ihn wecken.

»Ich fühle mich, als sei ich einmal auf den Mount Everest gestiegen und wieder herunter«, sagte Sharlene und rührte missmutig in einer Schüssel Porridge.

»Wie willst du das wissen, wenn du noch nie auf dem Mount Everest warst?«, erwiderte Cymbeline.

Sharlene streckte ihr die Zunge raus. »Alte Besserwisserin! Jetzt erzähl mir nur nicht, wie hoch dieser blöde Berg ist, das interessiert mich nämlich einen feuchten Dreck!«

»Ich fühle mich heute Morgen aber auch total schlapp«, fiel Miranda ein. »Immerhin sind wir gestern acht Stunden auf den Beinen gewesen.«

»Ich mache heute Vormittag nichts, überhaupt nichts«, sagte Sharlene. »Da können die sich auf den Kopf stellen.«

Aber selbst die Clowns sprangen an diesem Morgen mehr oder weniger lustlos durch die Gegend.
Caspar schüttete Nepomuk Cornflakes auf die Gummiglatze, was dieser überhaupt nicht komisch fand. Balthazar stand in der Ecke, redete auf MacDuff ein und ließ eher gelangweilt seine Nase vor- und zurückschnappen. Perceval saß am Tisch und kaute an seinen Nägeln.
Miranda hielt Ausschau nach Mr Singh, aber der war nirgendwo zu entdecken.
»Na, wie sieht's aus?«, fragte Nepomuk und klaubte sich die letzten Cornflakes aus den roten Locken. »Was haltet ihr von einem gemütlichen Tag im Schloss?«
Wenn die Kinder nicht so erschöpft gewesen wären, wäre der Jubel sicher lauter ausgefallen, aber so nickten sie nur zustimmend, ein paar klatschten in die Hände.
»Gut, wir bilden wieder vier Gruppen«, sagte Nepomuk. »Gruppe eins darf mit Balthazar Figuren gießen. Gruppe zwei kann mit Caspar Gelwachskerzen machen und Gruppe drei und vier malt. Wer von euch malt gern und gut?«
Miranda, Joe und Sharlene meldeten sich und noch ein paar andere Kinder.
»Gut, ihr kommt zu mir in Gruppe vier«, sagte Nepomuk.
»Ich will auch!«, rief Daniel.
»Du bist zu klein, du kommst in Gruppe eins!«
»Genau, du kommst zu mir«, lockte Balthazar. »Wir gießen süße kleine Häschen und Vögelchen.«
Cymbeline verdrehte die Augen. »Dann schon lieber Kerzen.

Die kann man wenigstens hinterher verbrennen.« Aber Cymbeline musste in Gruppe drei zu Perceval.

»Die Kursräume befinden sich im Untergeschoss«, sagte Nepomuk.

Eine weitere bisher verschlossene Tür in der Halle entpuppte sich als Eingang zum Keller. Eine Treppe führte in ein gemauertes Gewölbe, von dort ging es einen etwas modrig riechenden Gang entlang. »Gruppe eins in Raum eins und so weiter«, wies Nepomuk die Kinder an.

Joe fand sich mit Miranda in einem niedrigen, weiß getünchten Raum wieder. Hier gab es keine Fenster, aber Neonröhren an der Decke verbreiteten taghelles Licht. Auf schmalen Tischen standen aufgereiht verschiedene Tierfiguren aus Terrakotta, ungebranntem Porzellan und Gips sowie Becher mit Pinseln und Farbtöpfe.

»Setzt euch, ich erkläre, was zu tun ist«, sagte Nepomuk. »Am einfachsten sind die Kühe. Die bleiben weiß, bekommen aber schwarze Flecken, gelbe Hörner und eine rosa Zunge, die hier so seitlich raushängt. Seht ihr, so.« Er hob eine bereits bemalte Kuh hoch.

»Die sieht doch total verblödet aus«, flüsterte Joe Miranda zu. Er hatte sich einfach neben sie gesetzt und war selbst erstaunt über seinen Mut.

»Die Hamster sind schon schwieriger«, fuhr Nepomuk fort. »Gesicht und Körper werden braun, die Pfoten weiß, die Latzhosen bei den Hamsterjungen blau, die Röcke der Mädchen gelb mit roten Punkten.«

Ein Mädchen kicherte. Nepomuk beachtete sie nicht, er hielt jetzt ein Entenküken hoch. »Hier müsst ihr vor allem bei den Wimpern aufpassen, dass die nicht verwackeln. Nehmt den ganz dünnen Pinsel dafür. Wenn ihr damit fertig seid, können wir noch ein paar Fliegenpilze bemalen.«
»Was heißt denn hier *fertig seid*?«, fragte Miranda Joe. »Sollen wir die etwa alle anmalen?«
Vor ihr waren zwanzig Entenküken, zehn Hamstermädchen und -jungen sowie ein Dutzend Kühe aufgebaut.
Joe zuckte mit den Schultern.
»Und nun fangt bitte an«, sagte Nepomuk.
Zwölf Kinder tauchten ihre Pinsel in die Farbnäpfchen und begannen zu malen. Nepomuk ging an den Tischen auf und ab, verbesserte hier und korrigierte dort.
»Die Flecken bei den Kühen nicht so groß, die hier sieht ja aus wie ein schwarzer Panther!« Er lachte dröhnend. »Und die Zunge soll links aus dem Maul hängen, nicht rechts!«
»Das ist doch egal«, wandte Joe ein.
Nepomuk beugte sich über ihn. Joe roch den süßlichen Geruch der Schminke. »Links rum sieht's einfach lustiger aus.«
Auf Sharlenes Tisch standen bereits zehn fertig bemalte Kühe und drei Entenküken.
»Sehr schön, Sharlene, deine Wimpern sind toll geworden!«
»Meine Wimpern?«, flötete Sharlene kokett und klapperte mit den Augendeckeln.
Nepomuk schlug ihr freundschaftlich auf die Schulter. »Die auch!«, sagte er und lachte.

Miranda schämte sich. Wie hatte sie gestern glauben können, Nepomuk habe Sharlene schlagen wollen? Wie dumm von ihr. Sie schüttelte heftig den Kopf.
»Ist was?«, fragte Nepomuk.
»Kann ich Grün haben?«, fragte Miranda schnell.
»Wozu?«
»Ich hab jetzt drei Hamstern blaue Hosen gemalt, jetzt möchte ich eine in Grün machen.«
»Grün gibt's nicht«, sagte Nepomuk unwirsch.
»Dann nehme ich eben Rot«, sagte Miranda und tauchte den Pinsel in den Topf mit der roten Farbe.
Nepomuk riss ihr den Pinsel weg. »Die Hosen werden blau, basta!«
Miranda wollte gerade etwas entgegnen, da ging die Tür auf und Mr Singh trat ein. »Alles in Orrrdnung bei euch Künstlerrrn?«, fragte er.
»Nein!«, wollte Miranda rufen, stattdessen nickte sie.
»Ich hab was fürrr euch«, sagte Mr Singh und gab Nepomuk eine Kassette. »Gibt es etwas Schönerrres als beim Malen vorrrgelesen zu bekommen?«
Und schon hatte sich die Tür wieder geschlossen.
Nepomuk schob die Kassette in einen Kassettenrekorder und sofort ertönte Mr Singhs tiefe, warme Stimme. »Heute errzähle ich euch das Märrrchen von König Madhumathana …«
Miranda hörte zu und wie von selbst entstand unter ihren Fingern ein Hamsterpärchen nach dem anderen, danach kamen Küken mit perfekt geschwungenen Wimpern und schließlich

sogar noch lachende Fliegenpilze mit roten Hüten und weißen Tupfen.
Als der Gong zum Mittagessen ertönte und Nepomuk den Kassettenrekorder abstellte, schaute Miranda auf ihr Werk. Sie hatte von allen Kindern am meisten geschafft. »Oh Gott, soll ich das etwa alles mit nach Hause schleppen? Das passt ja gar nicht in meinen Koffer!«
Joe besah sich seine Kühe und Küken. »Ich nehme von jedem nur eins für meine Mutter mit. Die findet so was schön. Der Rest geht leider kaputt.« Er nahm einen Hamster und zwinkerte Miranda zu, aber ehe er ihn auf den Boden fallen lassen konnte, stand schon Nepomuk neben ihm und nahm ihm den Hamster aus der Hand.
»Stellt bitte alles ordentlich nebeneinander auf«, sagte der Clown. »Die Tiere müssen noch gebrannt werden, sonst halten die Farben nicht.«
»Hey, tu die gefälligst woanders hin!«, fauchte Sharlene, als Patricia ihre ordentlich gefleckte Kuh neben eine von Sharlenes Kühen stellte.
»Ist doch egal«, brummte Nepomuk, der mit einem Lappen die Pinsel reinigte.
»Ist überhaupt nicht egal, nachher werden die verwechselt, sie sehen doch alle gleich aus«, sagte Sharlene. »Ich will aber meine Kühe mit nach Hause nehmen und nicht die von irgendwem.«
»Ich bring schon nichts durcheinander«, sagte Nepomuk. »Ihr müsst jetzt hoch, es hat gegongt.«

Doch als Nepomuk Sharlene den Rücken zudrehte, nahm die einen Pinsel und schrieb schnell unter jedes Tier ihren Namen.
Miranda und Joe sahen sich an und verdrehten die Augen.

»Und ihr? Was habt ihr gemacht?«, fragte Miranda beim Mittagessen Cymbeline.
»Kürbisse!«, stöhnte Cymbeline. »Wir mussten grinsende Kürbisse anmalen. Dabei ist doch noch gar nicht Halloween.«
»Wie ich dich kenne, hast du bestimmt wieder Ärger gemacht«, sagte Sharlene.
»Aber ja«, sagte ein Mädchen vom Nachbartisch. »Sie wollte einen gestreiften Kürbis malen, aber Perceval hat's verboten.«
»Ich wollte nur einen Kürbis haben, der echt aussieht. Die Kürbisse von Mr Witherspoon haben grüne Streifen.«
»Jetzt gib bloß nicht wieder mit eurem Gärtner und seinen Riesenkürbissen an!«, sagte Sharlene.
Cymbeline schüttelte den Kopf und beugte sich über die Suppe.
»Ich wollte meinem Hamster eine grüne Hose malen, aber das ging auch nicht«, sagte Miranda. »Es ist hier genau wie in der Schule, da muss im Kunstunterricht auch immer alles gleich aussehen. Hoffentlich können wir morgen wieder raus.«

Im Kellerraum mit der Nummer eins löste Balthazar vorsichtig ein Gipshäschen aus der Form. Eins der niedlich abgewinkelten Ohren brach ab. Das konnte man nur noch wegwerfen.

Ein Entenküken hatte Löcher im Bauch, da war der Gips zu schnell in die Form gegossen worden und es hatten sich Luftblasen gebildet. Typische Anfängerfehler. Das würde sich spätestens nach zwei Tagen gegeben haben. Der Clown nahm die rote Kugelnase ab und schnäuzte sich. 25 Häschen, 17 Entenküken und 13 Glücksschweine, für den ersten Vormittag war das kein schlechtes Ergebnis. Die Kinder waren eifrig bei der Sache gewesen, es machte ihnen Spaß. Er wünschte, sein alter Direktor am Queen Mary's, Mr Ogilvie, könnte sehen, wie viel Spaß die Kinder daran hatten, Dinge herzustellen, die perfekt aussahen. Aber Mr Ogilvie würde es nicht verstehen. Wenn es damals nach ihm gegangen wäre, hätte Balthazar den Kindern einen Klumpen Lehm in die Hand drücken und sagen sollen: »Macht was draus, irgendwas.« Und all die schrecklich ungelenken Gebilde, die die Kinder zusammengematscht hätten, wären für jemanden wie Mr Ogilvie das Ergebnis einer sich frei entfaltenden kindlichen Kreativität gewesen, die man gar nicht hoch genug einschätzen konnte.
Nein, da hatte Balthazar es doch vorgezogen zu gehen. Schließlich war er Kunstlehrer und für ihn kam Kunst immer noch von Können und nicht von Wollen.
Mr Ogilvie war nicht traurig gewesen ihn zu verlieren. Und im Lehrerkollegium hatte es nur die alte Miss Forsythe bedauert, dass er sie verließ. Sie hatte eine ähnliche Einstellung gehabt wie er. Wozu war Schule gut, wenn nicht dazu, die Kinder zu befähigen, etwas richtig zu machen? Im Mathematikunterricht stellte sich doch auch niemand hin und sagte: »Überlegt doch

mal, was eins und eins sein könnte. Drei? Wunderbar. Vier? Auch gut.« Nein, nein! Eins und eins war immer noch zwei und ein Osterhäschen hatte auch wie ein Osterhäschen auszusehen und nicht wie eine Mischung aus Ferkel und Schäferhund. Balthazar wischte den Gipsstaub von den Tischen. Er hatte den richtigen Weg eingeschlagen. Hier auf *Fairytale Castle* konnte er seine pädagogischen Fähigkeiten, die man anderswo verkannte, voll ausleben und verdiente noch gutes Geld dabei. Durch eine glückliche Fügung sogar mehr Geld, als er zu hoffen gewagt hatte. Der einzige Nachteil war, dass er dabei zum Teil auf Leute angewiesen war, die es mit Recht und Gesetz nicht immer genau nahmen. Aber er hatte alles unter Kontrolle, oder etwa nicht?
Bei diesem Gedanken verspürte Balthazar ein unangenehmes Grummeln im Bauch. Was wollte ihm sein Magen sagen? Balthazar lächelte und setzte seine Clownsnase wieder auf. Hunger hatte er, das war's. Mal sehen, ob noch etwas vom Mittagessen übrig war. Und wenn nicht, würde er Mrs MacDuff bitten, ihm ein paar Bratkartoffeln zu machen, vielleicht auch ein Kotelett zu braten. Oh ja, darauf hatte er jetzt Appetit.

Der Nachmittag verlief wie der Vormittag. Die Kinder saßen in den Werkräumen, hörten Kassetten mit Mr Singhs Märchen und gossen Figuren und Kerzen oder malten. Alles, was fertig war, wurde zum Brennen oder Trocknen fortgeschafft.
Nach dem Abendbrot versammelten sie sich im Märchenzimmer.

Aber diesmal erzählte Mr Singh kein Märchen. »Ihrrr habt mich ja heute den ganzen Tag gehörrrt«, schnarrte er. »Ich schlage vorrr, wir machen es umgekehrt. Jeden Abend errrzählt jetzt einer von euch ein Märrrchen. Vielleicht kann ich noch etwas lerrrnen.«

»Wie in 1001 Nacht«, flüsterte Cymbeline Miranda zu.

Mr Singh hatte es gehört: »Berrrichte uns doch einmal, was es damit auf sich hat.«

Cymbeline fuhr sich durch ihr wirres Haar. »Das war so: Der König von Samarkand will sich rächen, weil ihn seine erste Frau mit einem Sklaven betrogen hat. Und so heiratet er jeden Abend eine andere Frau, die er dann am Morgen nach der Hochzeitsnacht töten lässt. Aber Schehrezade, der klugen Tochter des Wesirs, gelingt es, der Rache zu entgehen. Sie beginnt am Abend eine Geschichte zu erzählen, und da der König neugierig ist, wie es weitergeht, lässt er sie am nächsten Tag am Leben und am übernächsten auch. Tausendundeine Nacht lang erzählt sie ihm Märchen.«

»Und danach? Hat er sie am 1002ten Tag dann umgebracht?«, fragte Harry.

»Nein, er hat ihr das Leben geschenkt«, sagte Cymbeline.

»Nun, stell dir vorrr, du bist jetzt Schehrrrezade und ich bin der König und hierrr ...«, Mr Singh machte eine weite Armbewegung, »... hierrr ist mein Gefolge. Alle hören dir zu.«

Cymbeline dachte nach. »Na gut, dann erzähle ich das Märchen von Aladin und der Wunderlampe. Es war also einmal ein armer Schneider, der hatte einen Sohn und der hieß Aladin ...«

Cymbeline war keine besonders gute Erzählerin. Sie ließ zwar kein Detail aus, aber bei ihr klang das Märchen wie ein nüchterner Bericht und keine Spur geheimnisvoll. Einige der Kinder gähnten verstohlen, aber Mr Singh, der auf einem Kissen thronte, betrachtete Cymbeline, als würde sie ihm Dinge berichten, von denen er noch nie gehört hatte.

Als Cymbeline mit ihrer Geschichte fertig war, zog Mr Singh an einem altmodischen Klingelzug. Und als ob sie hinter der Tür gewartet hätte, erschien augenblicklich Mrs MacDuff mit einem Tablett, auf dem der goldene Becher stand sowie der große Tonkrug.

»Ich will kein Lebenswasser«, maulte Daniel.

Mr Singh goss den Becher voll und bedeutete Mrs MacDuff mit einer Handbewegung zu gehen. »Heute ist es etwas ganz Besonderrres«, sagte er. »Morrrgentau, von Rrrosenblätterrrn geschöpft.«

»Schmeckt wie gewöhnlicher Himbeersirup«, sagte Sharlene und reichte den Becher weiter an Miranda.

»Ein bisschen sehr süß vielleicht«, sagte die.

Cymbeline nippte nur und verzog das Gesicht. »Wie die Medizin, die Rani mir gibt, wenn ich Fieber hab, da tut sie immer ganz viel Honig rein.«

»Sehrrr gut beobachtet, mein Kind«, sagte Mr Singh. »Im Wasserrr des Lebens verbindet sich der Frrrohsinn eines Frrrühlingsmorgens mit der Schwermut eines Herrrbstabends. Würrrden wir wohl die Süße schmecken ohne das Salz unserer Trrränen?«

Cymbeline wollte Mr Singh gerade erklären, was es mit den menschlichen Geschmacksnerven auf sich hatte und dass man süß und salzig auf ganz unterschiedlichen Zungenbereichen wahrnahm, doch sie ließ es bleiben. Erwachsene liebten es nicht, von Kindern belehrt zu werden. Stattdessen fragte sie: »Mr Singh, welche Sprache sprechen Sie eigentlich?«
Mr Singh sah sie erstaunt an. »Die gleiche wie du, warum frrragst du?«
»Ich meine doch, welche indische Sprache. Unser Hausmädchen Rani zum Beispiel spricht Bengali, sie kommt aus Bangladesh. Und Sie, Mr Singh, wo kommen Sie her, welche Sprache sprechen Sie?«
Wurde Mr Singh blass unter seiner braunen Haut oder bildete Cymbeline sich das nur ein?
Da ging die Tür auf. »Zu Bett, zu Bett, nun seid so nett!«, sang Balthazar und schlug auf ein Triangel. »Pling-pling-pling, dies Gutenachtlied ich euch sing!«
Balthazars Gesang klang so schauerlich und er sah so albern aus mit seinem Hütchen und seinem Kugelbauch, dass sogar Cymbeline lachen musste.
Mr Singh verabschiedete sich schnell, und die Kinder suchten ihre Zimmer auf.

»Ist doch irgendwie komisch«, sagte Cymbeline zu Miranda.
»Was ist komisch?« Miranda kramte in ihrem Portemonnaie.
»Na, dass er mir nicht geantwortet hat.«
»Da ist sie ja!« Miranda hielt eine Telefonkarte hoch. »Ent-

schuldige, Cymbeline, aber ich will schnell noch zu Hause anrufen.«
Miranda lief die Treppe hinunter in die Halle. Mit Herzklopfen wählte sie die Nummer. Hoffentlich geht es Mum gut, dachte sie. Bitte, bitte.
Ihr Vater nahm ab. »Miranda! Wie schön, dass du anrufst! Hast du unseren Brief bekommen?«
»Ja, Dad, vielen Dank, aber ich bin noch gar nicht zum Schreiben gekommen. Hier ist so viel los …«
Ihr Vater lachte. »Na, das ist doch auch der Sinn der Sache. Wäre doch schlimm, wenn du dich langweiltest. Wie ist das Wetter bei euch?«
»Heute hat's den ganzen Tag geregnet, aber sonst war es schön. Wir waren am Loch Leigh und reiten und Tennis spielen und …«
»Möchtest du mit Mum sprechen?«
»Ja, ich …« Miranda sah auf die Anzeige am Telefon, die Karte war fast abgelaufen.
»Mäuschen«, ertönte nach einer Weile Mrs Fosters Stimme. »Wie geht es dir?«
»Sehr gut. Und dir?«
»Danke, ich muss die ganze Zeit liegen, das ist sehr langweilig. Aber solange ich nicht ins Krankenhaus muss, soll's mir egal sein.«
»Ich schreibe dir, Mum, bestimmt!«
»Ich freue mich darauf. Hab noch viel Spaß, ja?«
»Bestimmt. Und ich hab dich ganz doll lieb!« Miranda hängte

ein. Sie wischte sich über die Augen. Solche Sehnsucht hatte sie nach ihrer Mutter, dass es richtig wehtat. Sie zog die Karte aus dem Telefon und drehte sich um.

Hinter ihr stand Joe und sah sie aufmerksam an.

»Was machst du denn hier?«, sagte sie unfreundlich.

»Das Gleiche wie du«, sagte Joe gekränkt. »Ich wollte zu Hause anrufen.«

»Bitte«, sagte Miranda knapp. Es war ihr peinlich, dass er gesehen hatte, wie sie weinte.

Aber Joe machte keine Anstalten zu telefonieren. »Eigentlich habe ich gar keine Lust«, sagte er. »Meine Mutter erzählt mir bestimmt nur wieder, was ihr alles Schreckliches passiert ist. Ihr passiert immer was, wenn ich nicht da bin. Letzten Sommer, als ich mit meiner Großmutter in Bournemouth war, ist sie beim Fensterputzen von der Leiter gefallen, und im Jahr davor hat ihr ein Dieb auf der High Street die Handtasche weggerissen.« Er lachte gequält auf. »Immer ist irgendetwas.«

»Und dann macht man sich Sorgen«, sagte Miranda.

»Ja, und tun kann man nichts, gar nichts.«

»Na dann …«, sagte Miranda unschlüssig, »… dann bring's mal besser hinter dich … Entschuldige, ich hab deinen Namen vergessen.«

»Joe, ganz einfach.« Er griff zum Hörer. »Gute Nacht.«

»Gute Nacht.«

Nach dem dritten Klingeln wusste Joe, dass seine Mutter nicht da war. Trotzdem ließ er es weiterläuten. Was bedeutete das?

Joe konnte sich nicht erinnern, dass sie abends einmal nicht daheim gewesen wäre. Wo sollte sie auch hingehen? Hatte sie einen Unfall gehabt? War sie im Krankenhaus? Oder Schlimmeres?
Joes Herz klopfte wie wild. Warum hatte er nicht früher versucht sie zu erreichen? Der Brief stammte vom Montag, heute war Samstag. Was konnte in der Zwischenzeit nicht alles passiert sein!
»Na, junger Mann. Keiner daheim?« Balthazar war aus der Küche in die Halle gekommen.
Verwirrt stellte Joe fest, dass er den Hörer immer noch in der Hand hielt. Er hängte ein. »Anscheinend nicht«, sagte er.
»Dann mal husch-husch ins Körbchen, morgen ist ein neuer Tag«, sagte Balthazar und riss in übertriebenem Gähnen den Mund auf.

»Füße hoch!«, sagte Mrs MacDuff zu Caspar, der am Küchentisch saß, rauchte und Zeitung las. Als er nicht gleich reagierte, stieß sie ihm den Schrubber in die Wade. »Und geraucht wird hier auch nicht.«
Caspar drückte die Zigarette in einer Untertasse aus und faltete die Zeitung zusammen. »Liebe Mrs MacDuff, hab ich Ihnen schon mal gesagt, dass man sich in Ihrer Gegenwart so richtig wohl und behaglich fühlt?«
Mrs MacDuff starrte den Clown an. »Ich hasse diese Masken. Nie weiß man, ob ihr Burschen es ernst meint oder nicht.«

»Ich meine immer alles ernst, meine Liebe, das wissen Sie doch.«

Die Küchentür ging auf und Perceval streckte seinen Pierrot-Kopf herein. »Kommst du endlich? Wir haben jede Menge zu tun.«

Caspar erhob sich ächzend und folgte Perceval durch die Seitentür hinaus.

»Unser Mr Hitzkopf hat schon dreimal gefragt, warum du uns nicht hilfst«, sagte Perceval. »Du solltest ihn nicht noch mehr reizen, du weißt doch, wie er drauf ist.«

»Ach ja, hätte ich gestern zulassen sollen, dass er vor aller Augen gewalttätig wird?«

»Nein, natürlich nicht, aber du hättest ihn ja nicht wieder mit der alten Geschichte aufziehen müssen.«

Perceval schlug den Weg zum Abenteuerspielplatz ein.

Caspar blieb stehen. »Weißt du was, mir stinkt die ganze Sache allmählich. Ich hätte nicht übel Lust auszusteigen.«

»Ich denke, du brauchst das Geld.«

»Ja schon, aber …«

»Nichts aber. Was willst du denn tun? Weiter auf Kindergeburtstagen verwöhnten Blagen deine Tricks vorführen und mit Dad und Mum, die zwei Bentleys vor der Tür stehen haben, anschließend ums Honorar feilschen? Oder auf Betriebsfeiern auftreten, wo dir angeschickerte Sekretärinnen in den Hintern kneifen? Ist es das, was du willst?« Perceval hielt Caspar am Ärmel fest.

»Nein, natürlich nicht. Hab ich ja lang genug gemacht.«

»Eben, ich auch. Und mir steht's bis hier!« Perceval machte eine sprechende Geste. »Aber so leicht wie jetzt hab ich noch nie mein Geld verdient. Und alles, was von uns verlangt wird, ist unsere Rolle zu spielen.« Perceval schlug Caspar aufmunternd auf die Schulter. »Und das haben wir doch schließlich gelernt, nicht wahr?«

An dieser Stelle übertrieb Perceval allerdings ein wenig. Im Gegensatz zu Caspar, der ein wirklich guter Zauberer war, hatte Perceval nicht viel gelernt. Die Aufnahmeprüfung an der Schauspielschule hatte er nur bestanden, weil er eine Szene aus einem modernen Stück vorspielte, in dem der Hauptdarsteller in einer Mülltonne steckt, ab und zu mal einen Satz sagt und dabei furchtbar dämlich aussieht. Dämlich aussehen konnte Perceval gut, aber leider auch nicht viel mehr. Für komische Rollen war er nicht komisch genug, für tragische Rollen fehlte ihm das Format. Und so hatte er bei einer Aufführung seiner Schauspielklasse auch nur die Rolle des stummen Dieners erhalten. Da Percevals Ehrgeiz jedoch in keinem Verhältnis zu seinem Talent stand, konnte er diese Schmach nicht auf sich sitzen lassen und kippte am Morgen vor der Aufführung dem jugendlichen Liebhaber Rizinusöl in den Kaffee. Der jugendliche Liebhaber fiel aus und da kein Ersatz zur Verfügung stand, durfte Perceval den Part übernehmen. Die Vorstellung wurde ein kompletter Reinfall. Eine Mitschülerin, die törichterweise in Perceval verliebt war, hatte das mit dem Rizinusöl nicht nur gewusst, sondern sogar für ihn das Abführmittel aus der Apotheke besorgt. Als sie Perceval kurze Zeit später mit einem jungen Ding aus der Ballettklasse erwischte, gestand sie den Anschlag dem Direktor, und Perceval wurde auf der Stelle der Schule verwiesen. Fortan schlug er sich mehr schlecht als recht durchs Leben. Höhepunkt seiner bisherigen Karriere war ein Auftritt in *Wir aus der Albert Street* gewesen, wo er einen Passanten spielen durfte, der in Mr Singhs Imbiss ein Chickencurry bestellte und daraufhin einen Veitstanz aufführte, weil das Curry so scharf war. Das mit dem Veitstanz hatte er erstaunlich gut hinbekommen.

Durch die Vermittlung von Mr Singh war Perceval schließlich als Pierrot auf *Fairytale Castle* engagiert worden. Nicht gerade eine Aufgabe, die ihn befriedigte, aber gut bezahlt. So gut, dass er auch solche Arbeiten übernahm, die mit Schauspielerei eigentlich nichts zu tun hatten.

8. Kapitel

Um sieben Uhr morgens dampften die Wiesen um das Schloss wie in einer Sauna. In der Traumfängerstube schien die Sonne durch einen Spalt im Vorhang und beleuchtete den lächelnden Mond auf der Wand gegenüber.
Miranda schlüpfte aus dem Bett und zog den Vorhang weit auf.
»Mach den Vorhang zu, das ist ja grässlich hell«, grummelte Sharlene und zog sich die Decke über den Kopf.
Miranda stellte sich dicht ans Fenster und zog den Vorhang hinter sich zu. Sie blickte hinüber zur Pferdekoppel. Die zwei Shettys konnte sie erkennen. Der Bodennebel hatte ihre Beine verschluckt, es schien, als schwebten sie.
Dancer und Brownie sah sie nicht. MacDuff hatte gestern auf ihre Frage, wo er die Pferde hingebracht habe, muffelig geantwortet: »Zum Hufschmied, die Eisen waren total runter.« Länger als einen Tag konnte das doch nicht dauern. Vielleicht waren Dancer und Brownie längst wieder da und standen im Stall?
Miranda setzte sich auf ihr Bett und zog sich an. Ob sie es noch einmal wagen sollte, vor dem Frühstück zu den Pferden zu gehen? Wenn sie an den unfreundlichen MacDuff dachte, ver-

spürte sie keine große Lust, aber andererseits, was sollte er ihr schon tun?
Miranda lief den Gang entlang. Warum war ihr nicht schon früher aufgefallen, wie schäbig und abgetreten der Teppich war? Und in der Holzvertäfelung fehlten einzelne Teile und waren notdürftig durch Spanplatten ersetzt worden.
An der Treppe blieb Miranda stehen und schaute hinunter in die Halle. Niemand war zu sehen. Nur aus dem Speisesaal war das Schurren von Stühlen zu hören. Mrs MacDuff war bestimmt dabei, die Tische zu decken. Es roch nach Pfefferminztee wie jeden Morgen.
Gerade als Miranda die Treppe hinuntergehen wollte, öffnete sich die Tür zur Küche und MacDuff trat heraus. Wenn er jetzt hochblickte, musste er sie bemerken. Schnell wich Miranda zurück und schlüpfte hinter eine Ritterrüstung. Sie beugte sich ein wenig vor und sah, wie MacDuff auf den Speisesaal zuging.
Aber sie musste sich wohl ein wenig zu weit vorgebeugt haben, denn plötzlich löste sich der Helm, fiel auf den Boden und rollte laut scheppernd die Treppe hinunter.
Miranda presste sich hinter der Rüstung flach an die Wand. Jetzt würde MacDuff bestimmt heraufkommen und sie in diesem albernen Versteck entdecken. Sie hörte schon seine schweren Schritte auf der Treppe. Halt suchend griff Miranda hinter sich und hielt plötzlich eine Klinke in der Hand. Wo kam die Tür her? Egal. Miranda schlüpfte rückwärts hindurch und schloss sie schnell wieder.

Gerade noch rechtzeitig, denn nun hörte sie MacDuff irgendetwas von »altem Gelump« murmeln und die Rüstung klirren, anscheinend setzte er ihr den Helm wieder auf.
Miranda presste die Hand auf ihr klopfendes Herz. Wie albern. Sie tat ja gerade so, als hätte sie etwas verbrochen und müsste sich verstecken. Wo war sie hier überhaupt?
Sie stand in einem schmalen, nur durch ein kleines Bogenfenster beleuchteten Gang, der in eine Wendeltreppe mündete. Wahrscheinlich führte diese in den Turm.
Von dort oben musste man eine herrliche Aussicht haben, dachte Miranda und setzte ihren Fuß auf die Treppe. Sie wand sich so eng hinauf, dass keine zwei Menschen aneinander vorbeigekommen wären. Vorsichtig stieg Miranda Stufe für Stufe weiter hoch.
Da war das Quietschen einer Tür zu hören, dann Stimmengemurmel. Ohne nachzudenken lief Miranda die Treppe wieder hinunter, öffnete mit zitternden Händen die Tapetentür, schob sich an der Ritterrüstung vorbei und eilte in ihr Zimmer. Durch einen Türspalt lugte sie hinaus auf den Gang.
Die Tapetentür öffnete sich erneut, Nepomuk wand sich geschickt heraus und ging die Treppe hinunter in die Halle. Kurz darauf ertönte der Gong zum Frühstück.
Miranda klopfte sich die staubige Hose ab. Sie verstand selbst nicht, warum sie davongelaufen war. Schließlich war die Tapetentür nicht verschlossen gewesen. Aber warum hatte man die Rüstung so davor gestellt, als ob sie einen geheimen Eingang verdecken sollte?

Miranda sah sich um. Auf jeder Seite des Ganges standen acht Rüstungen; neben jeder Zimmertür eine. Doch die, hinter der sich die Tür zum Turm verbarg, stand eben nicht direkt neben dem Zimmer mit Namen »Feengarten«, wo sie der Symmetrie gehorchend hingehört hätte, sondern einen guten Meter entfernt.

Konnte das Zufall sein?

»Machst du mal bitte Platz«, sagte da Sharlene hinter ihr. »Ich möchte gern frühstücken gehen. Oder gibt's da draußen was Besonderes zu sehen?«

Miranda trat beiseite. »Entschuldige, ich dachte, ich hätte was gehört.«

»Ein Gespenst? Die Geisterstunde ist doch längst vorbei«, sagte Sharlene. »Du glaubst doch nicht etwa an die Geschichte von Sir Archibald?«

»Natürlich nicht«, sagte Miranda.

Cymbeline schlief noch. Das war ungewöhnlich. Cymbeline brauchte nicht viel Schlaf. Selbst wenn sie abends noch lange las, war sie gewöhnlich morgens als Erste wach.

»Cymbeline!« Miranda rüttelte an ihren Schultern. »Wach auf. Es gibt Frühstück.«

»Wie? Was?« Benommen hob Cymbeline den Kopf. »Ich hab so einen Mist geträumt. Riesige Kürbisse kamen auf mich zugerollt, immer mehr und mehr.«

»War ja nur ein Traum«, sagte Miranda. »Und Kürbisse gibt's heute nicht. Schau mal raus, die Sonne scheint.«

Merkwürdigerweise nahm von den Clowns keiner am Frühstück teil. Nur Mrs MacDuff stand mit versteinerter Miene am Büffet und passte auf, dass sich keiner zweimal von den Würstchen nahm.

Aber so sehr viel Hunger hatten die Kinder an diesem Morgen sowieso nicht. Sie wollten alle so schnell wie möglich an die frische Luft.

Miranda lief mit Patricia und ein paar anderen Mädchen zur Pferdekoppel.

Dancer und Brownie waren nicht da.

»Auf wem, bitte, sollen wir reiten? Auf so einem Bettvorleger hier?«, fragte Patricia und zeigte auf eines der Shettys, das gemütlich vor sich hin graste.

Doch da kam bereits MacDuff mit den Trensen.

»Warum ist Dancer noch nicht wieder da?«, fragte Miranda.

»Hat sich beim Transport den Knöchel verletzt«, brummte MacDuff. »Muss noch 'ne Weile beim Tierarzt bleiben.«

»Und Brownie?«, fragte Patricia.

»Der hat 'ne Kolik. Hat sich wahrscheinlich überfressen.«

Mr MacDuff ging auf die Koppel und legte den Shettys das Zaumzeug an. »Wer will zuerst?«, fragte er.

»Da kann ich mich ja gleich auf ein Schaukelpferd setzen«, sagte Patricia zu Miranda. »Lass uns Tennis spielen.«

Am Tennisplatz hing ein Schild am Zaun. *Bitte nicht betreten, Belag muss erneuert werden.*

»So was kann Tage dauern.« Sharlene in einem superkurzen Tennisröckchen warf einen Ball in die Luft und versuchte ihn mit ihrem Schläger aufzufangen, doch der Ball rollte ins Gebüsch.

»Kommt, wir gehen zum Spielplatz«, sagte Miranda.

Irrten sie sich oder hingen die Schaukeln tiefer als sonst? Man musste die Knie anziehen oder gleich im Stehen schaukeln. In der Buddelkiste gab es kaum noch Sand, dafür war die Rutschbahn voll davon. In der Hängebrücke fehlten Planken.

»Hat hier ein Wirbelsturm gewütet?«, fragte Joe.

Da man es an diesem Tag mit den sportlichen Aktivitäten anscheinend nicht so genau nahm, hatte er darauf verzichtet, sich im Gartenhaus zu verstecken.

Sogar Cymbeline hatte sich eingefunden – natürlich mit dem unvermeidlichen Buch unter dem Arm – und betrachtete interessiert die Verwüstungen. »Hier sieht's ja schlimm aus!«

»Halli, hallo, wie geht's, wie steht's?« Caspar kam gähnend aus einem Wagen der Holzlokomotive gekrochen.

»Hast du da geschlafen?«, fragte Daniel.

»Natürlich, ich schlafe oft hier.«

»Was ist mit dem Spielplatz los?«, fragte Sharlene.

Caspar sah sich erstaunt um. »Na so was! Muss ja doll geregnet haben.«

Joe bezweifelte sehr, dass der Regen das alles hatte anrichten können.

»Was sehe ich denn hier hinter diesem entzückenden Öhrchen«, sagte Caspar, griff Sharlene ins Haar und zauberte eine dicke Holzschraube hervor. »Die habe ich überall gesucht, hier ist sie endlich!«

Sharlene fasste sich geschmeichelt ans Ohr und kicherte.
»Na, wo fehlt die wohl?«
Die Kinder liefen um die Holzlok herum und inspizierten die einzelnen Wagen.
»Hier!«, rief ein Junge. »Hier ist ein Loch.«
Miranda, Joe und Cymbeline hatten sich nicht an der Suche beteiligt. Sie standen da und schauten zu. Alle drei hingen ihren Gedanken nach, wobei die von Joe und Cymbeline sich glichen; beide waren erleichtert. Erleichtert über den Schlendrian, der über Nacht auf *Fairytale Castle* eingezogen zu sein schien. Keiner achtete mehr darauf, wer in welcher Gruppe was tat.
Miranda jedoch war alles andere als erleichtert. Sie war beunruhigt, und wenn sie tief in sich hineinhorchte, dann empfand sie sogar etwas, das der Angst ziemlich nahe kam.
Aber warum bloß? Nur weil sie heute Morgen die verborgene Tür entdeckt hatte? Oder weil die Rutschbahn voller Sand war?
Dancer! Das war es. Sie glaubte nicht an die Knöchelverletzung und auch nicht, dass Brownie eine Kolik hatte. Die beiden Pferde waren weggebracht worden und würden auch nicht wiederkommen, das wusste sie jetzt ganz gewiss.

Inzwischen fanden sich immer mehr Kinder auf dem Spielplatz ein. Jemand musste sämtliche Pingpongbälle zerdrückt haben, sodass man noch nicht einmal mehr Tischtennis spielen konnte. Und andere berichteten, dass an den Rollerblades einzelne Räder fehlten und vom Kricketspiel die Hälfte der Schläger.

»Dann gehen wir eben schwimmen«, schlug Sharlene vor.

»Geht nicht«, sagte Patricia. »Das Wasser ist abgelassen.«

»Was bedeutet das?«, fragte Cymbeline.

Caspar wiegte den Kopf hin und her. »Das bedeutet, das bedeutet, dass man besser nicht hineinspringen sollte.«

»Nein, im Ernst, Caspar, sag doch mal«, sagte Sharlene.

Aber Caspar verzog nur das Gesicht zu einer Grimasse und sang: »Ach du lieber Augustin, alles ist hin, hin, hin.«

»Was macht ihrrr denn für finsterrre Gesichter?« Mr Singh schritt auf die Kinder zu.

Miranda fiel auf, dass hier im Freien sein Gesicht eine etwas fleckige Bräune aufwies.

»Mr Singh, warum können wir nicht schwimmen?«, fragte ein Junge, und ein Mädchen fügte hinzu: »Nichts können wir, alles ist irgendwie kaputt.«

»Nun, das Wasserr im Pool musste abgelassen werrrden, weil durch den Regen alles verdrrreckt war, und was kaputtes Spielzeug betrrrifft, so müsst ihrrr euch an eure eigene Nasen fassen.«

»Und was sollen wir jetzt machen?«, fragte Sharlene.

»Kommt. Kommt mit mirrr ins Schloss. Da könnt ihrrr malen.«

»Aber nicht wieder Kürbisse!«, stöhnte Cymbeline.

»Mhmm, Kürrrbisse, ich liebe Kürrrbisse!«

»Mir macht Malen Spaß«, sagte Sharlene. »Ist jedenfalls besser als hier blöd rumzuhocken.«

»Hören wir dann wieder Kassetten?«, fragte Daniel.
»Aber frrreilich, kommt nurrr, kommt.«
Die Kinder folgten Mr Singh ins Schloss.

Heute mussten Miranda und Joe Schweine bemalen. Glücksschweine mit grünen Kleeblättern auf dem Rücken.
Joe stutzte, als er sein erstes Schwein fertig bemalt hatte. Haargenau so eines stand zu Hause auf seinem Schreibtisch. Seine Mutter hatte es ihm geschenkt, als er in die neue Schule gekommen war. Viel Glück hatte es ihm bisher jedenfalls nicht gebracht.
»Für die richtigen Künstler unter euch habe ich etwas Besonderes«, sagte Nepomuk und öffnete einen Pappkarton. Zum Vorschein kamen weiße Figuren. Nepomuk stellte eine davon vor Miranda hin.
»Ein Clown?«, fragte sie.
»Genau«, sagte Nepomuk. »Und jeder ist anders. Einer hat einen Blumenstrauß in der Hand, da musst du ganz sorgfältig arbeiten. Und der hier …«, er nahm eine andere Figur in die Hand, »der spielt Mundharmonika.«
»Die sind ja süß!«, rief Sharlene. »Darf ich bitte auch einen haben?«
Nepomuk verteilte die Gipsclowns, auch Joe bekam welche.
»Aber du kümmerst dich bitte nur um Jacke und Hose, die Gesichter überlässt du den Mädchen«, sagte Nepomuk.
»Darf ich dich als Modell nehmen?«, fragte Sharlene kokett und Nepomuk stellte sich in Positur.

Einige der Clowns hatten eine Glatze, andere einen zerbeulten Zylinder auf dem Kopf. Vorsichtig nahm Miranda einen Clown in die Hand, malte ihm ein weißes Oval um den roten Mund und zog den Rand schwarz nach. Auch der Strich über den Augen gelang ihr perfekt.
Joe tuschte derweil Hosen und Jacken und Schuhe an.
Plötzlich hörte er leises Kichern neben sich, Miranda stieß ihn an und zeigte auf ihr Werk. Einem Clown hatte sie rote Punkte ins Gesicht getupft, sodass er aussah wie ein Masernkranker. Einem anderen zeichnete sie gerade eine Frankensteinnarbe quer über die Wange und der nächste erhielt eine schwarze Augenklappe.
Joe gluckste vor unterdrücktem Lachen, vor allem, weil Miranda die ganze Zeit freundlich lächelte, während sie die kleinen Verschönerungen vornahm.
»Gibt's dahinten ein Problem?«, fragte Nepomuk.
»Aber nicht doch«, sagte Miranda treuherzig. »Ich hab Joe nur einen Witz erzählt. Das ist doch wohl erlaubt, oder?«
»Na klar, aber ich dachte, ihr wollt lieber Mr Singh zuhören«, sagte Nepomuk und drehte die Kassette um.
Joe wollte Mr Singh bestimmt nicht zuhören. Die Stimme ging ihm furchtbar auf die Nerven, vor allem dieses rollende R. Es erinnerte ihn an einen Schauspieler, den er mal im Stadttheater von Middleburgh gesehen hatte. Es gab Shakespeares Macbeth in einer Bearbeitung für Kinder, also ohne Mord und überhaupt ohne alles, was das Stück spannend machte. Macbeth wurde von einem Mann verkörpert, der eine verfilzte

Perücke trug und dessen rollendes R genauso falsch war wie seine Haare.
Miranda hatte gerade einem weiteren Clown einen ziemlich unappetitlichen Ausschlag auf Gesicht und Händen verpasst, als plötzlich das unverkennbare Düdeldö eines Handys ertönte.
Miranda sah Joe fragend an.
Das Düdeldö wurde lauter.
Sharlene kramte nervös in ihrem rosa Rucksäckchen, das sie stets bei sich trug. »Entschuldigung, ich …«, stammelte Sharlene verlegen. Endlich hatte sie das bimmelnde Ding herausgezogen.
Da trat Nepomuk auf sie zu, nahm ihr das Handy aus der Hand und schaltete es aus. »Du weißt, dass Handys bei uns nicht erlaubt sind, nicht wahr?«, fragte er betont freundlich.
Sharlene nickte.
»Du kennst ja sicher das Telefon in der Halle …«
»Ja, aber …«
Nepomuk ließ sich nicht unterbrechen. »… da kannst du jederzeit zu Hause anrufen. Das Handy bekommst du am Ende der Ferien zurück.« Er steckte es in die Tasche.
Mit hochrotem Kopf beugte sich Sharlene über ihr Wasserglas und wusch betont eifrig einen Pinsel aus.

Wütend warf Cymbeline einen Klumpen Stroh auf den Tisch. Gebastelt hatte sie noch nie besonders gern. Und das hier war vielleicht eine Fummelei! Sie sollten Stroh mit Draht umwickeln, sodass Drachen daraus entstanden, die dann mit Au-

gen und Mund aus Filz beklebt wurden. Cymbelines Drachen sahen eher aus wie Kuhfladen.
Perceval nahm ihr einen der Fladen aus der Hand. »So wird das nichts. Hier ...« Er gab ihr eine Schnur. »Binde bunte Schleifen dran, im Abstand von drei Zentimetern.«
»Rot, grün, blau, wieder rot, grün ... wo ist die verdammte blaue Schleife?« Ein Drachenschwanz nach dem anderen entstand unter Cymbelines Händen. »Das ist ja wie in einer Fabrik«, murmelte sie.
»Hast du was gesagt?«, fragte Perceval.
»Ja, ich muss mal nach oben, aufs Klo«, sagte Cymbeline und erhob sich.
»Hier unten ist auch eins«, sagte Perceval. »Den Gang rechts runter und die dritte Tür links.«
Cymbeline war zwar ein überdurchschnittlich intelligentes Mädchen, aber es gab etwas, das sie nicht wusste. Sie wusste nicht, wo rechts und links war. »Rechts ist da, wo der Daumen links ist«, sagte ihre Lehrerin immer. Dann drehte Cymbeline verzweifelt ihre Hand hin und her, und der Daumen zeigte mal in die eine, mal in die andere Richtung.
Es ging einfach nicht in ihren Kopf.
Und so lief sie jetzt auch nicht rechts den Gang hinunter, sondern links, und sie öffnete auch nicht die dritte Tür links, sondern die zweite rechts, denn eine dritte Tür gab es auf dieser Seite nicht.
Natürlich war hier nicht die Toilette, das hatte Cymbeline auch gar nicht erwartet, sie fand nie den Ort, den sie suchte.

Der Raum war dunkel und roch, wie Kellerräume eben riechen. Cymbeline tastete nach dem Lichtschalter. Aber wenn sie etwas Interessantes erwartet hatte, so wurde sie enttäuscht. Pappkartons, nichts als Pappkartons standen hier an den Wänden aufgestapelt. Cymbeline löschte das Licht und lief den Gang zurück, bis sie schließlich die Toilette fand.
Als es zum Mittagessen gongte, gingen Joe und Miranda gemeinsam die Kellertreppe hoch und durchquerten die Halle.
»Ich hab irgendwie das Gefühl, was Verbotenes gemacht zu haben«, sagte Miranda. »Obwohl es doch schnurzegal ist, ob diese albernen Clowns nun Pickel haben oder nicht. Das Zeug wird schließlich nicht verkauft.«
»Warum eigentlich nicht«, sagte Joe. »Wir haben jetzt so viele Hamster, Kühe, Küken und so weiter hergestellt, dass es sich glatt lohnen würde.«
»Wer kauft denn so einen Kitsch?«, fragte Miranda.
Meine Mutter, dachte Joe, aber das sagte er nicht.

Am Nachmittag hatte es wieder zu nieseln begonnen, sodass die Versuchung, ins Freie zu gehen, nicht besonders groß war. Während Joe lustlos ein Häschen mit einer gepunkteten Fliege schmückte, sehnte er sich in seinen Gartenpavillon. Es musste sehr gemütlich sein, einfach nur dazusitzen und dem Regen zu lauschen. Er sah von der Seite her Miranda an, die sich ganz selbstverständlich wieder neben ihn gesetzt hatte. Am schönsten wäre es, wenn sie dabei wäre, dachte er. Miranda gefiel ihm von allen Mädchen auf *Fairytale Castle* am besten. Sie war nicht so zickig wie Sharlene, aber auch nicht so superschlau wie Cymbeline. Man konnte ganz normal mit ihr reden, und das, obwohl sie ziemlich hübsch war.

Auf der Kassette erzählte Mr Singh zum x-ten Mal das Märchen vom weißen Elefanten und der Maus.

»Hast du Lust, die Märchenstunde heute Abend zu schwänzen?«, fragte Joe leise, mit einem Blick auf Nepomuk, der gerade einem Jungen zeigte, wie man die Augen eines Kätzchens malte.

»Meinst du nicht, dass das auffällt?«, fragte Miranda ebenso leise zurück.

»Bei der Märchenstunde sind doch alle Kinder dabei, also fast fünfzig«, sagte Joe, »da fällt bestimmt nicht auf, wenn zwei fehlen.«

»Und was schlägst du vor?«, fragte Miranda.

»Am Ende des Parks, da, wo das Wäldchen beginnt, steht ein Gartenpavillon. Er ist nie abgeschlossen. Ich warte dort auf dich.«

Miranda sah Joe nachdenklich an. Dann nickte sie.

Nach dem Abendbrot ging Joe nicht mit den anderen ins Märchenzimmer, sondern blieb in der Halle zurück, um in einem geeigneten Moment durch die Seitentür zu verschwinden. Gerade als er die Tür öffnete, zupfte ihn jemand am Pulli.

»Wo willst du hin, Joe?«, fragte Daniel. »Kann ich mit?«

»Hör mal, Danny«, sagte Joe. »Ich hab jetzt keine Zeit, ich will

… ich muss …« Er dachte nach. »Ich brauch einfach mal ein bisschen frische Luft, verstehst du?«

»Aber kann ich nicht mitkommen?«, fragte Daniel.

»Wenn zwei fehlen, fällt das auf«, sagte Joe. »Dann gibt's Ärger. Du weißt doch, dass wir nie was allein unternehmen dürfen.«

»Na und«, sagte Daniel trotzig. »Sollen die mich doch erwischen, dann schicken sie mich zurück zu meiner Mummy.«

»Dann wäre deine Mummy aber bestimmt ganz furchtbar enttäuscht von dir«, sagte Joe und hasste sich dafür.

»Na, was steht ihr hier noch herum?«, fragte Caspar, der mit einem Stapel Geschirr aus dem Speisesaal kam. »Mr Singhs Märchenstunde beginnt gleich.«

»Ich komme sofort, muss mir nur ein Taschentuch aus meiner Jacke holen«, sagte Joe und täuschte ein Niesen vor. Und zu Daniel sagte er: »Geh du schon mal rein.«

Mit hängenden Schultern zog der Kleine ab.

Joe wartete an der Garderobe, bis Caspar in der Küche und Daniel im Märchenzimmer verschwunden waren. Dann schlüpfte er aus der Tür.

Im Gartenhaus roch es nach dem Regen noch muffiger als sonst, und Joe entfernte behutsam eine riesige Spinne, die sich zwischen Bank und Wand ein Netz gebaut hatte. Vielleicht hatte Miranda ja Angst vor Spinnen wie alle Mädchen. Aber Miranda war nicht wie alle Mädchen, sie war etwas Besonderes. Sie war so … so klar. Ein anderer Begriff fiel Joe nicht ein. Aber genau das war es, was er an ihr mochte. Bei

den anderen Mädchen, die er kannte, wusste man nie, was sie wirklich dachten oder fühlten. Alles an ihnen war unecht. Begeisterung, Wut, Zärtlichkeit, Abscheu, alle Gefühle waren immer nur gespielt. Echt war nur die Gleichgültigkeit, mit der sie ihn betrachteten. Und Miranda, war er ihr etwa auch gleichgültig? Wenn sie nicht kam, würde er es wissen.
Er zwang sich dazu, nicht aus dem Fenster zu schauen, sondern setzte sich auf die Bank. Die Minuten vergingen und mit jeder ein Stück Hoffnung auf ihr Erscheinen. Sie kam nicht, er hatte es ja gewusst!
Da öffnete sich die Tür.
»Bisschen rumpelig hier«, sagte Miranda. Sie wischte mit der Hand über das Polster der Bank und eine Staubwolke stieg auf. »Und staubig«, ergänzte sie.
»Hat dich auch keiner gesehen?«, fragte Joe.
»Kein Mensch. Ich hab's ganz raffiniert angestellt. Bin erst mit rein ins Märchenzimmer und hab mich nach hinten an die Tür gesetzt, und als dann eine von den Kleinen aufs Klo musste, bin ich einfach mit raus.«
»Sehr gut«, lobte Joe.
Miranda lachte. »Wenn man uns so hört, könnte man meinen, wir würden von Verbrechern festgehalten.«
»Ich finde es schon ein Verbrechen, wenn man ständig kontrolliert wird und nie das machen kann, was man möchte.«
»Na ja, ich glaube, die haben einfach Angst, dass irgendwas passiert. Stell dir doch mal vor, eins von den kleineren Kindern büxt aus, verirrt sich im Wald …«

»... oder im Schloss«, ergänzte Joe. »Da würde ich mich gern mal verirren. Wir kennen ja nur einen kleinen Teil. Ich frage mich die ganze Zeit, wie man in den zweiten Stock kommt.«
Miranda machte den Mund auf und wieder zu. Sollte sie Joe von ihrer Entdeckung am Morgen berichten?
Joe kniete sich auf die Bank, schob den verschlissenen Vorhang beiseite und zeigte durch das trübe Glas hinüber zum Schloss. »Siehst du die Fenster? Da müssen doch noch jede Menge Zimmer sein.«
»Die Gemächer vom schauerlichen Sir Archibald«, brummte Miranda mit tiefer Stimme.
»Mit der Geschichte wollte Caspar uns doch nur Angst machen und verhindern, dass wir das Schloss genauer erkunden«, sagte Joe.
»Wahrscheinlich wohnen da oben die Clowns und die schrecklichen MacDuffs«, sagte Miranda. »Und die wollen bestimmt nicht, dass man sie ständig wegen irgendwas nervt. Das kann man doch verstehen.«
»Aber wie kommen die dahin?«
»Wohin?«, fragte eine bekannte Stimme.
»Cymbeline!«, rief Miranda. »Woher wusstest du ...«
»Hab mir gedacht, dass ihr hier seid«, sagte Cymbeline nur und schloss die Tür hinter sich. »Störe ich?«
»Nein, natürlich nicht«, sagte Miranda und wurde rot.
Cymbeline quetschte sich neben Joe auf die Bank. »Mir reicht's«, sagte sie. »Ihr müsstet mal hören, wie Sharlene das Märchen von Cinderella erzählt! Natürlich kennt sie nur den

Film. Und das Wichtigste für sie ist, dass der Prinz süß aussieht und Cinderellas Kleid der echte Wahnsinn ist. Dass den bösen Schwestern die Zehen und die Ferse abgeschnitten werden, lässt sie weg.«

»Das kommt im Film ja auch nicht vor«, sagte Miranda. »Und ich find's echt gruselig, wenn die eigene Mutter so was macht.«

Joe wurde unruhig, er verspürte wenig Lust, sich über Märchen zu unterhalten.

Cymbeline warf ihm einen prüfenden Blick zu. »Ich störe doch.«

Nun wurde Joe rot. »Quatsch! Miranda und ich wollten einfach nur mal was anderes machen als Märchen hören oder Glücksschweine anmalen.«

»Wenn ich noch einen Kürbis oder einen Drachen sehe, schreie ich!«, sagte Cymbeline und verzog gequält das Gesicht. »Ich möchte wirklich mal wissen, was mit dem ganzen Zeug passiert, das wir da machen.«

»Das haben wir uns auch schon gefragt«, sagte Joe. »Wahrscheinlich schmeißen sie das, was wir nicht nach Hause mitnehmen, einfach weg.«

»Glaub ich nicht«, sagte Cymbeline. »Dann könnte es ihnen doch egal sein, ob ich meinen Kürbis kariert oder gestreift anmale.«

»Wir sollen wahrscheinlich lernen, es richtig zu machen«, sagte Miranda. »Schließlich haben unsere Eltern viel Geld dafür bezahlt.«

»Meinen Eltern ist es schnurzpiepegal, ob die Schleifen an meiner Drachenschnur einen Abstand von drei oder zweieinhalb Zentimetern haben«, sagte Cymbeline. »Wenn ihr meine Meinung hören wollt, dann verscherbeln die das ganze Zeug.«
Miranda runzelte ungläubig die Stirn.
»Ganz einfache Rechnung«, sagte Cymbeline. »Wir sind 48 Kinder, wenn jedes Kind nur 13 Gegenstände am Tag herstellt, sind das schon mal 624 Stück an nur einem Tag.«
»Sharlene hat heute den Rekord gebrochen«, sagte Joe. »Elf Clowns und sieben Glücksschweine.«
»Typisch«, sagte Cymbeline. »Bei so stumpfsinnigen Sachen ist sie immer gut.«
»Trotzdem, ich glaube das nicht«, sagte Miranda. »Das wäre ja … das wäre ja kriminell.«
Joe nickte. »Genau das wäre es. Aber ich hab das auch schon mal gedacht.«
Miranda lachte. »Ihr spinnt euch da was zusammen.«
Cymbeline legte die Hand an die Nasenwurzel. »Warte mal. Heute Vormittag hab ich unten im Keller einen Raum voller Pappkartons gesehen.«
»Pappkartons!«, schnaubte Miranda. »Was ist jetzt bitte daran verdächtig? Da können Konserven drin gewesen sein oder andere Lebensmittel.«
»Es war aber ein lachender Kürbis drauf abgebildet«, sagte Cymbeline.
»Na, dann ist doch alles klar, da waren die unbemalten Kürbisse für euren Kurs drin.«

»Du könntest Recht haben«, sagte Cymbeline. »Trotzdem geht hier was nicht mit rechten Dingen zu. Denkt doch nur mal an heute Morgen. Wir konnten nichts benutzen, alles war kaputt oder außer Betrieb. Mir persönlich ist es ja schnuppe, aber ich kann mir vorstellen, dass das alles andere als ein Zufall war.«

»Wenn wirklich irgendwas faul ist, dann müssten wir im Keller Beweise finden«, sagte Joe. »Schauen wir doch einfach mal nach. Heute Nacht zum Beispiel.«

»Am besten um Mitternacht«, sagte Cymbeline.

»Zur Geisterstunde?«

»Ach was, Geister. Aber um Mitternacht schlägt die Uhr in der Halle zwölfmal. Wir können ja schlecht einen Wecker stellen.«

»Woher weißt du das?«, fragte Miranda erstaunt. »Ich meine, dass um Mitternacht die Uhr in der Halle schlägt?«

»Hab's gehört. Konnte nicht schlafen.« Cymbeline verschwieg, dass sie wach gewesen war, weil sie geweint hatte. Und geweint hatte sie aus Heimweh. »Die Uhr schlägt nur viermal am Tag. Um sechs Uhr morgens, um zwölf Uhr mittags, um sechs Uhr abends und um Mitternacht. Habt ihr das noch nicht gemerkt?«

Joe schüttelte den Kopf. »Mir kann's egal sein, meine Uhr hat eine Weckfunktion. Wir können also ruhig schon früher gehen.«

»Nein, nein«, sagte Cymbeline. »Um Mitternacht kann man ziemlich sicher sein, dass alle schlafen.«

»Und wo treffen wir uns?«, fragte Miranda.

Wie die drei Hexen in *Macbeth*, dachte Joe. Laut sagte er: »Ich würde sagen an der Kellertreppe.«

»Also dann, um Mitternacht an der Kellertreppe«, sagte Cymbeline.

Miranda stand auf. »Dann geh ich jetzt mal.«

Joe erhob sich ebenfalls. »Wir sollten alle drei gehen, die Märchenstunde ist gleich zu Ende.«

Als Miranda quer über den Rasen laufen wollte, hielt Joe sie zurück. »Nicht! Da sieht uns vom Schloss doch jeder. Wir gehen durch den Wald.«

Die drei gingen auf einem moosigen Pfad hintereinander her. Miranda strich über die Baumstämme, die mit weichen graugrünen Flechten überzogen waren.

»Pscht!«, machte Cymbeline und blieb stehen. »Hört ihr das? Das Plätschern? Da muss ein Bach sein.«

»Natürlich«, sagte Miranda. »Im Prospekt von *Fairytale Castle* ist doch ein Foto mit Kindern, die angeln. Aber ich hab gehört, der Bach sei ausgetrocknet.«

Sie bogen die Zweige beiseite und krochen durch das Dickicht. »Seht euch das mal an!«, rief Cymbeline. »Hier hat bestimmt schon ewig keiner mehr geangelt.«

Joe hielt einen Zweig fest, damit er Miranda nicht ins Gesicht fuhr. Von Unkraut überwuchert, war der Bach im Abendlicht kaum zu erkennen. Nur sein Gluckern war unter dem üppigen Grün zu hören.

»Wasserschierling«, stellte Cymbeline mit einem Blick auf eine harmlos aussehende Pflanze fest. »Absolut tödlich.«

»Schade«, sagte Miranda und stocherte mit einem Stöckchen im Wasser herum. »Gerade auf das Angeln hatte ich mich so gefreut. Das mache ich in den Ferien sonst immer.«
»Und die Fische, die du angelst, tötest du die?«, fragte Cymbeline.
Miranda schüttelte den Kopf. »Das macht mein Vater. Und ich kann da auch nicht hingucken.«
»Statt irgendwelchen Schwachsinn zu basteln, sollten wir den Bach freilegen«, sagte Cymbeline. »Wenn alle Kinder mitmachen, schaffen wir das an einem Tag.«
»Ich glaub nicht, dass die Clowns das für eine gute Idee halten«, sagte Joe. »Aber kommt jetzt, wenn wir hier noch länger rumstehen, merken die, dass wir weg waren.«
Vor der Auffahrt zum Schloss lichteten sich die Bäume.
»Niemand zu sehen, die Luft ist rein«, sagte Joe. »Ich gehe zuerst und ihr folgt mir, okay?«
Cymbeline nickte ernsthaft. Miranda grinste, um zu zeigen, dass sie das Räuber- und Gendarmspiel ein wenig unter ihrer Würde fand. Dabei war ihr der Gedanke, von einem der Clowns erwischt zu werden, durchaus nicht angenehm.
Als die drei in die Halle traten, ging die Tür zum Märchenzimmer auf und die ersten Kinder kamen heraus.
»Warum müssen wir immer diese Limonade trinken?«, beklagte sich ein kleines Mädchen. »Die schmeckt doof.«
»Ich finde sie lecker«, sagte Daniel. »So schön süß. Zu Hause darf ich vor dem Schlafengehen nichts Süßes trinken.«
»Das ist auch besser für die Zähne«, sagte Joe.

»Mirrranda!«, rief Mr Singh. »Wo hattest du dich verrrsteckt?«
»Hab ganz hinten gesessen«, log Miranda.
»Soso«, sagte Mr Singh und zog Miranda ein kleines Ästchen aus den Haaren. »Hast du auch vom Wasserrr des Lebens getrrrunken?«
Miranda schüttelte den Kopf.
»Na, dann komm, Prrrinzessin. Es ist noch ein Schluck im Krrrug.«
Miranda schmeckte die Limonade auch nicht, überhaupt nicht. Sie hatte einen metallischen Beigeschmack. Aber sie wollte Mr Singh nicht enttäuschen. Sie gab ihm den leeren Becher zurück und er lächelte sie so liebevoll an, dass sie sich fest vornahm, nicht noch einmal die Märchenstunde zu schwänzen.
Als sie in den ersten Stock gingen, zupfte Joe Miranda am Ärmel. »Es bleibt doch dabei, dass wir uns heute Nacht treffen?«
»Natürlich«, sagte Miranda. »Oder denkst du etwa, ich bin feige und kneife?«
»Nein«, sagte Joe. »Das denke ich ganz bestimmt nicht.«

9. Kapitel

Bevor in der Halle der erste Schlag der Uhr erklang, wachte Cymbeline auf. Es war, als habe sie einen Wecker im Kopf. Sie musste sich nur vornehmen, zu einer bestimmten Zeit aufzuwachen, dann klappte das. Auf die Minute.

Mr Harding hatte Cymbeline zur Einschulung einen Wecker geschenkt, aber Mrs Harding hatte sich fürchterlich darüber aufgeregt. Sie brauchte viel Schlaf und hatte Angst, von dem Läuten gestört zu werden. Wozu hatte man schließlich ein Hausmädchen? Doch wenn Rani morgens in Cymbelines Zimmer kam, dann saß die bereits fertig angezogen an ihrem Schreibtisch und las.

Cymbeline stieg aus dem Bett, zog sich Schuhe an und ging hinüber zu Miranda. Sie rüttelte sie leicht an der Schulter.

»Steh auf, es ist so weit!«, flüsterte sie.

Miranda rührte sich nicht.

»Miranda!« Cymbeline rüttelte fester.

Nichts.

Cymbeline hatte Angst, Sharlene aufzuwecken, also gab sie nach ein paar weiteren erfolglosen Knüffen und Püffen auf. Sie trat auf den Gang hinaus, der von einem Notlicht schwach

beleuchtet war. Gerade als sie an Joes Tür vorbeikam, ging diese auf.
»Wo ist Miranda?«, fragte Joe.
»Hab sie nicht wach gekriegt«, erwiderte Cymbeline.
Die beiden gingen an den Ritterrüstungen vorbei zur Treppe. Es war stockfinster.
»Hast du eine Taschenlampe?«, flüsterte Joe.
»Ja, aber die Batterie ist fast leer. Du musst nur warten, bis sich deine Augen an die Dunkelheit gewöhnt haben«, sagte Cymbeline und stieg vorsichtig die Treppe hinunter.
Joe sah überhaupt nichts. Er war völlig nachtblind, aber auch bei Tag sah er nicht besonders gut. Das hatte er seiner Mutter verschwiegen, aus Angst, sie würde ihm eine Brille verpassen. Zahnspange *und* dann noch eine Brille, das wäre einfach zu viel.
Als Cymbeline merkte, dass Joe ihr nicht folgte, kam sie zurück und nahm ihn an die Hand. »Aufpassen, das ist jetzt die letzte Stufe.«
In der Halle schien fahles Mondlicht durch die hohen Fenster und bildete ein geheimnisvolles Muster auf dem Steinfußboden.
»Wie ein Pentagramm«, murmelte Cymbeline.
»Wie ein was?«, sagte Joe.
»Vergiss es.«
Immer noch Joe an der Hand haltend durchquerte Cymbeline die Halle und öffnete behutsam die Tür zum Keller. Ihre Vorsicht war unnötig, denn die Tür knarrte kein bisschen. Alles in

diesem Schloss war alt und marode, knarrte und quietschte, aber diese Tür war gut geölt.
Im Keller ging das Licht an.
Joe schrak zurück.
»Keine Angst«, sagte Cymbeline. »Die Lampe ist an einen Bewegungsmelder angeschlossen. Wahrscheinlich aus Sicherheitsgründen, damit keines der Kinder die Treppe runterfällt.«
Sie gingen hinunter und schauten in die Werkräume. Die waren aufgeräumt wie immer.
Cymbeline öffnete eine andere Tür. Wie in einer Speisekammer zogen sich Regale die Wände entlang. In Reih und Glied standen da unzählige Häschen, Küken, Kühe, Fliegenpilze, Glücksschweine. Mindestens fünfzig Kürbisse zählte Joe, die ihn mit ihrem Grinsen zu verhöhnen schienen. In einer Ecke entdeckte Joe die Clowns, die sie am Tag zuvor bemalt hatten. Er wollte gerade näher treten, um Cymbeline eines der von Miranda »verzierten« Gesichter zu zeigen, als Cymbeline ihn heftig am Arm packte. »Da kommt jemand«, keuchte sie.
Und jetzt hörte er es auch: Schritte und Stimmen. Joe blickte sich entsetzt um. Wo sollten sie sich hier verstecken?
»Schnell, neben die Tür«, sagte Cymbeline und zog Joe zur Wand.
Eng pressten sich die beiden nebeneinander, da ging auch schon die Tür auf und verdeckte sie.
»Als Erstes die Kürbisse«, sagte eine Stimme. »Dann die Clowns.«

Das Rascheln von Pappkartons und Papier war zu hören, dann ein Klirren.
»Pass doch auf, du Trottel!«
»'tschuldigung«, brummte ein anderer.
Von draußen ertönte eine dritte Stimme: »Los, beeilt euch. Der Lkw wartet.«
Joe und Cymbeline wagten kaum zu atmen. Staub kitzelte Joe in der Nase. Oh Gott, wenn er jetzt niesen musste!
Er versuchte durch die Nase zu atmen, das Kribbeln wurde stärker.
Da kniff ihn Cymbeline ins Bein. Fast hätte Joe aufgeschrien, aber der Niesreiz war weg.
Es war ein ständiges Rein und Raus, offensichtlich wurden leere Pappkartons rein- und volle wieder rausgeschafft.
Joe erkannte die Stimmen von Nepomuk, Perceval und MacDuff.
»Seid ihr so weit?«, ertönte es von draußen.
»Alles klar«, erwiderte MacDuff ganz in ihrer Nähe. Seine Stimme klang jetzt anders als vorher, der Raum musste leer sein.
Und das war er auch. Als MacDuff das Licht gelöscht und die Tür hinter sich geschlossen hatte, lösten sich Cymbeline und Joe vorsichtig von der Wand. Cymbeline ließ den Strahl der Taschenlampe über die leeren Regale wandern. Auf dem Boden lagen die Scherben eines Kürbisses.
»Also doch«, sagte sie nur. Dann öffnete sie die Tür und spähte hinaus.

»Bist du verrückt?«, zischte Joe. »Und wenn die noch da sind?«
»Alles ruhig draußen. Komm mit.«
Cymbeline lief den Gang hinunter, vorbei an der Tür, hinter der die vielen Pappkartons gestanden hatten, immer weiter, bis der Gang in einer Art Rampe mündete. Daneben lehnte eine Sackkarre. Am Ende der Rampe war eine zweiflügelige Tür. Cymbeline drückte dagegen.
»Mist! Abgeschlossen!«
Von draußen war dumpfes Brummen zu vernehmen.
»Das ist bestimmt der Lkw«, rief Joe. »Schnell, durch die Seitentür!«
Sie liefen den ganzen Weg wieder zurück, die Kellertreppe hoch und durch die Halle zur Seitentür neben der Küche.
Als Joe sie vorsichtig einen Spalt öffnete, sahen sie gerade noch, wie ein Lkw, dessen Ladefläche mit Planen verhüllt war, auf dem Hof wendete und die Auffahrt hinunterfuhr.
Auf dem Kies näherten sich knirschende Schritte. Schnell schloss Joe die Tür und er und Cymbeline huschten nach nebenan in die Küche.
Mindestens zwei Personen durchquerten jetzt die Halle und gingen die Treppe hoch in den ersten Stock.
»Hast du eine Ahnung, wo die Clowns schlafen?«, fragte Cymbeline.
»Keine Ahnung. Bei uns jedenfalls nicht.«
Cymbeline knipste wieder die Taschenlampe an und beleuchtete Herd und Küchentisch.

»Nicht das kleinste Krümelchen«, sagte sie und ging zur Speisekammer. »Und dabei hab ich solchen Hunger.«
»Cymbeline, du kannst doch jetzt nichts essen!« Joe zitterte, ob vor Aufregung oder Kälte, wusste er nicht genau.
Ungerührt öffnete Cymbeline die Tür zur Speisekammer, auf eine verbotene Tür mehr oder weniger kam es jetzt auch nicht an. Mit einem Stück Käse und einer Scheibe Brot kehrte sie zurück.
Sie hielt Joe den Käse vor die Nase. »Willst du auch?«
»Danke, ich will zurück in mein Bett«, sagte Joe.
»Gute Nacht«, sagte Cymbeline und schwang sich auf den Küchentisch.
»Du bleibst doch nicht etwa noch hier?«, fragte Joe entsetzt.
»Jetzt kommt bestimmt keiner mehr«, sagte Cymbeline kauend. »Die Operation ist beendet.«
»Operation?«
»Na, so nennt man das doch in kriminellen Kreisen.«
Joe wünschte sich, er wäre nie auf die Idee gekommen, hier mitten in der Nacht herumzuschnüffeln. Ging es ihm etwa besser, jetzt, wo er sicher wusste, was bisher nur Vermutung gewesen war? Nein. Es bedeutete nur Unannehmlichkeiten.
Als ob Cymbeline seine Gedanken erraten hätte, sagte sie: »Was sollen wir nun tun? Die Polizei verständigen?«
Joe gähnte und machte sich nicht einmal die Mühe, die Hand vor den Mund zu halten. »Morgen. Lass uns morgen gemeinsam mit Miranda überlegen, was wir tun können.«

Eigentlich war längst Sperrstunde, aber im *Highland Inn*, der einzigen Kneipe von Killkirky, brannte noch Licht.
Tom MacFarlane, der Wirt, wusste, dass der Dorfpolizist seit mindestens drei Stunden den Schlaf der Gerechten schlief. Und selbst wenn der rundliche, gutmütige Arthur ihn dabei erwischt hätte, wie er so spät noch Bier ausschenkte, wäre nichts weiter passiert. Arthur selbst war einer von MacFarlanes besten Kunden, und er würde wohl kaum den einzigen Ort in Killkirky schließen lassen, an dem er, ohne von seiner zänkischen Frau gestört zu werden, in Ruhe sein Ale trinken konnte.
Als es jetzt leise an der Tür klopfte, wischte sich MacFarlane die Hände an seiner Schürze ab und drehte den Schlüssel herum.
Drei Männer standen vor der Tür. Der eine war Colin MacDuff, von den anderen beiden war einer ziemlich groß, der andere klein und dick.
»Ihr kommt spät heute«, sagte der Wirt. »Ich kann nur wegen euch nicht ewig hinter der Theke stehen.«
»Ach komm, Tom«, sagte MacDuff und schwang sich auf einen Hocker an der Theke. »Wir wollen nur noch schnell ein Bier trinken, das dauert keine zwei Minuten.«
»Ich nehme einen Whisky. Diese abgestandene Brühe, die ihr hier Bier nennt, ist ja ungenießbar«, sagte der größere der beiden Männer. Er hatte stechende Augen und eine halbmondförmige Narbe über der linken Augenbraue.
Tom MacFarlane erwiderte nichts, sondern ließ die Hand, mit der er gerade ein Glas nehmen wollte, wieder sinken. Dann

zeigte er zur Tür. »Wenn euch mein Bier nicht passt, könnt ihr gleich wieder gehen.«

Der Dicke sagte beschwichtigend: »Jonathan meint es nicht so, er ist nur kein Biertrinker.«

Der Wirt stellte ein Glas unter den Zapfhahn. »Champagner gibt's bei mir nicht.«

»Wir haben auch keinen Grund, welchen zu trinken«, brummte MacDuff.

»Laufen die Geschäfte so schlecht?«, fragte der Wirt.

Mr MacDuff öffnete den Mund, um etwas zu sagen, wurde aber durch einen Blick von Jonathan zum Schweigen gebracht. McFarlane stellte zwei gefüllte Bierkrüge und ein Glas Whisky vor die Männer und zündete sich eine Zigarette an. Er hatte nur aus Höflichkeit gefragt, die Geschäfte der Männer interessierten ihn nicht. Solange sie ihr Bier und die Schnäpse bei ihm bezahlten, sollte es ihm gleich sein, was sie trieben. Aber er ahnte, dass es bei diesen Geschäften nicht ganz sauber zuging. Zum einen fanden sie stets mitten in der Nacht statt, und zum anderen kannte er Colin MacDuff. Der hatte wegen Unterschlagung ein paar Jährchen im Knast gesessen, das wusste jeder in Killkirky. Vor drei Jahren war er dann wieder aufgetaucht und hatte als Hausmeister auf dem Schloss angefangen. Seine Frau hatte schon dort gearbeitet, als *Fairytale Castle* noch *Stonewood Hall* hieß und ein Hotel gewesen war. Drei Manager hatte Mrs MacDuff kommen und vor allem gehen sehen, den letzten leider mit den gesamten Einnahmen der Saison.

Ein Jahr hatte *Stonewood Hall* dann leer gestanden, bis es eines Tages bunt herausgeputzt wurde und *Fairytale Castle* hieß. Wer der neue Besitzer war, wusste in Killkirky niemand. Gerüchten zufolge ein reicher, kinderloser Wohltäter, der in seinem Testament sein ganzes Vermögen einem Trust hinterlassen hatte, der es Großstadtkindern ermöglichen sollte, einmal im Jahr Ferien in unberührter Natur zu verleben.

Die Bewohner Killkirkys interessierte das auch nicht wirklich. Als *Fairytale Castle* noch kein Kinderschloss gewesen war, hatten sie jedenfalls mehr davon gehabt. Die Hotelgäste hatten im Dorf eingekauft, hatten Angel- oder Bootspartien gebucht und das eine oder andere Bier im *Highland Inn* getrunken. Die Eltern, die jetzt ihre Kinder aufs Schloss brachten, blieben nie lange, es war, als könnten sie es gar nicht abwarten, ihre Sprösslinge endlich los zu sein.

Doch eins war allen klar: Die Leute, die ihre Kinder zum Urlaub hierher brachten, mussten wohlhabend sein. Das konnte man an den Autos sehen, die zu Beginn der Ferien durch Killkirky fuhren.

»Wieder so ein armes Würmchen, das sich wochenlang die Augen aus dem Kopf heult«, pflegte Judy MacFarlane, die Frau des Wirts, jedes Mal zu sagen, wenn einer dieser auf Hochglanz polierten schweren Wagen durchs Dorf rauschte. Und sie war auch nicht vom Gegenteil zu überzeugen gewesen, als sie einen der farbigen Prospekte in die Hand bekommen hatte, in denen *Fairytale Castle* als Paradies für Kinder angepriesen wurde.

»Märchenerzähler! So ein Quatsch!«, hatte sie abfällig gesagt. »Die erzähle ich meinen Kindern selber, dafür brauche ich doch keinen Fakir.« Sie kannte sich mit den Gegebenheiten in Indien nicht so aus.

Natürlich waren die Dorfkinder sehr viel neugieriger als die Erwachsenen und hatten so manchen Ausflug unternommen, um herauszubekommen, was es mit *Fairytale Castle* wohl auf sich hatte.

Aber das gesamte Gelände war von einem hohen Maschendrahtzaun umgeben und überall hingen Schilder, auf denen *Betreten verboten. Privateigentum* stand.

Da man so gar nichts sah und hörte, kursierten die abenteuerlichsten Geschichten unter der Jugend Killkirkys. Von einem Zauberschloss war die Rede, auf dem ein Menschenfresser wohnte, der am liebsten kleine blonde Mädchen fraß und erst wenn er die nicht mehr bekam, auch mit rothaarigen Jungen vorlieb nahm.

Andere meinten, dass es sich bei *Fairytale Castle* mitnichten um einen Ort von Spiel und Spaß handelte, sondern um eine der berüchtigten Lernanstalten, in denen Kinder reicher Eltern auf den Besuch einer teuren Privatschule vorbereitet werden sollten.

Wie auch immer, da keines der Gerüchte irgendwelche Nahrung erhielt, erstarben sie ziemlich schnell. Und der Einzige, der sie hätte am Leben halten können, der schwieg.

Tom MacFarlane hatte so seine eigenen Vermutungen, was *Fairytale Castle* betraf. Aber er fragte nicht und sagte nichts.

Gemäß seinen beiden Devisen »Was ich nicht weiß, macht mich nicht heiß« und »Geld stinkt nicht« öffnete er in der Ferienzeit so manches Mal seine Kneipe für die späten Gäste und nahm für das nächtliche Bier den doppelten Preis.

Als Colin MacDuff an diesem Abend mit seinen beiden Begleitern nach etlichen Bieren und Whiskys endlich gegangen war, steckte Tom MacFarlane höchst befriedigt die Pfundnoten in die Tasche, löschte das Licht, schloss ab und stieg die Treppe hinauf in seine Wohnung.

Schlaftrunken murmelte seine Frau: »Wer war denn das noch so spät?«

»Nur ein paar Arbeiter, die an der Umgehungsstraße nach Inverness arbeiten. Haben Nachtschicht, die Ärmsten.«

»Nicht dass du Ärger kriegst, Tom«, sagte Judy und zog sich die Decke über den Kopf.

»Ich bestimmt nicht«, sagte der Wirt und dachte bei sich: Aber die anderen vielleicht.

10. Kapitel

Am Montagmorgen konnte sich das Wetter nicht so recht zwischen schlecht und schön entscheiden. Eben hatte der Himmel noch grau und schwer über den Bergen gelastet, da fegte im nächsten Moment ein Windstoß die Wolken beiseite und legte strahlendes Blau frei.

Als Miranda erwachte, bekam sie kaum die Augen auf. Wie verklebt waren sie. Sie hatte geträumt, dass sie zu spät zur Geburt ihres kleinen Bruders gekommen sei. Als sie völlig abgehetzt endlich im Krankenhaus erschienen war, sahen ihre Eltern sie vorwurfsvoll an. »Du solltest um zwölf Uhr hier sein«, sagte ihre Mutter. »Jetzt ist das Baby wieder gegangen.«

Was bedeutete dieser Traum? Ein Baby kann nicht laufen; wenn es ging, dann konnte das nichts anderes bedeuten, als dass es starb. Miranda fuhr hoch. Hieß es nicht immer, dass man im Traum spürte, wenn etwas Furchtbares geschehen war?

»Gut geschlafen?«, sagte Cymbeline spitz, als Sharlene gähnend im Bad verschwunden war.

Und da fiel Miranda alles wieder ein. »Warum hast du mich nicht geweckt?«

»Sehr witzig. Ich habe dich gezwickt und geschüttelt, es war nichts zu machen.«
»Seid ihr etwa allein …«
»Natürlich waren wir unten.« Cymbeline beugte sich vor und flüsterte: »Du wirst nicht glauben, was wir erlebt haben.«
»Erzähle!«
Sharlene schlurfte aus dem Bad und Cymbeline legte den Finger an die Lippen.
»Habt ihr Geheimnisse?«, fragte Sharlene und gähnte. »Ich kann dir nur eins sagen, Miranda: Glaub Cymbeline ja kein Wort! Sie lügt, wenn sie nur den Mund aufmacht.«
»Und wenn du den Mund aufmachst, kommt nur Schwachsinn raus«, sagte Cymbeline und Miranda flüsterte sie zu: »Wir treffen uns wieder wie gehabt und besprechen alles.« Dann gingen sie gemeinsam nach unten.
»Dieser Porridgekleister hängt mir zum Hals raus!«, rief Sharlene beim Frühstück. »Gibt's denn keine Würstchen?«
Mrs MacDuff, die die Brotkörbe auf den Tischen mit labberigem Toast füllte, blieb stumm.
»Würstchen? Keine Würstchen? Oje, oh weh!« Caspar sprang auf einen Stuhl, rüttelte sich und schüttelte sich, griff sich in den Hals und unten ins Hosenbein, als ob irgendwo ein Tier herumkrabbeln würde. Schließlich zog er ein Würstchen aus der einen Westentasche und aus der anderen eine lange Schnur. Er band das Würstchen an die Schnur, ging an den Reihen der Kinder vorbei und schwenkte es ihnen vor der Nase herum. Natürlich versuchte jeder das Würstchen zu schnappen.

Joe verkniff es sich, erstens, weil er das alles albern fand, und zweitens, weil er nicht als dicker Vielfraß dastehen wollte. Dabei hätte er liebend gern ein Würstchen gehabt oder irgendetwas anderes Herzhaftes, denn die Üppigkeit der ersten Tage war einer eher bescheidenen Speisenauswahl gewichen.
Als an der Schnur nur noch ein ausgelutschter Zipfel hing, roch Caspar daran und verdrehte genießerisch die Augen. »Hmm, dieser köstliche Duft. Was meint ihr, wenn ich das hier einpflanze, ob dann lauter Würstchen wachsen?« Die kleineren Kinder riefen »Nein!« und »Würstchen wachsen beim Fleischer«, die größeren schüttelten nur müde den Kopf.
Caspar stopfte die Schnur wieder in seine Westentasche und sagte nun ganz ernst: »Mr MacDuff fährt heute ins Dorf runter, um Lebensmittel zu holen, er bringt bestimmt auch Würstchen mit.«
Ein lautes Schnauben war zu hören; das war Mrs MacDuff, die sich geräuschvoll die Nase putzte.
»Warum können wir nicht alle ins Dorf?«, fragte ein Mädchen. »Ich muss mir eine neue Telefonkarte kaufen und Briefmarken.«
»Genau, ich brauche Ansichtskarten«, rief Harry.
Und Patricia sagte: »Können wir nicht alle Eis essen gehen?«
»Wisst ihr, wie weit Killkirky von *Fairytale Castle* entfernt ist?«, fragte Nepomuk. »Das sind zehn Meilen. Wollt ihr die etwa zu Fuß gehen?«
»Aber es gibt doch den Jeep«, warf Joe ein.
»Sehr schlau, da passen wir ja auch alle rein«, spottete Sharlene.

»Ich schlage vor, jeder von euch macht eine Liste von dem, was er braucht, und Mr MacDuff besorgt es dann für euch«, sagte Balthazar und ließ seine rote Nase vor- und zurückschnappen.
»Und wenn wir alle hübsch brav sind, dann gibt es heute Mittag auch Eis zum Nachtisch«, fügte Caspar hinzu. »Nicht wahr, meine Liebe?« Er tätschelte Mrs MacDuff die Wange. Die schlug ihm auf die Finger, sah aber nicht sehr böse aus dabei. Ja, Miranda schien es fast, als habe sie die Andeutung eines Lächelns bemerkt.
Der Wind heulte im Kamin, und die Kinder waren ganz froh, als sie sich wieder in die Werkräume im Keller begeben konnten.
»Heute werden wir zur Abwechslung einmal nicht malen, sondern basteln«, verkündete Nepomuk und verteilte Klebestifte und Scheren. »Ich will mal noch nicht verraten, was, damit es ein wenig spannend wird.« Er stellte einen Karton voller Stoffreste vor Miranda hin.
Miranda sah Joe fragend an, aber der schüttelte bloß den Kopf. »Weiß auch nicht, was das jetzt soll.«
»Und gestern Nacht?«, flüsterte Miranda. »Was habt ihr da entdeckt …«
»Miranda! Joe! Ihr müsst schon aufpassen, wenn ich euch etwas erkläre«, sagte Nepomuk.
»Nicht hier«, murmelte Joe und grinste Nepomuk harmlos an. Der nahm einen Stab und steckte eine Kugel aus Styropor darauf, dann zerpflückte er ein Bündel Stroh in drei Teile und

drapierte es so um den Stab, dass ein Körper entstand. Schließlich schnitt er in ein Stück Stoff ein Loch, zog es über die Styroporkugel, zupfte hier etwas auseinander und band da etwas zusammen, dann hielt er das fertige Etwas hoch.
»Eine Vogelscheuche!«, sagte Sharlene. »Wie niedlich!«
»Hier habt ihr völlig freie Hand«, sagte Nepomuk. »Sucht euch von den Stoffen aus, was euch gefällt. Zum Schluss setzen wir ihnen noch einen Hut aus Maisstroh auf.«
Er stellte den Kassettenrekorder an und wieder füllte Mr Singhs klangvolle Stimme den Raum.

Cymbelines Gruppe sollte lachende Nilpferde bemalen. Nilpferdmänner mit Fliege und Weste und Nilpferdfrauen mit Rüschenschürze.
»Na, sind die nicht putzig?«, fragte Perceval.
Cymbeline hatte eine freche Bemerkung auf den Lippen, schluckte sie aber gerade noch rechtzeitig runter. Jetzt, wo sie Bescheid wusste, kam es darauf an, keinerlei Verdacht zu erregen.

Miranda hatte gehofft, auf dem Weg zum Mittagessen mit Joe unbemerkt sprechen zu können. Doch als sie nach den Gongschlägen den Kellerraum verließen, stürzte Daniel auf Joe zu.
»Balthazar hat gesagt, ich mach das ganz toll!«, rief er und sein kleines Gesicht leuchtete vor Freude. »Ich hab heute fünf Häschen gegossen und keinem ist was abgebrochen!«
»Na prima«, sagte Joe und klopfte Daniel auf die Schulter.

Der sah zu ihm hoch. »Meine Mummy wird doch stolz auf mich sein, glaubst du nicht auch?«
Joe schluckte. Nicht auszudenken, wenn Daniels Mutter erfuhr, was hier vor sich ging. Und all die anderen Eltern erst! Kinderarbeit war schließlich verboten. Wieder wünschte er sich, gestern Nacht in seinem Bett geblieben zu sein. Was musste er auch unbedingt den Detektiv spielen. Er warf Miranda einen Blick zu, die neben Daniel und ihm durch die Halle ging. Alles nur wegen ihr. Er hatte Miranda mit seinem Mut imponieren wollen. Und jetzt hatte er den Salat.

Den ganzen Tag über ergab sich für Miranda keine Gelegenheit, ungestört mit Joe oder Cymbeline zu reden. Sie musste sich wohl oder übel bis nach dem Dinner gedulden.
Doch als Miranda sich zu Beginn der Märchenstunde genau wie Joe und Cymbeline nach hinten setzen wollte, um sich von den beiden berichten zu lassen, trat Mr Singh zu ihr.
»Mirrranda, warrrum willst du mir deinen Anblick vorenthalten?« Er fasste sie sacht am Arm. »Komm nach vorrrn und errrzähle du uns ein Märrrchen.«
»Ein Märchen, ich? Das kann ich nicht.« Miranda warf Joe einen verzweifelten Blick zu.
Joe dachte blitzschnell nach. »Bitte, darf ich? Bitte!«
Mr Singh lächelte huldvoll und winkte ihn zu sich heran. »Nun gut, mein Junge, errrzähle.« Er wandte sich an Miranda. »Aber du bist morgen an der Rrreihe, Prrrinzessin, einverstanden?«

Miranda nickte und setzte sich.

Joe begann: »Es waren einmal drei Königskinder, zwei Prinzessinnen und ein Prinz. Die lebten mit ihren königlichen Eltern glücklich und zufrieden in ihrem Schloss. Eines Tages sagte die Königinmutter zu ihnen: ›Meine lieben Kinder, euer Onkel, der mächtige König William, lädt euch ein, ihn zu besuchen. Ihm gehören Ländereien, so groß, dass dort nie die Sonne untergeht. Er wird euch auf das Prächtigste empfangen.‹ Also wurden vier Pferde vor die Kutsche gespannt, und die Königskinder fuhren weit, weit fort, bis sie endlich das Schloss ihres Onkels erreichten.«

Joe, der zu Beginn noch gar nicht gewusst hatte, was er eigentlich erzählen wollte, wurde immer sicherer.

»Aber wie entsetzt waren sie, als sie dort ankamen! Das Schloss war nur noch eine Ruine. Diener gab es auch keine, die Prinzessinnen mussten für den König kochen und putzen, und der Prinz wurde in den Keller gesteckt und musste aus Stroh Vogelscheuchen basteln, bis ihm das Blut unter den Nägeln hervorsprang. Das ganze Land von König William litt nämlich unter einer Krähenplage. Seit Jahren hatte man keine Kürbisse mehr ernten können, weil die Krähen die Saat wegpickten. Deswegen war der König auch so arm geworden. Nun ließ er überall die Vogelscheuchen aufstellen, und die Bauern mussten ihm viel Geld dafür bezahlen und …«

»Und wenn sie nicht gestorben sind, dann leben sie heute noch«, sagte Sharlene und gähnte laut. »Kann nicht ein anderer was erzählen?«

»Von mir aus.« Joe zuckte mit den Schultern.
»Nein, nein, mein Junge, das ist sehr interrressant, was du da errrzählst«, sagte Mr Singh. »Und ich möchte unbedingt den Schluss hörrren.«
»Ich auch«, sagte Daniel.
»Der Schluss …«, begann Joe stockend, »… also der Schluss, natürlich. Eines Tags beschlossen der Prinz und die Prinzessinnen zu fliehen. Ihre Kutsche und die Pferde waren natürlich längst fort, auch die hatte William zu Geld gemacht, also liefen sie mitten in einer stürmischen, regnerischen Nacht auf und davon. Sie liefen dreiunddreißig Tage und dreiunddreißig Nächte. Immer wenn sie dachten, sie seien William entkommen, sahen sie auf den Feldern die Vogelscheuchen stehen, die der Prinz gebastelt hatte, und wussten, dass sie noch auf seinem Land waren. Sie ernährten sich von Pilzen und Beeren und tranken Wasser aus den Bächen, und endlich, am vierunddreißigsten Tag, sahen sie keine Vogelscheuchen mehr, sondern das Schloss ihrer Eltern. Die waren natürlich sehr glücklich, dass sie ihre Kinder endlich wiederhatten.«
Daniel schniefte laut.
»Wirrrklich sehr, sehr interrressant«, wiederholte Mr Singh und sah Joe aufmerksam an. »Du hast viel Phantasie, mein Junge.« Diesen Satz sprach er ohne jeden Akzent, wahrscheinlich, weil er kein R enthielt.
Wie üblich wurde auch jetzt Wasser des Lebens herumgereicht. Joe tat nur so, als würde er trinken, und ließ die klebrige Brühe wieder in den Becher zurücklaufen.

»Trrrinkt, Kinder, trrrinkt vom Wasserrr des Lebens!«
»Ich muss noch telefonieren«, sagte Miranda, als Mr Singh ihnen eine gute Nacht wünschte.
»Ich auch!«, riefen Cymbeline und Joe gleichzeitig.
»Nicht mehr als zwei auf einmal«, sagte Balthazar, der darauf achtete, dass alle Kinder gesittet und ordentlich ihre Zimmer aufsuchten.

Joe griff in der Halle gerade zum Telefonhörer, ließ ihn aber sinken, als Miranda auf ihn zukam.
»Stimmt das?«, fragte sie. »Verkaufen die wirklich alles?«
Joe nickte. »Wir haben gehört, wie sie alles verpacken und mit einem Lkw fortschaffen.«
Miranda konnte und wollte es nicht glauben. »Mr Singh!«, stieß sie hervor. »Ich bin sicher, dass er nichts damit zu tun hat.«
»Woher willst du das wissen?«, fragte Joe. Er musste daran denken, dass er am Steuer des Lkws einen Mann mit Bart gesehen hatte. Er hätte zwar nicht beschwören können, dass es Mr Singh gewesen war, denn der Mann hatte keinen Turban getragen, aber wer auf dem Schloss hatte einen Bart außer ihm?
»Das fühle ich einfach. Mr Singh ist doch kein Verbrecher.«
Miranda dachte nach, dann hellte sich ihr Gesicht auf. »Ich gehe zu ihm«, sagte sie. »Ich werde mit ihm sprechen. Noch heute Abend.«
»Weißt du denn, wo sein Zimmer ist?«, fragte Joe.

»Nein«, sagte Miranda. »Aber ich hab so eine Idee.« Sie erzählte Joe von der Tapetentür hinter der Ritterrüstung.
MacDuff kam in die Halle geschlurft. An seinen schweren Stiefeln klebte Lehm. »Regnet schon wieder«, brummte er. »Ab ins Bett mit euch, es ist schon spät.«
Durch ihren Entschluss mutig geworden, fragte Miranda: »Mr MacDuff, wann kommen Dancer und Brownie zurück?«
»Kann dauern«, sagte der Hausmeister nur und ging in die Küche.
»Ich hasse ihn!«, sagte Miranda. »Es würde mich nicht wundern, wenn er die Pferde zum Schlachter gebracht hat.«
»Vielleicht gibt's ja dann demnächst wieder Würstchen zum Frühstück«, sagte Joe.
»Du bist ekelhaft!« Miranda boxte Joe in den Bauch, aber der lachte nur. Dann nahm er wieder den Hörer auf. »Ich muss wirklich meine Mutter anrufen, das war keine Ausrede.«
Miranda wandte sich zum Gehen, aber Joe hielt sie am Ärmel fest. »Willst du wirklich allein zu Mr Singh?«
»Natürlich.«
Er ließ sie los. »Pass auf dich auf!«
»Mach ich. Und, Joe …«
»Ja?«
»Bitte erzähl noch nichts deiner Mutter.«
Joe schüttelte den Kopf. »Bestimmt nicht.«
Und das würde ihm noch nicht einmal schwer fallen, im Nicht-Erzählen hatte er schließlich Übung.

Mrs Miller schenkte gerade ihrem Nachbarn, Mr Fairfax, ein Gläschen Likör ein.

Der roch daran. »Was ist denn das?«

»Lakritzlikör, selbst gemacht«, sagte Mrs Miller stolz. Mit gespitztem Mund nippte sie daran. »Na ja, vielleicht hätte ich ihn nicht so lange ziehen lassen sollen, er schmeckt ein wenig bitter.«

Mr Fairfax nahm tapfer einen großen Schluck. »Nein, nein, überhaupt nicht, ganz köstlich, wirklich.«

Mrs Miller stellte ihr Glas wieder auf den gehäkelten Untersetzer und hielt ihm ein geflochtenes Körbchen mit sehr trockenem Salzgebäck hin. »Sie können auch gern einen Himbeergeist haben, ebenfalls selbst gemacht.«

Mr Fairfax dankte.

»Oder eine heiße Schokolade? Die müssen Sie probieren, ich mache die beste Schokolade der Welt, da bleibt der Löffel stecken …«

»Vielen Dank, aber ist es dafür nicht ein wenig zu warm?«

»Oh nein, eine gute Schokolade kann man immer trinken, Giovanni bekommt gar nicht genug davon.«

»Wie geht es ihm denn in seinem Schloss?«, fragte Mr Fairfax.

»Er vermisst mich natürlich sehr, aber schauen Sie mal, er hat mir eine Karte geschrieben.«

Mrs Miller nahm vom Kaminsims eine Postkarte, die dort an einer Teekanne in Form einer Katze gelehnt hatte.

»Fairytale Castle«, las Mr Fairfax. »Das sieht ja wirklich sehr beeindruckend aus.«

»Außen hui und innen pfui, sage ich immer. Die Zimmer der Kinder hätten sie sehen müssen. Winzig und in jedem drei Betten! Dabei ist Giovanni überhaupt nicht daran gewöhnt, mit anderen in einem Raum zu schlafen.«
Mrs Miller biss in einen Cracker. »Jetzt habe ich schon vier Tage nichts von ihm gehört«, sagte sie ehrlich. »Hoffentlich geht es ihm gut.«
»Natürlich geht es ihm gut. Wahrscheinlich ist er so beschäftigt, dass er gar nicht zum Schreiben kommt, das ist doch ein gutes Zeichen.«
Mrs Miller sah Mr Fairfax zweifelnd an. Er war ein netter, höflicher Mann, sicher, aber von den Gefühlen einer Mutter verstand er nichts, doch das hatte ihr verstorbener Mann auch nicht getan. Sie seufzte.
»Liebe Mrs Miller«, begann Mr Fairfax entschlossen, »ich bin eigentlich gekommen, um sie für morgen zu einem Kinobesuch einzuladen.«
»Aber wir waren doch schon am Samstag im Kino«, sagte Mrs Miller und errötete leicht. Es war das erste Mal seit Jahren gewesen, dass sie mit einem Mann ausgegangen war. Einmal ist schließlich keinmal. Aber ein zweites Mal? Lust hatte sie schon. Mrs Miller liebte es, ins Kino zu gehen. Natürlich schaute sie sich keine dieser modernen Filme an, in denen entweder ständig geschossen wurde oder sich die Menschen nackt herumwälzten, womöglich beides. Aber für einen romantischen Liebesfilm mit viel Geigengeschluchze im Hintergrund war sie immer zu haben. Aber nachher bildete sich ihr

Nachbar noch Schwachheiten ein, wenn sie sich zu einem weiteren Rendezvous überreden ließ?
Die Entscheidung wurde ihr glücklicherweise durch das Klingeln des Telefons abgenommen.
Sie sprang auf. »Das ist bestimmt Giovanni!«
Mr Fairfax erhob sich ebenfalls. »Dann gehe ich jetzt besser, ich möchte nicht stören.«
Wie diskret von ihm. Ein wirklich angenehmer Mensch, dachte Mrs Miller und griff zum Hörer.

Miranda hatte große Mühe, wach zu bleiben. Um Sharlene nicht misstrauisch zu machen, hatte sie sich ausgezogen und ins Bett gelegt. Und kaum lag sie, fielen ihr auch schon die Augen zu. Schnell setzte sie sich auf und zog sich wieder an. Sharlene schnarchte leise.
»Wo willst du hin?«, kam es von Cymbelines Bett.
»Ich suche Mr Singh, um ihn zu fragen, was das alles bedeutet«, flüsterte Miranda.
»Und wenn er mit den Clowns unter einer Decke steckt?«
»Nie und nimmer«, sagte Miranda. »Es wird sich alles aufklären, mach dir keine Sorgen.«
Cymbeline machte sich keine Sorgen, im Gegenteil. Wenn sie ganz ehrlich war, fand sie das alles ziemlich spannend. Die erste Zeit auf *Fairytale Castle* hatte sie sich entsetzlich gelangweilt, aber heute hatte sie in dem Buch über Shakespeare keine zehn Seiten gelesen.
»Kann ich mitkommen?«, fragte sie.

»Nein«, sagte Miranda nur und wollte gerade die Tür öffnen, als Cymbeline »Halt!« sagte.
Erstaunt drehte sich Miranda um.
»Nimm meine Taschenlampe mit, sie steht auf dem Nachttisch. Sind neue Batterien drin.«
»Danke«, sagte Miranda.
Es war noch nicht ganz dunkel. Das Dämmerlicht ließ die Rüstungen viel größer erscheinen, fast als ob echte Ritter darin steckten. Bewegte sich da nicht ein Arm? Hob sich nicht ein Brustpanzer? Miranda stolperte, fiel hin, die Taschenlampe rollte weiter. Miranda wollte hoch, aber etwas hielt sie fest. Ihr Fuß hatte sich in dem mürben Gewebe des Teppichs verfangen. Sie zog ihn mit Gewalt heraus, wobei das Loch noch weiter aufriss, griff nach der Lampe, stürzte auf die letzte Ritterrüstung zu und schlüpfte schwer atmend durch die Tapetentür.
Der Gang dahinter war stockdunkel. Sie machte die Taschenlampe an. Da war die Wendeltreppe.
Stufe für Stufe folgte Miranda dem gewundenen Lauf. Nun hätte sie doch gern Joe oder Cymbeline bei sich gehabt, und als ein Spinnennetz sie streifte, konnte sie einen Aufschrei gerade noch unterdrücken. Wenn nun doch Sir Archibalds Geist hier herumspukte? Aber noch war nicht Mitternacht.
Auf einem Treppenabsatz blieb Miranda stehen. Da war eine Tür. Vorsichtig drückte sie die Klinke herunter. Helles Licht blendete sie. Sie sah einen breiten Gang, von dem rechts und links Türen abgingen. Er musste parallel zu dem im ersten Stock verlaufen.

Das sind bestimmt die Zimmer der Clowns, dachte Miranda. Aus irgendeinem Grund war sie sicher, dass Mr Singh oben im Turm wohnte. Sie schloss die Tür und stieg weiter die Treppe hinauf, bis es nicht mehr weiterging.

Auch hier gab es eine Tür. Miranda klopfte. Nichts. Sollte sie sich getäuscht haben? Sie klopfte noch einmal.

Da wurde die Klinke heruntergedrückt.

»Guten Abend, Mirrranda. Wie schön, dass du mich besuchst«, sagte Mr Singh.

Miranda konnte erst nichts erwidern, so atemlos war sie vor Aufregung und vom Treppensteigen, aber Mr Singh nahm sie am Arm und führte sie in sein Zimmer.

Genau so hatte Miranda es sich vorgestellt. Auf drei Seiten gab es von roten Samtvorhängen eingefasste Fenster. Auf einem breiten Diwan lag eine indische Decke. Auf dem Boden davor stand eine Wasserpfeife. In den Regalen zwischen den Fenstern standen Bücher und Elefanten. Elefanten in allen Größen. Aus Holz, Jade oder Elfenbein. Grob in Stein gehauen oder kunstvoll geschnitzt.

»Nur die mit dem hoch erhobenen Rrrüssel brrringen Glück«, sagte Mr Singh. »Setz dich bitte.«

Er bot ihr ein dickes Sitzkissen an, das mit anderen um ein niedriges Tischchen herum gruppiert war. Auf dem Tisch stand eine altmodische Petroleumlampe und verbreitete ein schwaches Licht.

»Sie wundern sich ja gar nicht, dass ich gekommen bin«, sagte Miranda und ließ sich auf dem Kissen nieder.

»Natürrrlich nicht«, sagte Mr Singh. »Ich habe gespürrrt, dass du etwas auf dem Herrrzen hast, mein Kind.«
Am liebsten hätte Miranda geweint, jetzt, wo die Anspannung nachließ. Mr Singh war so nett und freundlich, ihm konnte und wollte sie ihr Herz ausschütten.
»Trrrink erst einmal, das wirrrd dir gut tun.« Mr Singh goss Tee aus einer kupfernen Kanne in ein bunt schillerndes Glas.
Vorsichtig nippte Miranda an dem heißen Getränk.
»Hm, das schmeckt viel besser als Mrs MacDuffs Pfefferminztee. Was ist das?«
»Ein Tee aus vielerlei Gewürrrzen. Karrrdamom, Ingwerrr, Pfefferrr und Zimt sind darrrin.«
Ein wenig scharf war der Tee, aber auch süß. Wohlige Wärme stieg in Miranda auf.
»Nun errrzähle, schönes Kind«, sagte Mr Singh und zog an seiner Wasserpfeife.
»Es ist aber kein Märchen«, sagte Miranda.
Mr Singh lächelte nur, und Miranda begann zu erzählen. Von den Clowns, die sie ständig überwachten, von den unzähligen Enten und Schweinen und Kürbissen, die die Kinder bemalen mussten und die dann verkauft würden.
Mr Singhs Gesicht verfinsterte sich immer mehr.
»Woher weißt du, dass man die Sachen verrrkauft?«, fragte er.
Miranda überlegte kurz. Sollte sie Joe und Cymbeline erwähnen? Wenn nicht, dachte Mr Singh vielleicht, sie hätte sich das alles nur ausgedacht. Wenn ja, wollte er mit den beiden sicher auch sprechen, und das wollte Miranda nicht. Sie wollte Mr

Singh ganz für sich allein haben. Keiner außer ihr sollte dieses Zimmer betreten, diesen Tee trinken, keinem sollte Mr Singh so liebevoll ein Taschentuch reichen, um sich die Tränen abzuwischen ... denn nun weinte sie wirklich.

»Ich habe mich gestern Nacht in den Keller geschlichen«, log sie. »Ich wollte sehen, wo all die Sachen bleiben. Und da habe ich gehört, wie Nepomuk und Mr MacDuff alles in Kartons verpackt haben. Die haben sie dann in einen Lkw verladen und sind damit weggefahren. Warum sollten sie das tun, wenn sie die Sachen nicht verkaufen wollen?«

»Hast du gesehen, wer am Steuerrr saß?«, fragte Mr Singh und beugte sich gespannt vor.

Miranda schüttelte den Kopf. »Nein, habe ich nicht.« Und das stimmte sogar.

Mr Singh kratzte sich nachdenklich die Stirn unter seinem Turban.

»Wenn das wahrrr ist, was du sagst ...« Er sah Miranda an. »Hast du irrrgendjemandem davon errrzählt?«

Miranda biss sich auf die Lippe.

Mr Singh nickte. »Diesem dicken Jungen, nicht wahrrr?«

»Ja, aber er hat es mir nicht geglaubt. Deswegen hat er ja das Märchen erzählt, weil er es mir nicht geglaubt hat.«

»Ich verrrstehe. Hör zu, mein Kind: Ich werrrde mich jetzt um alles kümmerrrn. Ich hatte ja keine Ahnung, was hinter meinem Rrrücken alles vorgeht.« Er seufzte und strich sich über den Bart. »Ich kann nicht immerrr hier sein bei den vielen Verrrpflichtungen, die ich habe, außerdem schrrreibe ich an

einem Buch.« Er zeigte auf einen dicken Stoß beschriebenen Papiers, der auf einem Sekretär lag.
»Sie schreiben alles mit der Hand?«, staunte Miranda.
»Aberrr ja«, sagte Mr Singh. »Ich halte nichts von Computerrrn, mit denen man schneller schrrreiben als denken kann.«
Ein Computer hätte auch überhaupt nicht zu Mr Singh gepasst, dachte Miranda. »Wovon handelt das Buch?«, fragte sie.
»Nun, von allen Seiten drrrängt man mich, endlich all meine Märrrchen aufzuschrrreiben.«
»Das wäre toll«, sagte Miranda.
»Du bekommst das errrste Exemplar, verrrsprochen. Aber nun ins Bett mit dir.« Mr Singh erhob sich. »Soll ich dich hinunterbegleiten?«
Miranda schüttelte den Kopf.
Mr Singh lächelte. »Aberrr das Licht darrrf ich dir doch anmachen?«
Mr Singh öffnete die Tür und drückte auf einen ziemlich modern aussehenden Lichtschalter.
»Wie geht es denn jetzt weiter?«, fragte Miranda.
»Komm morrrgen Abend wieder zu mir, bis dahin habe ich alles geklärrrt.« Er strich Miranda über das Haar. »Du bist ein tapferrres, mutiges Mädchen, das habe ich gleich gewusst.«
Miranda lief die Treppe nicht hinunter. Sie schwebte.

11. Kapitel

Beim Frühstück verkündete Perceval, wie immer mit todtrauriger Miene, dass die Kinder den ganzen Vormittag zur freien Verfügung hätten. »Ihr könnt Briefe schreiben oder lesen oder in den Park gehen«, sagte er.
»Warum können wir nicht wieder malen?«, fragte Sharlene. »Das macht viel mehr Spaß.« Und die meisten der anderen Kinder stimmten ihr zu.
Cymbeline und Miranda sahen sich an. Cymbeline schüttelte den Kopf. »Die sind ja total bescheuert.«
Ohne es abgesprochen zu haben, trafen sich Joe und die beiden Mädchen kurz darauf im Gartenhaus.
»Los, erzähle«, sagte Joe. »Was hat Mr Singh gesagt.«
»Er weiß von nichts. Und ich glaube ihm«, sagte Miranda fast ein wenig trotzig.
»Und nun?«, fragte Cymbeline.
»Er will alles aufklären. Bestimmt haben wir deshalb auch frei. Sicher hat er die Clowns zusammengetrommelt und hält ihnen eine Standpauke. Heute Abend soll ich wieder zu ihm in den Turm kommen.«
»Ich gehe mit«, sagte Joe.

»Nein«, sagte Miranda entschieden. »Ich gehe allein.«
»Das ist zu gefährlich«, sagte Joe. »Ich traue Mr Singh nicht.«
»Aber was soll er ihr denn tun?«, fragte Cymbeline. »Er kann sie schließlich nicht abmurksen und irgendwo verschwinden lassen. Wir wissen schließlich, dass sie bei ihm ist.«
Aber er weiß nicht, dass ihr es wisst, dachte Miranda und verscheuchte das leichte Unbehagen, das sie bei diesem Gedanken befiel. Schnell sagte sie: »Er tut mir nichts, er ist auf unserer Seite. Er hat wirklich nicht gemerkt, was hier vorgeht. Schließlich ist er wegen seiner Lesungen und der Fernsehserie oft nicht da. Und da oben …«, Miranda zeigte auf den Turm, »… bekommt er sowieso nicht mit, was unten im Keller passiert.«
Joe kaute nachdenklich auf der Lippe. »Wer ist eigentlich der Boss von dem ganzen Laden hier?«
»Mr Singh jedenfalls nicht«, sagte Miranda. »Der ist nur engagiert, um den Kindern Märchen zu erzählen.«
»Noch nicht mal das macht er ja mehr«, sagte Cymbeline. »Lässt nur seine blöden Kassetten abdudeln.«
»Komisch, ich hatte immer das Gefühl, dass Mr Singh hier das Sagen hat«, meinte Joe. »Die Clowns verhalten sich in seiner Gegenwart immer so …«
»… als ob sie Angst vor ihm hätten?«, vollendete Cymbeline den Satz.
Joe nickte. »Irgendwie schon.«
»Respekt haben sie vor ihm, und das ist gut so«, sagte Miranda. »Dann tun sie auch, was er sagt.«

»Aber was sagt er ihnen?« Joe sah immer noch sehr nachdenklich aus.
»Was soll er ihnen schon sagen? Dass sie aufhören müssen mit ihren Machenschaften, natürlich.«
»Und dann?«, fragte Cymbeline. »Schwamm drüber und alles ist gut?«
»Auf keinen Fall«, sagte Joe mit einer Entschiedenheit, die ihn selbst überraschte. »Was die Clowns gemacht haben, ist kriminell, und selbst wenn wir nie wieder Kühe, Kürbisse oder sonst was für sie anmalen müssen, können wir doch nicht so tun, als ob nichts war. Außerdem werden wir nicht die Ersten gewesen sein, die sie derart ausgenutzt haben. Ich bin dafür, dass wir die Polizei anrufen, und zwar am besten gleich.«
»Nein, bitte nicht!«, rief Miranda. »Nachher denkt die Polizei, dass Mr Singh etwas mit der ganzen Sache zu tun hat. Lasst mich erst mit ihm reden. Vielleicht fliegen die Clowns raus und wir bekommen neue Betreuer.«
Joe mochte überhaupt nicht, wie Miranda für Mr Singh eintrat, es klang ja fast so, als ob …
»Von mir aus«, sagte er schnell. »Dann warten wir eben noch heute Abend ab. Wenn Mr Singh aber keine überzeugende Lösung hat, melden wir alles der Polizei. Einverstanden, Miranda? Cymbeline?«
»Einverstanden«, sagte Miranda.
»Einverstanden«, sagte Cymbeline.

Auch am Nachmittag fand keiner der Mal- oder Bastelkurse statt. Mit versteinertem Gesicht schob MacDuff einen Fernseher in den großen Saal und legte eine Videokassette ein. Draußen schlug der Regen sacht, aber stetig ans Fenster. Es war ziemlich kühl in dem hohen Raum.

»Unten im Keller ist es immer so gemütlich warm«, quengelte ein kleines Mädchen. »Ich will lieber malen.«

»Und ich möchte wieder Häschen gießen«, sagte Daniel. »Das macht richtig Spaß.«

Von den Clowns ließ sich auch am Nachmittag keiner blicken. Die Kinder sahen sich *Cinderella* und *Arielle* an, danach war es Zeit für das Abendessen.

An diesem Abend versuchten Miranda, Cymbeline und Joe nicht, sich davonzustehlen. Sie gingen mit allen anderen ins Märchenzimmer und warteten auf den Märchenerzähler.

Miranda war sehr aufgeregt. Was für ein Gesicht würde Mr Singh wohl machen? Vielleicht gab er ihr bereits hier ein Zeichen, um ihr zu bedeuten, dass alles gut gegangen war?

Aber Mr Singh sah aus wie immer. Freundlich lächelnd nahm er Platz und die Kinder scharten sich um ihn.

»Heute errrzähle ich euch die Geschichte vom undankbaren Tigerrr«, begann er.

»Vor vielen, vielen Jahrrren lebten Menschen in einem Dorrrf im Wald. Nun gab es im Wald einen grrroßen, mächtigen Tigerrr, der das Vieh der Dorrrfbewohner riss und auch vor den Menschen nicht Halt machte. Da beschlossen die Menschen, eine Falle für den Tigerrr zu bauen.«

Mr Singh hustete. »Ich befürrrchte, meine Stimme ist etwas angegrrriffen. Vielleicht mag jemand von euch weitererrzählen.« Er hustete wieder.

»Aber wir kennen die Geschichte doch gar nicht«, sagte Shailene.

Mr Singh nahm einen Packen Blätter. »Ich habe sie aufgeschrrrieben.« Er ließ seinen Blick über die vor ihm sitzenden Kinder wandern, er blieb bei Miranda hängen.

Und wieder versuchte sie etwas in diesem Blick zu lesen, aber außer freundlichem Wohlwollen war ihm nichts zu entnehmen.

»Mirrranda, du liest uns die Geschichte vom undankbaren Tigerrr vor, ja?«

Miranda konnte gut lesen, trotzdem war es ihr ein wenig peinlich, als Mr Singh sie jetzt bat, sich neben ihn zu setzen. Mit ernstem Gesicht drückte er ihr die mit seiner schnörkeligen Schrift bedeckten Blätter in die Hand.

»Bald ging der Tiger in die Falle«, las Miranda. »Ein schwerer Stein fiel auf ihn, sodass er kaum atmen, geschweige denn sich bewegen konnte. Da kam ein Bettelmönch des Weges und vernahm das Stöhnen des Tigers. Der Tiger bat ihn flehentlich, er möge ihn aus der Falle befreien, aber der Mönch erwiderte: ›Oh du mächtiger Tiger, wenn ich das tue, dann frisst du mich sogleich auf.‹ Da sagte der Tiger: ›Wie könnte ich so undankbar sein und meinen Retter und Wohltäter verschlingen?‹ Der Bettelmönch glaubte den Worten des Tigers noch nicht recht und bat ihn zu schwören, dass er ihm kein Leid antun werde.

Der Tiger legte den gewünschten Schwur ab und der Bettelmönch befreite ihn sogleich aus der Falle. Doch kaum war der Tiger in Freiheit, stürzte er sich auf den Mönch, um ihn zu fressen. Der entsetzte Mönch bat den Tiger, wenn er schon nicht seinen Schwur halten wolle, so doch wenigstens die Angelegenheit drei Richtern vorzutragen, auf dass diese entscheiden mögen. Damit erklärte sich der Tiger einverstanden. Zuerst gingen sie zu einem Mangobaum. Nachdem der die Geschichte gehört hatte, sagte er: ›Ich finde es nur gerecht, Tiger, wenn du den Mann auffrisst. Sieh nur, was die Menschen mit mir machen! Sie sitzen in meinem Schatten, essen meine köstlichen Früchte, nehmen meine trockenen Zweige als Feuerholz, und dennoch hauen sie mich ab, ohne jedes Erbarmen!‹ Als der Tiger dies hörte, stürzte er sich sogleich auf den Bettelmönch, aber dieser erinnerte ihn an sein Versprechen, noch zwei weitere Richter anzuhören. Sie begegneten einer Kuh, und auch die gab dem Tiger Recht, wenn sie an all die Schmerzen dachte, die die Menschen ihr zufügten. Der Bettelmönch sah schon sein letztes Stündlein gekommen, als sie einen Fuchs erblickten, der sich auf einem Feld sonnte. Aber der verstand nicht, was sie ihm erzählten. Immer wieder fragte er: ›Wie war das? Wo?‹ Und redend näherten sie sich der Stelle, wo die Falle lag. ›Hier ist es‹, sagte der Bettelmönch zum Fuchs. ›Hier habe ich den Tiger befreit und hier hat er mir geschworen, mich am Leben zu lassen.‹ Der Fuchs dachte nach. ›Um gerecht zu richten, muss ich alles genau gesehen haben. Stell dich an deinen alten Platz, und du, Tiger, steigst hinunter in die

Falle und zeigst mir, wie du unter dem Stein gelegen hast.‹ Der Tiger gehorchte und legte sich in die Falle. Der Bettelmönch ließ den Stein fallen und der Tiger war wieder gefangen. Überglücklich fragte der Bettelmönch den schlauen Fuchs, was er sich als Belohnung wünsche. Der Fuchs bat ihn um ein fettes Huhn, das ihm der Bettelmönch sogleich beschaffte. Als gute Freunde schieden sie voneinander.«

Miranda ließ die Blätter sinken.

»Danke, Mirrranda, das hast du wunderrrschön vorgelesen«, lobte Mr Singh.

»Wenn es ein Bettelmönch war, wie konnte er dann ein fettes Huhn kaufen?«, fragte ein Junge.

»Wahrscheinlich hat er es sich erbettelt«, erwiderte ein Mädchen.

»An seiner Stelle hätte ich das Huhn selber gegessen«, sagte Sharlene. »Der Tiger konnte ihm ja nun nichts mehr tun. «

»Dann wärst du genauso undankbar wie der Tiger«, sagte Cymbeline und erntete von Sharlene einen verächtlichen Blick. »Ist doch nur ein Märchen.«

»Ja, aberrr was will uns dieses Märrrchen sagen?«, fragte Mr Singh.

Das hätte Joe auch gern gewusst. Ihm war klar, dass Mr Singh diese Geschichte nicht zufällig ausgewählt hatte, genauso wenig wie Miranda als Vorleserin. Was hatte er ihr damit zu verstehen geben wollen?

»Wenn uns jemand hilft, dann sollen wir ihn hinterher nicht auffressen«, sagte Daniel.

Alle lachten.
Mr Singh lachte nicht. »Denkt darrrüber nach. Denkt gut darrrüber nach, bis wir uns wiederrrsehen.«
Dann füllte er den Becher mit Himbeerlimonade. Miranda bekam keinen Schluck hinunter, so aufgeregt war sie, wenn sie an das bevorstehende Treffen dachte. Sie reichte den Becher weiter an Cymbeline, aber die schüttelte unmerklich den Kopf.
»Trrrinkt das Wasserrr des Lebens!«, dröhnte Mr Singh. »Trrrinkt, liebe Kinder.«

Joe stand am Fenster und sah hinaus. Der Himmel hatte sich aufgeklärt, still und friedlich lag die Landschaft da. Hinter den Hügeln hing eine schwere, rote Sonne.
Wenn sie untergegangen war, würde Miranda zu Mr Singh in den Turm gehen. Joe hatte kein gutes Gefühl, wenn er daran dachte. Er verstand nicht, was Miranda an dem Märchenerzähler fand. Ihm war er von Anfang an unsympathisch gewesen. Er mochte diesen Typ nicht, diese Art Männer, die den ganzen Raum füllten, sobald sie ihn nur betraten.
Sein Vater war nicht so ein Mann gewesen. Joe konnte sich kaum noch an ihn erinnern, nur daran, dass er ihn einmal hochgehoben hatte, als ein großer Hund laut bellend auf Joe zugesprungen war. Sein Vater, dieser schmächtige, kleine Mann, hatte seinen sechsjährigen Jungen hochgehoben, um ihn vor dem Hund zu schützen, und das, obwohl er selbst Angst vor Hunden gehabt hatte. Männer wie Mr Singh warfen einem

Hund nur einen stahlharten Blick zu und die krochen sofort winselnd auf dem Boden.

»Lass mich doch auch mal!«, hörte er Daniel in seine Gedanken hinein rufen.

»Nein! Der gehört mir!«, rief Harry. Die beiden stritten sich um irgendein Spielzeug.

»Du bist gemein!«, schluchzte Daniel.

Joe drehte sich um. »Was habt ihr denn schon wieder?«

»Spielst du mit uns?«, fragte Harry.

»Na schön. Was haltet ihr von Rummycup?«

»Au ja!«, sagte Daniel und rieb sich die Augen. Auch Harry gähnte schon. Nach spätestens einer Runde würden die beiden eingeschlafen sein. Joe spürte keinerlei Müdigkeit. Er war hellwach. Seufzend verteilte er die Spielsteine.

Mit klopfendem Herzen stieg Miranda eine Stunde später die Wendeltreppe zu Mr Singhs Turmzimmer hinauf. Vor der Tür blieb sie einen Moment stehen, um Luft zu holen. Dann klopfte sie an.

Aber nicht Mr Singh öffnete ihr, sondern Nepomuk. »Guten Abend, Miranda«, sagte er und bemühte sich unter dem falschen um ein echtes Lächeln. »Komm doch herein.«

»Wo ist …«, begann Miranda.

»Mr Singh lässt sich vielmals entschuldigen, er musste ganz schnell nach London. Er soll morgen im Frühstücksfernsehen auftreten.«

Miranda wandte sich zum Gehen.

»Nun komm schon!« Nepomuk lachte immer noch, aber in seiner Stimme schwangen Ärger und Ungeduld mit. »Wir müssen mit dir reden.«
Miranda bemerkte erst jetzt, dass Perceval, Balthazar und Caspar um den niedrigen Tisch herumsaßen und ihr gespannt entgegenblickten.
Balthazar stand auf und trat zu ihr. »Du musst keine Angst haben, Miranda. Mr Singh hat uns alles erzählt und wir möchten dir nun gern erklären, warum wir tun, was wir tun.«
»Alles ganz harmlos«, ließ sich Nepomuk vernehmen.
Wie eine Schlafwandlerin betrat Miranda das Turmzimmer und setzte sich auf ein Kissen. Ohne Mr Singh wirkte der Raum längst nicht mehr so märchenhaft. Nur noch ein schwacher Duft nach Räucherstäbchen erinnerte an ihn. Im Licht der Petroleumlampe warfen die Clowns groteske Schatten.
»Wann kommt er denn zurück?«, fragte Miranda.
»Bald«, sagte Perceval und knibbelte an seinem Daumen. »Sehr bald. Aber nun zu dir. Du hast also herausbekommen, dass wir alles, was ihr so schön bastelt, klebt oder bemalt, sorgfältig in Kartons verpacken und wegbringen.«
»Um es zu verkaufen«, sagte Miranda.
Balthazar schüttelte den Kopf. »Das stimmt nicht ganz.«
»Aber was machen Sie denn dann mit all den Sachen?«
Caspar nahm sich eine Zigarette aus einem reich verzierten Elfenbeinkästchen und zündete sie an. Für einen Moment sah es aus, als wollte er etwas sagen, doch er schwieg und blies Kringel in die Luft.

»Was glaubst du, Miranda? Die Kinder, die ihre Ferien auf *Fairytale Castle* verbringen, sind die arm oder reich?«, fragte Perceval.
Blöde Frage. »Die meisten sind wahrscheinlich reich«, sagte Miranda. »Aber wir nicht, meine Ferien hat meine Urgroßtante bezahlt. Und bei Joe war es die Oma.«
»Egal, ob nun Eltern oder Großeltern das Geld haben, es ist jedenfalls da«, sagte Nepomuk.
»Nun gibt es aber in anderen Ländern Kinder, die sehr, sehr arm sind«, fuhr Perceval in einem Ton fort, als spräche er zu einer Dreijährigen. »Kinder, die weder schöne Kleider noch genug zu essen haben.«
»Das weiß ich selbst«, sagte Miranda.
»Nun, vielleicht weißt du aber nicht, wie schlecht es diesen Kindern wirklich geht.« Perceval nahm vom Tisch ein Foto und reichte es Miranda.
Sie warf einen kurzen Blick darauf und gab es ihm zurück. Ein in Lumpen gehülltes kleines Kind war darauf abgebildet, das auf seiner mageren Faust herumkaute.
»Wir haben uns nun überlegt, dass man diesen Kindern helfen müsste. Alles, was ihr hier auf *Fairytale Castle* herstellt, wird verkauft, und der Erlös kommt diesen armen Würmchen zugute. Was sagst du nun?«
»Warum machen Sie das dann heimlich?«, fragte Miranda.
Perceval und Nepomuk sahen sich an. »Nun, am Anfang haben wir den Kindern natürlich gesagt, was mit ihren Kunstwerken geschieht«, sagte Perceval. »Die Kinder fanden die Idee auch prima, aber es gab leider Eltern, denen das überhaupt nicht ge-

fiel, und die haben uns dann ziemlich viel Ärger gemacht, nicht wahr?«

Balthazar und Nepomuk nickten. Caspar zog an seiner Zigarette, ohne Miranda auch nur eine Sekunde aus den Augen zu lassen.

»Ein Vater wollte uns sogar verklagen«, sagte Nepomuk. »Beinahe hätten wir *Fairytale Castle* dichtmachen müssen und viele, viele Kinder hätten ohne unsere Hilfe elend verhungern müssen.«

Miranda dachte nach. Das klang alles recht überzeugend.

»Und Mr Singh, warum weiß der nichts davon?«

»Aber natürlich weiß er davon«, sagte Perceval und verzog seinen traurig geschminkten Mund zu einem Lächeln. »Es ist ja seine Idee gewesen. Schließlich kommt er aus Indien und hat all das Elend auf den Straßen von Bombay und Kalkutta mit eigenen Augen gesehen.«

Miranda war verwirrt. Warum hatte Mr Singh ihr das nicht gleich gesagt? Sie hätte das doch verstanden.

»Mr Singh wollte erst mit uns besprechen, ob wir dir die Wahrheit sagen. Es ist ja schließlich nicht ganz ungefährlich …«

Miranda sah Perceval fragend an.

»Nun ja, es hätte ja sein können, dass du es sofort weitererzählst und wir wieder Ärger bekommen.«

»Aber Mr Singh hat uns versichert, dass du ein kluges Mädchen bist, das ein Geheimnis für sich behalten kann«, sagte Nepomuk und griff nach Mirandas Handgelenk.

»Er hat einen Brief für dich dagelassen«, sagte Caspar. Er

drückte seine Zigarette in einem Messingaschenbecher aus und ging zum Schreibtisch.
Miranda sah, dass immer noch das Manuskript dort lag.
Caspar gab Miranda einen verschlossenen Umschlag und sie stand auf. »Ich geh dann jetzt«, sagte sie.
»Haben wir dein Wort?«, fragte Perceval.
Miranda nickte.
»Und außer dir erfährt keiner davon?«, fragte Nepomuk.
Miranda nickte noch einmal.
Als sie fast den ersten Stock erreicht hatte, hörte sie, wie unter ihr die Tür aufging. Ein Schatten fiel auf die Treppenstufen. Miranda hielt sich die Hand auf den Mund.
»Ich bin's«, flüsterte Joe.
»Was machst du denn hier?« Miranda stopfte schnell den Brief in die Tasche ihrer Jeans. »Spionierst du mir nach?«
»Ich hab mir Sorgen gemacht«, erwiderte Joe gekränkt.
Miranda zog ihn mit nach draußen. Die Ritterrüstung klirrte, als sich Joe vorbeizwängte. »Pass doch auf!«, sagte Miranda unfreundlich.
»Was ist denn nun, was hat Mr Singh gesagt?«, fragte Joe.
Miranda überlegte fieberhaft. Durfte sie Joe die Wahrheit sagen? Würde er es verstehen?
»Es ist alles in Ordnung«, sagte Miranda.
»Was heißt hier in Ordnung?«, sagte Joe. »Es ist doch wohl alles andere als in Ordnung, wenn wir hier für die Clowns schuften müssen.« Seine Stimme wurde immer lauter.
»Pscht!«, machte Miranda. »Sei doch bitte leise. Es ist alles

ganz anders, als wir gedacht haben. Es ist nichts Schlimmes dabei.«
»Nichts Schlimmes dabei? Dass ich nicht lache!«
»Joe, ich kann dir das jetzt und hier nicht alles erklären. Bitte glaube mir einfach.«
Joe sah Miranda an. »Und ich dachte, wir halten zusammen«, sagte er enttäuscht. »Ich mach bei dem ganzen Scheiß jedenfalls nicht mehr mit.«
Miranda zuckte die Schultern. »Wie du willst. Ich geh jetzt ins Bett, gute Nacht.«
»Gute Nacht«, sagte Joe.

Miranda nahm den Brief von Mr Singh mit ins Bett, zog sich die Decke über den Kopf und knipste Cymbelines Taschenlampe an. Bis auf die schwungvolle Unterschrift war der Brief mit Schreibmaschine geschrieben.

Liebe Miranda,
meine Mitarbeiter haben dir nun erzählt, wozu wir eure Hilfe brauchen. Du kannst mir glauben, ich habe so viel Elend gesehen, dass ich es nur gerecht finde, wenn gut genährte und gut gekleidete Kinder wie ihr etwas für die tun, die heute nicht wissen, ob sie morgen noch leben. Ein schlechtes Gewissen habe ich nur wegen dir. Ich weiß, dass ich dir gleich die Wahrheit hätte sagen müssen. Du hast ein großes Herz, Miranda, ich vertraue dir!
In ein paar Tagen bin ich zurück.
Mr Singh

Miranda sah das Bild von dem hungernden Kind vor sich und dachte daran, dass noch vor kurzem ihre größte Sorge gewesen war, ihr Zimmer mit dem Baby teilen zu müssen. Sie schämte sich. Sie schämte sich entsetzlich.

»Ich werde euch nicht verraten, niemals«, flüsterte sie. »Ich halte mein Wort!«

Als sie einschlief, war ihr Gesicht nass von Tränen.

12. Kapitel

Am nächsten Tag ging es gleich nach dem Frühstück in den Keller, und das, obwohl immer wieder die Sonne aus den Wolken brach. Ein paar der Kinder grummelten zwar, aber schließlich saßen alle brav an ihren Tischen und malten und klebten und gossen und lackierten.

In Mirandas Gruppe wurden heute Salz- und Pfefferstreuer in Form von Hahn und Henne bemalt.

Miranda arbeitete so eifrig und verbissen, dass nach kurzer Zeit ein Dutzend Hühnerpärchen auf ihrem Tisch stand. Kein einziges Mal erwiderte sie die fragenden Blicke, die Joe ihr zuwarf.

Lustlos hatte der einem Hahn einen roten Kamm gemalt und einem anderen blaue Flügel. Jetzt schob er alles von sich.

Sofort war Nepomuk neben Joe. »Was ist? Kommst du nicht klar?«

»Hab keine Lust mehr auf diesen Quatsch«, sagte Joe.

»Dann hörst du eben auf«, sagte Nepomuk zu Joes Erstaunen.

»Wir zwingen keinen hier mitzumachen.«

»Du versaust uns den ersten Platz!«, rief Sharlene wütend.

»Erster Platz?«, fragte Joe verständnislos.

»Die Gruppen haben beschlossen einen Wettbewerb zu ver-

anstalten«, erklärte Nepomuk. »Die Gruppe, die am Ende der Ferien das meiste geschafft hat, gewinnt.«
»Das könnte euch so passen«, sagte Joe leise und stand auf.
»Blöder Fettsack!«, zischte Sharlene.
Miranda tat, als bekäme sie von alldem nichts mit. Sie sah auch nicht auf, als Joe den Raum verließ.
Er ging die Kellertreppe hoch in die Halle und durch die Seitentür hinaus. Zielstrebig lief er zum Gartenpavillon, drückte die Klinke herunter. Die Tür war abgeschlossen.
Joe drehte sich um und schaute zum Schloss. Ihm war, als hätte sich an einem der Fenster im zweiten Stock etwas bewegt. Nur der Vorhang im Wind oder hatte da jemand gestanden und ihn beobachtet? Aber die Clowns waren doch alle unten in den Werkräumen? Und Mr Singh war nach London gefahren, das hatte Nepomuk ihnen beim Frühstück gesagt.

Joe ging nicht zurück zum Schloss, sondern auf den Spielplatz. Dort hockte Cymbeline im Schneidersitz auf einer Schaukel und las.
Als sie Joe bemerkte, sah sie ihn mit leuchtenden Augen an. »Ich hab's. Ich hab die Lösung!« Sie tippte auf das Buch. »Hier auf Seite 367 hab ich sie endlich gefunden.«
Joe verstand kein Wort. Wieso konnte in diesem Wälzer etwas über ihre Probleme stehen?
»Und was sollen wir nun tun?«
»Wir?«, fragte Cymbeline verwirrt. »Wir doch nicht, mein Vater soll etwas tun.«

»Ich versteh überhaupt nichts mehr«, sagte Joe.
Cymbeline schlug das Buch zu. *Shakespeares Leben und Werk* stand in goldenen Buchstaben darauf.
»Aber ich, ich verstehe jetzt alles. Seit Jahren sucht mein Vater das Stück, das Shakespeare als erstes geschrieben hat. Nicht *Die Komödie der Irrungen*, es muss noch ein früheres geben, aber das ist nie aufgetaucht. Man hat vermutet, dass Shakespeare selbst es vernichtet hat, weil er es nicht gut fand. Aber das stimmt nicht.«
»Und woher weißt du das jetzt?«, fragte Joe.
»In seinem Testament hat Shakespeare seiner Frau Anne Hathaway sein zweitbestes Bett vermacht.«
»Na und?«, sagte Joe.
»Überleg doch mal. Warum ausgerechnet das zweitbeste und nicht das beste?«
»Vielleicht mochte er seine Frau nicht?«, schlug Joe vor.
»Dann hätte er ihr doch seinen Nachttopf vermachen können oder überhaupt nichts.« Cymbeline fuhr sich durch die Haare. »Früher bekam immer der Besuch das beste Bett, musst du wissen, und Shakespeare wollte wahrscheinlich sichergehen, dass in diesem Bett kein Fremder schlief, sondern nur seine Frau, aber warum? Ich bin sicher, das hat eine Bedeutung. Ich werde sofort meinem Vater schreiben, dass er nicht länger in Shakespeares Geburtshaus, sondern in Anne Hathaway's Cottage suchen muss.« Sie sprang von der Schaukel.
»Warte doch mal«, sagte Joe. »Hat Miranda dir erzählt, was gestern Abend bei Mr Singh rausgekommen ist?«

»Nicht direkt, sie meinte nur, es sei alles in Ordnung, die Sache hätte sich aufgeklärt.«

»Aufgeklärt? Das soll wohl ein Witz sein!«, rief Joe. »Die machen doch fröhlich weiter wie bisher!«

Cymbeline klemmte sich ihr Buch unter den Arm. »Hör auf darüber nachzugrübeln, es zwingt uns ja anscheinend keiner mehr, bei dieser Pinselei mitzumachen, oder?«

Joe schüttelte den Kopf.

»Na, siehst du, wir machen einfach, was wir wollen, und ich will jetzt meinem Vater einen Brief schreiben.«

Cymbeline lief ins Schloss und Joe blieb ratlos zurück. Ratlos und verärgert. Die beiden Mädchen taten ja so, als sei das ganz normal, was hier auf *Fairytale Castle* ablief. Aber das war es nicht. Wer weiß, was dieser schmierige Mr Singh Miranda für Lügen erzählt hatte. Gut, dass er nicht mehr da war.

Als Joe auf das Schloss zuging, kam ihm MacDuff entgegen, stieg in den Jeep und brauste die Auffahrt hinunter.

Joe durchquerte die Halle und ging hinauf in sein Zimmer. Er warf sich aufs Bett und griff nach einem Comic. Doch den kannte er schon. Harry hatte ein paar Muskelkerle aus Plastik dabei, mit denen keiner außer ihm spielen durfte. Joe ließ sie über die Bettdecke spazieren und sich gegenseitig erschießen. Er langweilte sich. Cymbeline war mit ihrem Shakespeare beschäftigt, Miranda malte dämliche Hühner an, und er konnte sich noch nicht einmal ins Gartenhaus zurückziehen. Aber das brauchte er ja auch nicht mehr, jetzt, wo man ihn anscheinend in Ruhe ließ.

Eigentlich müsste er erleichtert sein, doch das war er nicht. Fast wünschte er sich in den Keller zurück. Zu Miranda. Es war einfach schön gewesen, neben ihr zu sitzen, zu reden oder auch einfach nur zu schweigen. Und das war jetzt vorbei.
Joe sprang vom Bett. Er würde Miranda beweisen, dass ihr Mr Singh Dreck am Stecken hatte!
So eine günstige Gelegenheit kam vielleicht nicht wieder. Die Clowns waren alle unten im Keller, Mrs MacDuff war bestimmt mit Kochen beschäftigt und MacDuff war weggefahren. Wenn nicht jetzt, wann dann?
Alles schien wie ausgestorben. Der Geruch von gekochtem Fisch stieg ihm unangenehm in die Nase. Joe ging den Flur entlang zu der letzten Ritterrüstung vor der Treppe, quetschte sich dahinter und öffnete die Tapetentür. Er stieg die Wendeltreppe hoch, bis er an die erste Tür gelangte. Sein Herz schlug bis zum Hals. Eigentlich war er überhaupt nicht mutig, im Gegenteil. Aber er war wütend und Wut kann manchmal Mut ersetzen. Beherzt öffnete er die Tür und trat in den Gang. Es roch nach kaltem Rauch. Eine der Zimmertüren war nur angelehnt. Joe spähte hinein. Ein ungemachtes Bett, ein Stuhl, über dem eine Jeans hing. Auf einer Kommode stand ein Spiegel, davor Töpfe und Tiegel.
Joe ging näher. Weiße und rote Schminke, ein paar ziemlich abgenutzte schwarze Augenbrauenstifte. Rote krause Haare ließen darauf schließen, dass sich hier Nepomuk für seine Clownsrolle zurechtmachte.
Vorsichtig öffnete Joe eine Schublade. Unterwäsche, Socken.

In der Schublade darunter Herrenhemden. Joe war enttäuscht. Aber was hatte er denn erwartet? Einen Revolver? Geldscheinbündel, falsche Pässe?
Pässe! Natürlich. Irgendwo musste doch ein Ausweis sein. Joe griff unter die Hemden, nichts. Bei den Socken wurde er fündig. Er öffnete den Ausweis und sah ein Gesicht, das er nur an den Augen erkannte.
»Jonathan Plummer«, las Joe, aber ehe er sich den Ausweis genauer anschauen konnte, hörte er ein Geräusch. Da kam jemand die Treppe hoch. Joe blickte sich panisch um. Kein Schrank, nichts, wo er sich hätte verstecken können. Es blieb nur das Bett. Schnell stopfte er den Ausweis zurück in die Schublade und kroch unter das Bett. Es war eng, es war dreckig. Staub kitzelte ihn in der Nase.
Schritte ertönten, sie kamen näher, die Zimmertür ging auf. Joe sah die übergroßen Schuhe. Sie waren so nah, dass er sie hätte berühren können.
Dann quietschten die Bettfedern. Der Lattenrost drückte Joe ins Kreuz, er bekam kaum noch Luft.
»Scheißdinger!«, murmelte Nepomuk und zog sich die Schuhe aus. Ein Geruch nach ranzigem Käse stieg Joe in die Nase und er konnte den Niesreiz kaum noch unterdrücken. Er kniff sich in die Seite, wie es Cymbeline getan hatte, aber es half nichts. Er musste niesen, jetzt …
In diesem Moment klingelte ein Handy. Joe schnaubte leise, was ihm ein wenig Erleichterung verschaffte.
»Hallo? Ja, ich bin allein … nein, es ist alles im grünen Bereich

… sie hat's gefressen …« Nepomuk lachte. »Die macht uns keine Schwierigkeiten, nur dieser dicke Junge und die Rothaarige sind renitent, aber mit denen werden wir auch noch fertig … Was sagst du? Alles raus? Heute Nacht? Wir werden uns doch nicht von ein paar Gören unser Geschäft vermasseln lassen!«

An dieser Stelle folgte eine längere Pause.

»Wenn du meinst … Ja, gut, wir lassen uns was einfallen.«

Wieder quietschten die Bettfedern, der Druck auf Joes Rücken löste sich. Stöhnend zog Nepomuk seine Schuhe an und verließ den Raum.

Joe wartete noch ein paar Minuten, dann kroch er unter dem Bett hervor und schlich zur Tür. Nichts war zu hören. Er sah die anderen Zimmertüren, aber seine Neugier war fürs Erste gestillt. Er wollte nur noch weg von hier.

In seinem Zimmer klopfte sich Joe den Staub aus den Kleidern und wusch sich die Hände. Das *mit denen werden wir auch noch fertig*, schrillte ihm in den Ohren. Was bedeutete das? Und in dieser Nacht sollte alles *raus*, das hieß doch wohl, dass sie die Absicht hatten, sämtliche Beweise zu vernichten. Er musste mit Miranda sprechen, und zwar sofort.

Der Gong ertönte, Zeit zum Mittagessen. Joe bekam keinen Bissen hinunter, nicht nur, weil er nichts so sehr hasste wie gekochten Fisch, in dem noch Gräten steckten, sondern weil er die ganze Zeit überlegte, was zu tun war.

»Klingeling!« Caspar schlug an ein Triangel.

»Hört mal alle her! Ihr habt heute wirklich ganz toll gebastelt und gemalt. Den meisten von euch macht das wohl richtig Spaß, aber anscheinend gibt es einige, die das blöd finden …« Sharlene warf Joe einen verächtlichen Blick zu.

»Wir zwingen natürlich niemanden mitzumachen. Aber diejenigen, die keine Lust haben, müssen im Schloss bleiben, weil wir sonst die Verantwortung nicht übernehmen können.« Caspar ging durch die Tischreihen. »Also kein Versteckspielen im Gartenhaus mehr, kapiert?«, sagte er und kniff Joe leicht in die Wange. »Ihr könnt gern Mrs MacDuff beim Kartoffelschälen helfen!«

Alles lachte.

»Hast du gehört, Cymbeline?«, sagte Sharlene. »Du sollst Kartoffeln schälen!«

Cymbeline hatte aus den Gräten am Tellerrand ein Muster gelegt. »Häh?«, machte sie begriffsstutzig.

»Aber für die, die fleißig mitgemacht haben, gibt es auch eine Überraschung«, sagte Balthazar und ließ seine Knollennase vor- und zurückschnappen. »Heute Abend ist Party angesagt!«

Alles schrie durcheinander.

»Wie lange können wir aufbleiben?«

»Gibt es auch Musik?«

»Dürfen wir uns schminken? Und verkleiden?«

Sharlene hielt Caspar an der Pluderhose fest. »Ich hab *die* Idee! Zur Abwechslung verkleiden wir uns als Clowns.«

»Und die Clowns zeigen uns, wie sie wirklich aussehen!«, ergänzte Patricia.

»Genau«, sagte Daniel. »Ich find's gruselig, dass ihr nie echt seid.«
»Nicht echt, nicht echt? Wen zwickt der Specht?«, sang Balthazar und kniff sich in den Bauch. »An mir ist alles echt. Will mal einer reinboxen?«
Und Caspar rief: »Wollt ihr auch Cracker? Und Chips?«
»Jaaa!«, ertönte es einmütig aus vielen Kehlen.
Der Rest des Mittagessens verging mit aufgeregten Diskussionen darüber, was man anziehen, welche Musik man spielen und ob man unbedingt mit einem Jungen bzw. Mädchen tanzen müsste.
Am Nachmittag summte das ganze Schloss wie ein Bienenkorb. Girlanden und Lampions wurden aufgehängt, Luftschlangen über Tischen und Stühlen verteilt.
Miranda stieg mit Hammer und Nägeln auf eine Leiter, um über dem Kamin eine Lichterkette anzubringen.
Schnell trat Joe hinzu und hielt die Leiter fest.
Miranda nahm die Nägel aus dem Mund. »Danke, nicht nötig, die steht fest.«
Aber Joe blieb, wo er war. Das war die Gelegenheit, mit Miranda unter vier Augen zu sprechen. »Ich war heute Morgen im zweiten Stock, in Nepomuks Zimmer«, sprudelte er hervor. »Ich hab seinen Ausweis gefunden, er heißt gar nicht Nepomuk …«
Miranda schlug einen Nagel in die Wand. »Na und? Das war doch klar, dass die in Wirklichkeit alle anders heißen.«
»Aber ich habe ein Gespräch belauscht«, sagte Joe. »Nepomuk hat telefoniert, anscheinend mit dem Boss. Heute Nacht

soll was passieren. Das sind Gangster, Miranda! Ich finde, wir sollten die Polizei …«

Miranda drehte sich zu ihm um. »Auf keinen Fall die Polizei!«, zischte sie und fügte laut hinzu: »Gibst du mir mal die Schnur?« Joe hielt ihr die Lichterkette hin, die sie um einen Nagel wickelte. Dann stieg sie von der Leiter und rückte diese zwei Meter weiter.

»Warum denn nicht?«, beharrte Joe.

Miranda sah ihn an. »Es stimmt, sie verkaufen die ganzen Sachen. Aber es ist für einen guten Zweck. Mit dem Geld helfen sie hungernden Kindern in Indien.«

»Hat dir das Mr Singh erzählt?«, fragte Joe.

»Er hat es mir in einem Brief geschrieben«, sagte Miranda. »Und jetzt frag nicht weiter, ich habe versprochen, niemandem etwas davon zu sagen.« Miranda wollte wieder auf die Leiter steigen.

Joe hielt sie am Ärmel fest. »Weißt du, was Nepomuk am Telefon gesagt hat? ›Sie hat's gefressen‹, das hat er gesagt. Jetzt rate mal, wer mit ›sie‹ gemeint war?«

Miranda riss sich los. »Ich glaube dir nicht. Mr Singh hat …«

»Mr Singh! Mr Singh!«, äffte Joe sie nach. »Du immer mit deinem Mr Singh. Bist ja total verknallt in den!«

»Und du, du bist bloß eifersüchtig!«, fauchte Miranda.

»Na, schon aufgeregt wegen heute Abend?«

Mit hochroten Köpfen fuhren Miranda und Joe herum. Caspar legte seinen lachenden Kopf schief, griff Joe in den Nacken und zog ein rotes, blinkendes Herz hervor.

»Für die Schönste der Schönen«, sagte er und steckte es mit einer Verbeugung Miranda an den Kragen. Die grinste verlegen.
Joe ließ die beiden stehen. Er war wütend. Eine Zeit lang hatte er geglaubt, Miranda sei seine Freundin. Aber er hatte sich getäuscht. Jemand wie er hatte keine Freunde. Daran war er schließlich gewöhnt. Aber warum fühlte er sich dann so schlecht wie noch nie? So hilflos, enttäuscht und allein. Nach Hause, er wollte nach Hause! Er konnte keinen Tag länger auf *Fairytale Castle* bleiben! Er würde seine Mutter bitten ihn abzuholen. Nein, lieber nicht, sie würde sich viel zu sehr aufregen. Besser, er rief seine Großmutter an. Sie würde nicht viel Fragen stellen, sondern ihm das nötige Fahrgeld schicken. Sollten die anderen sich doch weiter für die Clowns abrackern! Sollte Miranda doch ihrem geliebten Mr Singh weiter auf den Leim gehen. Er würde keinen Gedanken mehr an sie verschwenden und einfach von hier verschwinden.
Joe durchquerte die Halle und ging zum Telefon. In der Ecke kauerte jemand. »Danny?«
Der Jemand hob ein tränenüberströmtes Gesicht.
»Was ist denn los?«, fragte Joe und ging zu dem Jungen, der von Schluchzern geschüttelt wurde.
Daniel konnte nicht antworten. Joe legte ihm den Arm um die Schultern. »Hat dich jemand geärgert? Du musst es nur sagen, dann kriegt er von mir eins auf die Mütze!«
Joe war so richtig in der Stimmung, auf jemanden einzuschlagen.

Der Kleine schüttelte den Kopf. »Mummy!«, brachte er gerade noch heraus. Und dann: »Internat!«
Joe begriff sofort. »Du sollst ins Internat?«
Daniel schluchzte auf.
»Aber vielleicht ist das ja gar nicht so schlimm«, sagte Joe wider besseres Wissen. »Hier gefällt es dir doch auch, oder nicht?«
Daniel nickte erst, dann schüttelte er den Kopf. »Ich hab Heimweh«, schniefte er. »Aber das hab ich Mummy nicht gesagt. Ich hab gesagt, dass ich es hier schön finde und dass ich nicht weine, damit sie stolz auf mich ist. Und dann hat sie gesagt …«, Daniel holte tief Luft, »… dann hat sie gesagt, das ist gut, denn dann werde ich mich im Internat bestimmt auch wohl fühlen.« Wieder brach der kleine Knirps in Tränen aus.
»Wann sollst du denn dahin?«, fragte Joe, um überhaupt etwas zu sagen.
»Gleich nach den Ferien.«
Schweigend hockten die beiden nebeneinander. Da ging die Küchentür auf. Mrs MacDuff kam heraus, einen Becher in der Hand. »Hier«, sagte sie und hielt Daniel den Becher hin. »Heiße Milch, das wird dir gut tun.«
Joe sah sie erstaunt an, aber ihr Gesichtsausdruck war genauso mürrisch wie eh und je.
Daniel nahm den Becher in beide Hände und nippte daran.
»Stell mir den leeren Becher vor die Tür, verstanden?«, sagte sie barsch und ging zurück in die Küche.

»Gehst du mit mir nach oben?«, fragte Daniel, als er ausgetrunken hatte.
Joe nickte. Er konnte auch später noch telefonieren.

Sharlene machte Modenschau. Sie hatte ihre sämtlichen Sachen aus dem Schrank gerissen und zog nun abwechselnd knappe T-Shirts oder Hemdchen mit Spaghettiträgern an und wieder aus.
»Zu blöd, dass die Jungs alle so klein sind«, sagte sie und drehte sich prüfend vor dem Spiegel. »Der Einzige in unserem Alter ist ausgerechnet der Fettklops und mit dem tanze ich bestimmt nicht.«
»Sag doch nicht immer Fettklops zu ihm, das stimmt doch gar nicht«, sagte Miranda. Sie hatte ein schlechtes Gewissen, wenn sie an Joe dachte. Sein Blick vorhin war so verzweifelt gewesen. Als ob sie ihn verraten hätte.
»Möchtest du von mir was zum Anziehen haben, Cymbeline?«, fragte sie. »Hier, das T-Shirt mit dem Schmetterling müsste dir passen.«
Cymbeline lag bäuchlings auf dem Bett, neben sich das dicke Buch über Shakespeare, und kritzelte eifrig etwas auf ein Blatt Papier.
»Unser Fräulein Superschlau ist nicht ansprechbar«, sagte Sharlene spitz. »Sie hat nämlich eine sensationelle Entdeckung gemacht.«
Miranda erschrak. Hatte Cymbeline womöglich auch etwas über die Clowns herausgefunden? Sie war sehr erleichtert, als

Cymbeline ihr von Shakespeare und dem verschollenen Stück erzählte.

»Schriftsteller sind nun mal sehr eigen mit ihren Manuskripten«, sagte sie. »Mein Vater schleppt seine Aufzeichnungen auch immer mit sich herum.«

»Benutzt er keinen PC?«, fragte Sharlene erstaunt.

»Doch, natürlich, aber der kann abstürzen, und einmal hat Ginger eine Diskette zernagt, also hütet er seine Notizen wie seinen Augapfel.«

Miranda sah Mr Singhs Schreibtisch und den Stapel beschriebener Blätter vor sich. Er hatte sie nicht mitgenommen. War das nicht ungewöhnlich? Ach was, wahrscheinlich kam er in London eh nicht zum Schreiben.

»Hörst du mir eigentlich zu?«, fragte Sharlene. »Ich hab dich gefragt, ob ich meine Haare offen lassen soll oder nicht.« Neidisch sah sie zu, wie Miranda ihr dickes, dunkles Haar bürstete. Ihr eigenes Haar war fahlblond und fisselig.

»Mach dir lieber einen Pferdeschwanz«, nuschelte Miranda mit einem Zopfgummi zwischen den Zähnen.

»Ach, ich weiß nicht«, sagte Sharlene und schmierte sich hellrosa Lipgloss auf den Mund.

I love you forever and never!, dröhnte es aus den Lautsprechern. Der Speisesaal war kaum wiederzuerkennen. Lichterketten und Lampions tauchten ihn in ein schummriges Licht, auf roten Papiertischdecken standen Schüsseln mit Crackern und Chips.

Die kleineren Kinder hopsten fröhlich herum und bewarfen sich mit Luftschlangen.
Mittendrin schlug Caspar Saltos. Balthazar verteilte rote Clownsnasen. Nepomuk jonglierte mit Bällen und Perceval betätigte sich als Discjockey und wählte CDs aus.
Mrs MacDuff brachte eine Platte mit kaltem Huhn und MacDuff schleppte Kannen mit roter und grüner Limonade herein.
Wie wunderbar normal doch alles ist, dachte Miranda. Es sind Ferien, wir feiern eine Party. Alle sind vergnügt und ausgelassen. Nur einer nicht.
Joe stand mit verschränkten Armen am Kamin und starrte finster vor sich hin. Dann drehte er sich um und ging hinaus. Wollte er seine Drohung wahr machen und die Polizei anrufen? Miranda ging ihm nach. Richtig, Joe stand am Telefon.
»Kaputt«, sagte er tonlos, als Miranda auf ihn zukam. »Sie haben das Telefon kaputtgemacht!«
MacDuff kam mit dem leeren Tablett aus dem Speisesaal. »Was steht ihr hier in der Halle rum, wollt ihr nicht mitfeiern?«, brummte er.
»Das Telefon ist kaputt«, sagte Miranda. »Die Karte geht nicht mehr rein.«
Mr MacDuff kam näher, nahm den Zahnstocher aus dem Mund und polkte damit in dem Schlitz herum.
»Saubande!«, knurrte er. »Da hat einer Kaugummi reingeschmiert.«
»Können Sie das nicht reparieren?«, fragte Joe.

»Heute Abend bestimmt nicht mehr«, sagte MacDuff und ging in die Küche.
»Wen wolltest du denn anrufen?«, fragte Miranda.
»Meine Oma«, sagte Joe. »Sie soll mir Geld schicken, damit ich nach Hause fahren kann.«
»Sharlene«, sagte Miranda.
Joe verstand nicht.
»Na, Sharlene hat doch ein Handy«, sagte Miranda. »Vielleicht kannst du damit deine Oma anrufen.«
Obwohl sie das durchaus nicht unfreundlich gesagt hatte, gab es Joe einen Stich. Einen winzigen Moment lang hatte er gehofft, Miranda würde ihn überreden auf *Fairytale Castle* zu bleiben. Stattdessen machte sie sich Gedanken, wie sie ihn am schnellsten loswurde. »Das Handy hat Nepomuk ihr doch weggenommen«, sagte er.
»Stimmt ja, aber dann fragst du eben ihn, oder einer der anderen Clowns gibt dir seins«, sagte Miranda.
»Das glaubst du doch selber nicht«, sagte Joe.
»Doch, genau das glaube ich. Komm, ich beweise dir, dass du Unrecht hast.« Miranda ging vor zum Speisesaal. Hier herrschte inzwischen ein unbeschreiblicher Tumult. Die Musik war noch lauter geworden. Mittlerweile tanzten alle.
Miranda ging zu Nepomuk. »Joe möchte gern seine Oma anrufen, und das Telefon in der Halle funktioniert nicht. Kann er das Handy haben?«
»Handy? Ich hab kein Handy!«, sagte Nepomuk barsch.
»Ich meine das, das Sie Sharlene im Malkurs weggenommen

haben«, sagte Miranda etwas gekränkt über das schroffe Verhalten.
»Das habe ich ihr längst zurückgegeben«, sagte Nepomuk. »Was gibt's denn so Dringendes?«
»Meine Oma hat Geburtstag«, sagte Joe.
»Wir fragen Sharlene«, sagte Miranda.
Aber Sharlene war nicht zu finden. »Wahrscheinlich ist sie wieder oben und schminkt sich ihre Lippen nach«, sagte Miranda. »Komm mit.«
Auf der Treppe sagte Joe: »Nepomuk hat gelogen, er hat ein Handy. Ich habe doch gehört, wie er damit telefoniert hat.«
»Vielleicht wollte er nur nicht, dass du es benutzt. Ist ja schließlich teuer, so ein Gespräch. Außerdem hast du auch gelogen, deine Oma hat gar nicht Geburtstag.« Miranda sah Joe an. »Manchmal sagt man nicht die Wahrheit und ist trotzdem kein Verbrecher.«
Darauf wusste Joe nichts zu erwidern.
Sharlene war wirklich auf dem Zimmer und zwirbelte ihre Haare zu einem Dutt zusammen. »Was wollt ihr denn?«, fragte sie unfreundlich.
»Dein Handy«, sagte Miranda. »Nur kurz.«
»Der Akku ist leer«, sagte Sharlene. »Nepomuk hat es anscheinend die ganze Zeit angelassen, bevor er es mir wiedergegeben hat.«
Joe sah Miranda triumphierend an. Aber die erwiderte ganz ruhig seinen Blick. »Morgen ist das Telefon in der Halle bestimmt wieder heil.«

Sharlene zupfte vor dem Spiegel ihr T-Shirt über den Bauchnabel, was ihr nicht gelang. »Bin ich froh, dass es keine langweiligen Märchen mehr gibt. Das war doch wirklich nur was für Babys.«

Sie ging zur Tür. »Aber du fandest diesen Mr Singh ja ganz toll, stimmt's, Miranda?«

Miranda antwortete nicht.

Bevor Sharlene das Zimmer verließ, drehte sie sich noch einmal um. »Für dich ist es natürlich bitter, dass er nicht wiederkommt.«

Jetzt kam Bewegung in Miranda. Sie hielt Sharlene am Arm fest. »Was soll das heißen, er kommt nicht wieder?«

»Aua, du tust mir ja weh!« Sharlene schüttelte Mirandas Hand ab. »Ich hab genau gehört, wie Mrs MacDuff ihren Mann gefragt hat, wie lange Mr Singh weg ist, und der hat gesagt, er kommt überhaupt nicht mehr. Ich geh wieder runter, sie spielen gerade mein Lieblingslied.«

Joe wollte sich ebenfalls zum Gehen wenden, da sagte Miranda: »Das glaube ich nicht. Mir hat er geschrieben, dass er in ein paar Tagen zurückkommt.« Sie zog den Brief unter dem Kopfkissen hervor und zeigte ihn Joe.

»Vielleicht hat er es sich anders überlegt«, sagte er.

»Aber seine ganzen Sachen sind doch noch oben«, sagte Miranda.

»Lass uns einfach nachschauen«, schlug Joe vor.

Nun stiegen sie zu zweit die Wendeltreppe hoch. Vor der Tür zum Turmzimmer blieben sie stehen.

»Bestimmt ist abgeschlossen«, sagte Miranda und drückte die Klinke herunter. Doch die Tür ging auf. Alles war so wie am gestrigen Abend. Der Rauch von Caspars Zigarette hing noch in der Luft.

Neugierig sah Joe sich um. Aus den Fenstern hatte man einen phantastischen Blick über das ganze Gelände. Bestimmt hatte ihn Mr Singh von hier oben aus zum Gartenhaus gehen sehen. Er öffnete einen Wandschrank. Zwei lange, weiße Gewänder hingen darin, aber auch ein Anzug und ein Cordjackett. »Sieht nicht so aus, als sei Mr Singh abgereist.«

Miranda ging zum Schreibtisch. »Und hier liegt auch sein Manuskript.«

»Manuskript?«

»Er schreibt all die Märchen auf, die er uns erzählt. Für ein Buch«, sagte Miranda. »Das hätte er doch nie zurückgelassen.«

»Vielleicht hatte er es eilig, von hier wegzukommen«, sagte Joe und starrte auf den Fußboden. Eine Reihe unregelmäßiger dunkler Flecken zog sich vom Schreibtisch bis zur Tür.

»Was ist das?«, fragte Miranda. »Doch nicht … Blut?«

Joe zog ein Taschentuch aus der Hosentasche, spuckte darauf und rieb auf einem der Flecken herum. Er betrachtete die bräunliche Verfärbung auf dem Tuch und roch daran. »Die Polizei hat so Speziallampen, da phosphoreszieren Blutflecken, selbst wenn einer sie gründlich abgewaschen hat. Aber auch ohne so was tippe ich auf Blut. Wenn ich Nasenbluten hab, sieht mein Taschentuch genauso aus.«

»Was bedeutet das um Gottes willen?«
»Vielleicht hatte Mr Singh ja Nasenbluten«, sagte Joe. »Oder er hat sich in den Finger geschnitten. Ermordet haben sie ihn nicht, dann sähe es hier anders aus.«
Miranda ließ sich auf den Diwan sinken. »Ermordet vielleicht nicht, aber was ist, wenn sie ihn eingesperrt oder verschleppt haben?«
»Ich kann mir nicht vorstellen …«, begann Joe, doch Miranda unterbrach ihn. »Jetzt ist mir alles klar!«, rief sie. »Sie haben ihn gezwungen, diesen Brief zu schreiben. Dass ich das nicht gleich gemerkt habe!«
»Wieso hättest du das merken sollen?«
»Na, weil er mit Schreibmaschine geschrieben war, darum. Siehst du hier irgendwo eine?«
Joe schüttelte den Kopf.
»Und außerdem hat Mr Singh immer alles mit der Hand geschrieben, sogar sein Buch.« Miranda zeigte auf das Manuskript.
»Vielleicht wollte er nur nicht, dass du einen Beweis gegen ihn in der Hand hast«, sagte Joe. »So kann er immer behaupten, jemand anderes hätte den ganzen Quatsch auf ein Blatt Papier geschrieben, auf dem aus irgendwelchen Gründen seine Unterschrift drauf war.«
»Genau so wird es auch abgelaufen sein«, sagte Miranda. »Aber er ist unschuldig. Das haben alles die Clowns eingefädelt, nachdem er ihnen auf die Schliche gekommen ist.«
Joe betrachtete nachdenklich die Blutstropfen auf dem Bo-

den. »Du meinst, sie haben ihn irgendwie … unschädlich gemacht?«
Miranda nickte.
»Erinnerst du dich, ob diese Blutflecken gestern Abend schon da waren?«
Miranda schüttelte den Kopf. »Nein, aber es war ziemlich dunkel hier drin. Es brannte nur die kleine Lampe auf dem Tisch.« Sie schluckte. »Bevor er sich mit mir treffen konnte, haben sie ihn …«
»Ich glaube ja immer noch, dass die alle unter einer Decke stecken«, unterbrach Joe.
»Weil du Mr Singh nicht leiden kannst!«
Statt einer Antwort sagte Joe: »Komm, wir gehen runter in den Keller und gucken uns mal die Pappkartons genauer an. Da steht vielleicht drauf, wohin das ganze Zeug geliefert wird.«
Sie stiegen den Turm wieder hinunter. Lachen und Musik drangen bis in den ersten Stock. Wie gern hätte Miranda unbeschwert mitgefeiert.
An der Tür zum Speisesaal blieb sie stehen.
»Das sind doch die *Raging Rocks*, meine Lieblingsgruppe.«
Joe kannte die *Raging Rocks* nicht, er kannte überhaupt keine Popgruppen. Um mitreden zu können, hatte er sich einmal eine CD gekauft, von der alle in seiner Klasse sprachen. Aber seine Mutter bekam Kopfschmerzen von solcher Musik und ihm gefiel sie auch nicht besonders.
Er zog Miranda am Ärmel. »Komm schon!«

»Na, da sind ja meine Turteltäubchen!«, schrie Caspar gegen die Musik an. »Los, tanzen! Drücken gilt nicht.«
Miranda und Joe sahen sich an. Miranda zuckte entschuldigend die Achseln und ging Joe voraus in den Saal. Der musste wohl oder übel hinterher.
Ausgerechnet jetzt legte Perceval *Greensleeves* auf, dann verbeugte er sich vor Mrs MacDuff, die gerade Kartoffelchips nachfüllte, griff sie um die Taille und schwenkte sie rundherum. Das traurige Lied, der traurige Pierrot, die nicht weniger traurige Mrs MacDuff mit ihrer Chipstüte in der Hand, das war einfach zu komisch. Joe platzte fast vor Lachen, und plötzlich hatte er Miranda im Arm und tanzte. Joe Miller tanzte, zum ersten Mal in seinem Leben, und es fühlte sich richtig gut an. Er achtete nicht auf Balthazar, der wie ein kleines Fass herumhüpfte und sein Hütchen schwenkte, nicht auf Caspar, der aus Sharlenes Haaren immer neue Blumen zauberte, und nicht auf Nepomuk, der sich durch die tanzenden Kinder in Richtung Tür schob und dabei mit seinen großen Schuhen mal dem einen, mal dem anderen auf den Fuß trat.
Nichts von alledem bemerkte Joe. Er fühlte sich leicht wie eine Feder, ja er vollführte sogar eine kühne Drehung … aber dann sah er Mirandas Gesicht, die zusammengezogenen Augenbrauen, und wusste, dass sie in Gedanken ganz woanders war. Er hielt seinen Mund an ihr Ohr und flüsterte: »Sobald sich eine Gelegenheit bietet, verdrücken wir uns nach unten.«
Die Gelegenheit bot sich, als Caspar begann Zauberkunststücke vorzuführen. Cymbeline musste ihm assistieren und an

einem Zipfel ziehen, der aus seinem Ärmel lugte. Sie zog und zog, ein blaues Tuch, ein gelbes, ein rotes kamen zum Vorschein … sie schienen kein Ende zu nehmen. Alle Kinder sahen gespannt zu.

»Jetzt oder nie!«, sagte Joe. Rückwärts bewegten sie sich in Richtung Tür, liefen durch die Halle und gelangten unbemerkt in den Keller.

Joe ging Miranda voraus, vorbei an den Werkräumen. »Hier ist es«, sagte er und öffnete eine Tür. Der Raum war voller großer Pappkartons. Einige standen aufgestapelt an der Wand. Andere waren offensichtlich noch leer.

Gerade als Joe sich die Aufschrift genauer anschauen wollte, wurde die Tür aufgerissen. »Was habt ihr vor?«

Joe fuhr hoch: »Cymbeline! Was willst du hier?«

»Ihr wart plötzlich weg, und da hab ich mir gleich gedacht, dass ihr im Keller seid.«

»Geh wieder nach oben«, sagte Joe. »Wenn dich jemand gesehen hat, wird's gefährlich.«

Cymbeline grinste. »Gefährlich ist doch gut, wenigstens spannender als diese öde Party.«

»Hier finden wir nichts«, sagte Miranda. »Lass uns die anderen Kellerräume durchsuchen. Vielleicht halten sie Mr Singh irgendwo gefangen.«

»Gefangen? Mr Singh?«, fragte Cymbeline. »Wovon redet ihr?«

»Ich erklär's dir gleich«, sagte Joe und drehte einen Pappkarton um. »Hier steht was … *HappyHome*-Versand, den kenne ich, da bestellt meine Mutter immer. Die verkaufen nur so einen Kitsch.« Er sah Miranda an. »Von wegen arme Kinder in Afrika!«

Miranda wollte etwas erwidern, da hob Joe warnend den Arm. Nun hörten die beiden Mädchen es auch: Schritte hallten durch den Gang.

»Schnell, versteckt euch in den Pappkartons!«, flüsterte Joe.

Jeder kroch in einen der leeren Kartons.

Mist! Wir haben das Licht nicht ausgemacht, dachte Jo, als er den Deckel über sich zuklappte.

Die Tür ging auf. »Wer hat hier drin das Licht angelassen?«, hörten sie eine Stimme fragen. »Nachher hat wieder einer rumgeschnüffelt.«

Das war eindeutig Nepomuk.

»Hab niemanden gesehen, aber ich kann mich schließlich nicht um alles kümmern.«

MacDuff, dachte Joe.

»Quatsch nicht, sondern pack mit an!«

»Ich versteh nicht, warum wir das Zeug jetzt wegschaffen sollen. Es lief doch alles bestens.«

»Sicher ist sicher, meint der Boss. Und einen besseren Zeitpunkt gibt's nicht, alle sind beschäftigt und bei der lauten Musik hört auch keiner den Lkw.«

»Aber …«

»Kein Aber«, sagte Nepomuk. »Hol schon mal die Sackkarre.«

»Wie du meinst«, brummte MacDuff.

Und dann ging alles ganz schnell. Joe spürte, wie er hochgehoben und fortgerollt wurde. Die ganze Zeit überlegte er, ob er nicht einfach seinen Kopf herausstrecken und sagen sollte: »Hallo, wir sind's, wir haben nur Verstecken gespielt, lasst uns bitte raus.«

Aber dafür war es jetzt zu spät. Noch ein letzter heftiger Stoß, dann das Zuknallen einer Wagenklappe, dann Stille.

Unterdrücktes Husten, Kratzen. »Wo sind wir?«, flüsterte Miranda.

»In einem Lkw«, sagte Joe und bohrte mit dem Finger ein Loch in die Pappe.

»Kommen wir hier wieder raus?«

»Ich fürchte, erst einmal nicht«, sagte Joe.

13. Kapitel

Es ruckelte und schaukelte. Joe öffnete den Deckel seines Kartons. Alles war finster. Er tastete nach rechts und links. Pappe, nichts als Pappe. Nein, das hier war etwas anderes, etwas Weiches.

»Aua, zieh mich nicht an den Haaren!«

»Entschuldige, Miranda, aber ich kann nichts sehen.«

»Meinst du, ich?«

»Cymbeline?«, flüsterte Joe. »Bist du da?«

»Hier hinten«, ertönte es dumpf. »Ich krieg den Deckel nicht auf.«

»Warte, ich komme.«

Joe stieg aus dem Karton und bahnte sich einen Weg ins Hintere des Lkws.

»Hier bin ich!« Jemand berührte Joe am Bein. Cymbeline hatte einen Finger durch die Pappe gebohrt. »Kannst du mich hier rausholen?«

»Mist, ich krieg den nicht runter«, sagte Joe und rüttelte an einem Karton. »Da muss was Schweres drin sein.«

»Ich schätze mal, ich hab Nilpferde auf dem Kopf«, sagte Cymbeline. »Sehr witzig.«

»Irgendwann müssen sie uns ja auch wieder ausladen«, sagte Joe.
»Und dann?«, fragte Miranda.
»Dann hauen wir einfach ab«, sagte Joe.
»Und du glaubst, das geht so einfach?«, fragte Cymbeline aus ihrem Karton.
Nein, das glaubte Joe nicht.
»Können wir nicht abspringen? So schnell fahren wir doch nicht«, schlug Miranda vor.
Joe lupfte, so weit es ging, die Plane, Wasser spritzte ihm in die Augen, als der Lkw durch eine Pfütze fuhr. »Mindestens 30.«
»Wehe, ihr lasst mich hier zurück!«, rief Cymbeline.
»Natürlich nicht«, sagte Joe. »Wäre auch viel zu gefährlich, hier abzuspringen. Nachher bricht sich einer was. Aber da, wo sie die Kartons hinbringen, ist bestimmt ein Ort in der Nähe, Häuser …«
Joe brach ab. Er sah das Industriegebiet von Middleburgh vor sich. Viele der ehemals dort ansässigen Firmen hatten längst Pleite gemacht, in den leer stehenden Lagerhallen trafen sich nachmittags die Jungs aus seiner Schule, um zu rauchen oder um andere zu quälen. Joe dachte daran, wie ihn Duncan Fletcher einmal dorthin gelockt hatte. Angeblich wollten sie ihn in ihre Bande aufnehmen, aber natürlich hatte er bei der Mutprobe versagt. Ihm wurde jetzt noch übel, wenn er an die dicke schwarze Kakerlake dachte, die Duncan in einer Streichholzschachtel aufbewahrt hatte und die Joe essen sollte. Kein Mensch hatte sein Schreien gehört.

Das würde er den beiden Mädchen bestimmt nicht erzählen, nicht weil er sich seiner Feigheit schämte, sondern weil er ihnen keine Angst machen wollte.
»Ich bin so froh, dass du dabei bist«, flüsterte Miranda. »Bitte entschuldige, wenn ich gemein zu dir war.«
»Ist schon okay.«

Das Ruckeln und Schaukeln hatte aufgehört und der Lkw beschleunigte. Sie mussten sich auf einer größeren Straße befinden. Wahrscheinlich auf der Hauptstraße nach Killkirky. Nach ungefähr einer Viertelstunde vollführte der Wagen eine scharfe Kurve, Joe wurde gegen einen Karton geschleudert und rieb sich den schmerzenden Arm, dann bremste der Lkw ab. Schnell schlüpfte Joe zurück in sein Versteck. »Wir sind da, verhaltet euch ganz ruhig!«
Stimmen ertönten und wieder spürte Joe, wie sein Karton hochgehoben und fortgerollt wurde. Einen schrecklichen Moment lang schwankte alles und der Karton bekam Übergewicht.
Wenn er jetzt umstürzte und Joe herauspurzelte? Einem dieser Verbrecher mitten vor die Füße?
»Mann, kannst du die nicht richtig aufladen? Das Zeug ist zerbrechlich!« Das war Nepomuk.
Der Karton wurde zurechtgerückt.
»Dieser Job schafft mich. Den ganzen Tag die Gören in Schach halten und nachts dann die Schufterei mit dem Ein- und Ausladen«, brummte MacDuff.

»Damit ist ja fürs Erste Schluss.«
Die Karre polterte über Betonboden.
»Die neue Ware hier links an die Wand«, dirigierte Nepomuk.
Joe hörte MacDuff stöhnen und ächzen, als er seinen Karton ablud.
Das Surren eines Gabelstaplers ertönte.
Joe rührte sich nicht. Auch nicht, als der Deckel über ihm durch etwas Schweres eingedrückt wurde.
»Das war's«, sagte MacDuff. »Ich brauch dringend ein Bier. Was meinst du?«
»Erst mal hören, was Thomas sagt«, erwiderte Nepomuk.
Schritte entfernten sich. Dann herrschte Stille.
Jetzt müsste man ein Taschenmesser dabeihaben, dachte Joe. Aber seine Mutter war der Meinung, dass so etwas viel zu gefährlich war.
Joe pikste mit dem Finger dicht nebeneinander Löcher in die Pappe und trat dann dagegen.
Gleißendes Licht umfing ihn. Er befand sich in einem großen Lagerraum. Auf hölzernen Paletten waren rechts und links an den Wänden Kartons aufgestapelt.
Das Tor war offen, davor parkte der Lkw. Von den Männern keine Spur.
»Alles in Ordnung«, zischte Joe. »Ihr könnt raus!«
Zuerst tauchte Mirandas Kopf aus einem der oberen Kartons auf. »Wie soll ich denn da runterkommen?«, fragte sie und sah ängstlich an den glatten Pappwänden hinunter.
»Lass dich einfach runter, ich fang dich auf.«

Aber so einfach war das mit dem Auffangen gar nicht und Miranda und Joe purzelten beide zu Boden.
»Entschuldigung, ich wollte nicht auf dich drauffallen«, sagte Miranda und rappelte sich hoch.
»Hoffentlich war's wenigstens weich«, stöhnte Joe und rieb sich sein Knie.
Miranda lächelte ihn an. Und Joe vergaß seinen schmerzenden Arm, das pochende Knie und beinahe auch Cymbeline.
»Holt mich endlich raus«, ertönte es.
Joe schob einen Karton beiseite und noch einen und eine zerzauste Cymbeline stand vor ihm. »Und was jetzt?«
»Wir verschwinden«, sagte Joe. »Schnell, bevor die wiederkommen. Es müssen mindestens drei sein.«
Sie liefen durch die Halle zum Tor.
»Halt!«, sagte Joe. »Erst schauen, ob die Luft rein ist.«
Eine Laterne beleuchtete die regennasse Straße. Links erhob sich ein dreistöckiges Gebäude mit Aluminiumverkleidung, die Fenster im Erdgeschoss waren eingeworfen, auf dem Dach ragten die Überreste eines Schriftzuges in den Himmel. Rechts von der Lagerhalle erstreckte sich ein Flachbau. Hinter einem vergitterten Fenster brannte Licht.
»Ich weiß, wo wir sind«, sagte Cymbeline. »Von hier sind's nur zehn Minuten mit dem Auto bis Killkirky.«
»Bist du sicher?«, fragte Joe. Er konnte sich nicht daran erinnern, dass sie auf der Fahrt nach *Fairytale Castle* an diesen Gebäuden vorbeigekommen waren, aber er hatte auch nicht darauf geachtet.

»Ganz sicher«, sagte Cymbeline. »Wir haben in Killkirky eine Pause gemacht, um Tee zu trinken, und zehn Minuten später musste meine Mutter pinkeln. Es gab nirgendwo ein Gebüsch, also haben wir hier angehalten.«

»Nach genau zehn Minuten?«, fragte Joe.

»Auf die Blase meiner Mutter kann man sich verlassen«, sagte Cymbeline. »Nach zwei Tassen Tee hält die nicht länger als zehn Minuten durch.«

»Liegt Killkirky jetzt rechts oder links von hier?«, fragte Miranda.

Da musste Cymbeline passen.

»Natürlich links«, sagte Joe. »Da geht die Straße bergab. Also los.«

»Guckt mal, da drüben«, sagt Miranda und zeigte auf die Straßenseite gegenüber dem Flachbau.

»Eine Telefonzelle, genial«, sagt Cymbeline. »Wir können die Polizei anrufen und uns da verstecken, bis sie kommt.«

»Habt ihr Geld oder eine Karte dabei?«, fragte Joe.

»Für einen Notruf braucht man das nicht«, sagte Miranda.

Sie schlichen an dem Lkw vorbei und hinüber zu dem Flachbau.

»So, und jetzt unter dem Fenster lang«, sagte Joe und zog den Kopf ein. »Es darf uns keiner sehen.«

Er und Cymbeline waren schon fast auf der Straße, als Miranda plötzlich stehen blieb.

»Was ist denn?«, zischte Joe.

»Mr Singh! Er ist da drin!« Miranda zeigte auf das Fenster.

»Na und? Komm schon, wir müssen hier weg!«
»Sie halten ihn gefangen!« Miranda starrte in das Fenster. »Er sieht so ... so furchtbar unglücklich aus.«
Cymbeline huschte wie ein Wiesel über die Straße und verschwand in der Telefonzelle.
Joe war hin- und hergerissen. Sollte er Cymbeline folgen oder nicht? Mitten auf der Straße konnte er jedenfalls nicht stehen bleiben.
Er lief zurück. »Miranda, bitte komm. Wenn er wirklich gefangen ist, wird die Polizei ihn befreien.«
Miranda drehte sich zu ihm um. »Schau doch, er ist verletzt«, sagte sie.
Joe reckte sich ein wenig und schielte seitwärts durch die Gitter. Ein Mann saß mit dem Rücken zu ihnen an einem Schreibtisch, den Kopf in die Hände gestützt. Um die eine Hand war ein Verband gewickelt.
»Er hat keinen Turban auf. Bist du sicher, dass er es ist?«, flüsterte Joe.
»Das ist Mr Singh«, sagte Miranda. »Und ich werde ihn befreien.«
Joe starrte sie an. »Du spinnst ja.«
Miranda wich seinem Blick aus, bückte sich und hob einen kleinen Stein auf. »Es ist mir egal, was du von mir denkst.«
»Miranda, bitte, tu's nicht, bitte!«, flehte Joe, aber es war zu spät. Miranda hatte den Stein bereits gegen die Scheibe geworfen.
Cymbeline war in der Telefonzelle verschwunden.

Joe überlegte nicht lange und lief in die entgegengesetzte Richtung. Wenn sein Verdacht richtig war, dann musste er jetzt handeln.
Der Mann drehte sich um. Es war Mr Singh, natürlich. Aber ungewöhnlich blass. Er sah zuerst erstaunt aus, aber dann lächelte er. Er lächelte wie befreit. Miranda wurde ganz leicht ums Herz. Jetzt wurde alles gut. Mr Singh trat ans Fenster. Mit dem Finger beschrieb er einen Halbkreis. Miranda verstand nicht, und Mr Singh drehte einen imaginären Schlüssel im Schloss. Jetzt begriff sie. Sie sollte in das Haus und die Tür zu seinem Gefängnis aufschließen. Eifrig nickte sie und lief um den Flachbau herum.
Die Außentür war nur angelehnt. Sie ging in die Richtung, in der sie Mr Singh vermutete, und richtig! Da steckte ein Schlüssel im Schloss. Gerade wollte sie ihn umdrehen, da wurde von innen die Tür aufgerissen und Mr Singh packte sie am Arm.
»Rein mit dir!«
Miranda erstarrte. War das Mr Singh, dieser wütende Mann, der sie mit eisernem Griff umklammert hielt?
»Au, Sie tun mir weh!«
Mr Singh ließ sie los, schloss die Tür und stellte sich davor.
»Wie bist du hergekommen?«
»Ich … ich wollte nur … ich dachte«, stotterte Miranda.
»Wie bist du hergekommen?«, fragte er noch einmal. Seine sonst so sanften Augen hatten sich zu Schlitzen verzogen.
»Ich habe mich in einem der Kartons versteckt, aber nicht mit Absicht, es war nur weil …«

Mr Singh ließ sie nicht ausreden. »Bist du allein?«
Miranda zögerte nur den Bruchteil einer Sekunde, bevor sie »ja« sagte.
Aber Mr Singh hatte das Zögern bemerkt. Er öffnete die Tür: »Jonathan! Colin!«
Zwei Männer erschienen, ausgerechnet die beiden, die Miranda am wenigsten mochte. Nepomuk sah ohne seine Maske nicht sehr sympathisch aus. Die halbmondförmige Narbe über dem Auge verlieh ihm etwas Brutales.
»Na, wen haben wir denn da?«, sagte er und grinste.
MacDuff spuckte seinen Zahnstocher aus und sagte: »Scheiße!«
»Sucht das Gelände ab«, befahl Mr Singh. »Sie war bestimmt nicht allein.«
Die beiden Männer gingen und Mr Singh schloss die Tür wieder. »Du lässt nicht locker, was?«, sagte er.
»Sharlene hat gesagt, Sie kommen nicht wieder, und da dachte ich, die Clowns hielten Sie gefangen«, sagte Miranda kleinlaut. »In ihrem Zimmer war Blut …«
Mr Singh tippte auf seinen Verband. »Hab mich an 'nem Bogen Papier geschnitten, weiter nichts. Du wolltest mich retten, was? Bist wirklich rührend, meine Kleine.«
»Bitte, lassen Sie mich gehen, ich verrate keinem was von Ihren …«, Miranda suchte nach dem passenden Wort, »… von Ihren Geschäften.«
»Dazu ist es jetzt leider zu spät«, sagte Mr Singh und sah Miranda fast mitleidig an.

In Miranda stieg Eiseskälte auf. »Aber was wollen Sie denn mit mir machen?«

In diesem Augenblick wurde die Tür aufgerissen und Cymbeline hineingestoßen.

»Sie war drüben in der Telefonzelle«, sagte MacDuff. »Sonst haben wir niemanden entdeckt.«

Cymbeline zitterte am ganzen Körper, aber sie weinte nicht. »Ich habe die Polizei angerufen«, sagte sie trotzig. »Die ist gleich hier.«

Mr Singh lächelte, aber was für ein Lächeln! Kein Vergleich zu dem Lächeln, das Miranda so gemocht hatte.

»Ach ja?«, fragte er spöttisch. »Die Polizei angerufen? Das sollte mich aber sehr wundern. Leider gibt es viel Vandalismus hier in der Gegend, musst du wissen, und sicher hast du bemerkt, dass das Telefon keinen Hörer mehr hat. Sehr bedauerlich, wirklich.«

»Sie sprechen ganz anders als sonst«, stellte Cymbeline fest. »Sie kommen gar nicht aus Indien, stimmt's?«

»Kluges Mädchen«, sagte Mr Singh und zu MacDuff und Nepomuk gewandt: »Schafft sie fort!«

»Wohin denn?«, fragte MacDuff.

»Wohin wohl?« Nepomuk verdrehte die Augen und strich sich mit der Handkante über den Hals.

»Sie können uns doch nicht umbringen!«, rief Cymbeline. »Wie wollen Sie das unseren Eltern erklären?«

Miranda bewunderte Cymbelines Mut.

Mr Singh anscheinend auch.

»Du hast Recht, das ist ein Problem. Aber du kannst sicher sein, dass uns schon noch etwas einfällt. Ein bedauerlicher Unfall bei einer Bergwanderung zum Beispiel, vielleicht seid ihr auch ausdrücklich gegen unser Verbot im Loch Leigh schwimmen gegangen.«
»Da gibt's gefährliche Strudel«, ergänzte Nepomuk grinsend.
Cymbeline sprang zur Tür und wollte an MacDuff vorbei hinaus, aber der hielt sie fest. »Hoppla, nicht so eilig.«
»Zeigt uns jetzt erst einmal, wo ihr euch versteckt habt«, sagte Mr Singh.
Nepomuk zerrte Miranda mit sich und MacDuff schob die sich wie eine Katze windende Cymbeline vor sich her, als sie aus dem Flachbau hinaus und hinüber zu der Lagerhalle gingen.
»Das ist ja wirklich ein starkes Stück«, sagte MacDuff, als er die beiden aufgerissenen Kartons sah.
Um ein Haar hätte Miranda nach oben geblickt, wo ihr Versteck gewesen war, aber sie konnte es sich gerade noch verkneifen.
»Und ihr Trottel habt das nicht gemerkt!«, fuhr Mr Singh die beiden Männer an.
»Ich hab doch gleich gesagt, dass die Dinger diesmal verdammt schwer sind«, verteidigte sich MacDuff.
Nepomuk sagte nichts, sondern starrte nur böse vor sich hin.
»Was jetzt?«
»Wir schaffen sie zurück zum Schloss, geben ihnen was zu trinken und dann ...« Mr Singh machte eine bedeutungsvolle Pause. »... dann sehen wir weiter.«

»Was wollen Sie uns zu trinken geben?«, fragte Cymbeline. Sie war durch nichts und niemanden einzuschüchtern.
»Was Schönes«, sagte Nepomuk. »Mrs MacDuffs gute Himbeerlimonade, die mögt ihr doch, nicht wahr?«
»Das Wasser des Lebens!«, stieß Miranda hervor.
MacDuff kicherte. »Eher umgekehrt.«
»Ich hab die ganze Zeit gewusst, dass Sie da was reintun«, sagte Cymbeline. »Irgendwas zum Schlafen oder so, damit wir nachts nicht mitkriegen, was Sie so treiben. 48 Kinder haben Sie vergiftet, Sie Verbrecher!«
»Na, na«, sagte Mr Singh. »Das war ein harmloses Beruhigungsmittel. Wir wollten nur, dass ihr schön schlaft und nicht im Schloss rumgeistert.«
»Und die Wanderung zum Loch Leigh haben wir nur gemacht, damit MacDuff in aller Ruhe die Pferde wegbringen konnte«, sagte Miranda.
»Die hat euch ganz schön geschafft, was?«, grinste MacDuff.
»Wir sollten die Lust an weiteren Ausflügen verlieren, das war's«, murmelte Cymbeline.
»Und die Geschichte von Sir Archibalds Geist war auch nur erfunden!«, rief Miranda, für die sich jetzt Teilchen für Teilchen alles zu einem schrecklichen Bild fügte. »Keiner sollte auf die Idee kommen, in den zweiten Stock zu gehen.«
»Schluss jetzt mit dem Gequatsche!«, sagte Nepomuk und drehte Miranda den Arm auf den Rücken. »Rein mit euch in den Lkw.«
In diesem Moment war ein Scheppern zu hören, dann ein

dumpfes Klirren und plötzlich lag MacDuff auf dem Boden. Er war auf einem Entenpärchen ausgerutscht.
Jetzt sauste ein lustiger Fliegenpilz durch die Luft und traf ihn am Kopf.
»Verdammt, was soll das?« Er wollte sich aufrappeln, trat aber in eine Lache Kerzen-Gel und fiel wieder hin.
Nun schrie auch Nepomuk vor Schmerz auf und ließ Miranda los. Ein korrekt bemalter Keramikkürbis war auf seinem Kopf in zwei Hälften zersprungen. Die mit dem breiten Grinsen rutschte ihm langsam übers Gesicht.
Immer mehr Kürbisse rollten über den Boden. Miranda sah hoch. Joe hockte oben auf einem Stapel Kartons, die er nacheinander aufriss und deren Inhalt er gezielt auf die drei Männer warf.
Ein Nilpferd traf Mr Singh an der Schulter, der hinter einem Karton in Deckung ging. »Schnappt euch den Burschen!«, brüllte er.
»Wie denn?«, rief MacDuff und hielt sich die Hände über den Kopf.
»Lauft!«, rief Joe von oben. »Lauft, so schnell ihr könnt, ich halte sie auf.«
»Das wollen wir doch mal sehen«, sagte Nepomuk drohend und ging, die Kürbishälfte als eine Art Helm benutzend, auf Joe zu. Joe riss einen weiteren Karton auf und kippte den Inhalt Nepomuk ins Gesicht. Aber das waren nur die Strohdrachen und Vogelscheuchen aus Bast. Nepomuk ging unbeirrt weiter, zog einen der unteren Kartons heraus, sodass der ganze

Stapel zusammenkrachte. Joe versuchte sich noch an einem der Kartons festzuhalten, aber die Pappe riss auf und er stürzte hinunter.
Sofort drückte ihn Nepomuk auf den Boden, zog eine Schnur aus der Hosentasche und band ihm schnell und geschickt die Hände auf dem Rücken zusammen.
Das Ganze hatte nur wenige Minuten gedauert. Und Miranda und Cymbeline standen wie gelähmt, unfähig, sich zu rühren. Joe drehte den Kopf und sah Miranda mit schmerzverzerrtem Gesicht an. »Tut mir Leid«, sagte er.
Miranda wäre fast im Erdboden versunken vor Scham. Er entschuldigte sich bei ihr! Dabei war sie es doch gewesen, die sie alle drei in diese fürchterliche Lage gebracht hatte. Sie, die diesem Verbrecher vertraut hatte. Sie warf Mr Singh einen hasserfüllten Blick zu, als er jetzt auf sie zutrat.
»Ich glaube, das reicht für heute an Überraschungen«, sagte er. »Es wird Zeit, dass wir die Party hier beenden. Kommt jetzt!«
MacDuff saß auf dem Boden und hielt sich den Knöchel. »Ich glaube, der ist gebrochen«, jammerte er.
Ein Klingeln ertönte. Mr Singh zog ein Handy aus der Tasche seines Jacketts.
»Ja? Verschwunden? Na großartig … und ihr habt überall gesucht? Kein Wunder, dass ihr sie nicht gefunden habt. Warum? Weil wir sie hier haben, darum! Ja, wir kommen.«
Mr Singh achtete nicht auf den stöhnenden MacDuff, er ging aus der Halle, stieg in den Lkw und ließ den Motor an.

Nepomuk zerrte Joe brutal hoch. »Keine Dummheiten mehr, sonst knallt's.« Er schob Joe wie eine Puppe vor sich her und bedeutete den Mädchen, ihm zu folgen. MacDuff rappelte sich fluchend auf und humpelte ihnen nach.

Einen kurzen Moment überlegte Miranda wegzulaufen, irgendwohin, bloß weg. Aber als habe er ihre Gedanken erraten, packte MacDuff sie am Arm, und sie musste hinter Joe und Cymbeline auf die Ladefläche klettern.

Der Lkw fuhr an. Es war vorbei.

14. Kapitel

Es war kurz vor 23 Uhr, als Tom MacFarlane die gewundene Straße nach Killkirky hinunterfuhr. Mittwochs hatte er Ruhetag und den hatte er heute mit seiner Frau bei deren Schwester Cheryl verbracht, die mit Mann und fünf Kindern ein paar Meilen außerhalb von Killkirky in den Bergen wohnte.

Es war spät geworden, wie immer. Sein Schwager George hatte auf dem Dudelsack gespielt, sie hatten gesungen und gegessen und auch das eine oder andere Glas von dem guten Highland Malt getrunken. Tom fuhr sehr vorsichtig. Erstens war die Straße nass und zweitens spürte er den letzten Whisky, den ihm George vor der Abfahrt noch aufgenötigt hatte.

»Ich freue mich auf mein Bett«, sagte Tom gähnend.

Judy neben ihm schreckte hoch, sie hatte vor sich hin gedöst. »Was hast du gesagt?«

»Ich hab gesagt, ich freu mich auf mein Bett. Beim nächsten Mal bleiben wir nicht so lange.«

»Das sagst du immer«, sagte seine Frau, »und dann bist du es, der kein Ende findet.« Sie schaute aus dem Fenster. Gerade

fuhren sie an den alten Lagerhallen vorbei. »Halt an!«, rief sie plötzlich.
Tom MacFarlane tat nichts dergleichen. »Warum das denn?«
»Da in der Telefonzelle! Da war ein Kind!« Judy MacFarlane drehte sich um. »Ich hab's genau gesehen.«
Tom MacFarlane sah in den Rückspiegel. »Ich seh nichts.«
»Ein Mädchen mit roten Haaren«, sagte Judy. »Du musst umkehren.«
»Du siehst Gespenster, hast wohl zu viel von Cheryls Punsch getrunken, was?« MacFarlane lachte.
»Tom! Ich bin mir ganz sicher.«
»Und wenn schon«, sagte ihr Mann und beschleunigte. Er wollte nach Hause.
»Ich bitte dich, ein kleines Mädchen um diese Zeit in dieser gottverlassenen Gegend! Das ist doch nicht normal.«
»Gottverlassen war's doch gar nicht. Es brannte doch Licht in dem Bürogebäude«, sagte Tom MacFarlane.
Aber das beruhigte seine Frau mitnichten. »Ich denke, da steht seit Jahren alles leer. Wer treibt sich denn da rum?«
Tom MacFarlane wusste es nicht, aber er hatte so eine Ahnung. Den Lkw, der vor der Lagerhalle gestanden hatte, kannte er. Der war des Öfteren durch den Ort gefahren, immer an den Abenden, wenn die Typen vom Schloss bei ihm eingekehrt waren. Tom vermutete, dass sie schwarz Whisky brannten und nach Edinburgh schafften, aber da auch er nicht immer nur sauberen Schnaps verkaufte, hatte er den Mund gehalten.

Sie passierten das Ortsschild von Killkirky.
»Bring mich zu Arthur«, sagte Judy.
»Um diese Zeit?«, fragte ihr Mann. »Der schläft doch längst.«
»Dann wecke ich ihn auf«, sagte Judy bestimmt.
Und das tat sie dann auch. Ohne auf die Einwendungen ihres Mannes zu hören, klopfte sie an die Tür des Polizisten, der verständlicherweise nicht sehr erfreut darüber war, um diese Zeit aus dem Bett geholt zu werden.
»Was ist denn passiert?«, fragte er und hielt sich den Bademantel über dem dicken Bauch zu.
»Zieh deine Uniform an und komm mit«, sagte Judy. Sie durfte mit Arthur so reden, er war ihr Cousin. »Da oben bei den alten Lagerhallen geht irgendwas vor, es brennt Licht und in der Telefonzelle hält sich ein Kind versteckt.« Das mit dem »versteckt« hatte sie erfunden, um es ein wenig dramatischer zu machen. Sie wusste nicht, ob sich das Kind dort versteckt hatte und vor wem, sie wusste nur, dass da etwas nicht stimmte.
Vor sich hin brummelnd verschwand Arthur und kehrte einige Zeit später in Uniform zurück. Judy machte ihn nicht darauf aufmerksam, dass er sie falsch zugeknöpft hatte, sie wollte so schnell wie möglich los.
»Kommst du mit, Tom?«, fragte Arthur, als er in den Polizeiwagen stieg.
Tom schüttelte den Kopf. »Für diesen Kinderkram braucht ihr mich bestimmt nicht.«

Arthur fuhr nicht sehr schnell und Judy ballte vor Ungeduld ihre Hände zu Fäusten.
»Ich sehe nichts«, sagte Arthur, als sie an den Lagerhallen ankamen. »Alles dunkel und kein Kind weit und breit.«
Er hielt den Wagen an. Judy sprang raus und lief zur Telefonzelle. Sie hatte nicht wirklich geglaubt, da ein Kind vorzufinden, und es war auch keins mehr da. Nur ein kaputtes Telefon. Arthur stand an seinen Wagen gelehnt und gähnte.
»Alles abgeschlossen. Hier war bestimmt keiner.«
»Es stand aber ein Lkw da«, sagte Judy. »Genau hier. Da, da sind ja noch die Reifenspuren!«
Arthur schaute nicht sehr interessiert auf die Reifenabdrücke, die im Scheinwerferlicht seines Wagens deutlich zu erkennen waren.
»Na und? Vielleicht hat einer hier gewendet, weil er sich verfahren hat. Lass uns zurückfahren Judy, ich bin todmüde.« Arthur hielt Judy die Beifahrertür auf.
»Fahr bitte weiter«, sagte sie.
»Wie bitte?«
»Fahr hoch zum Schloss«, sagte Judy entschieden.
»Warum das denn?«
»Verstehst du denn nicht, Arthur? Ich habe ein Mädchen gesehen, so deutlich, wie ich dich jetzt sehe. Es war keins aus Killkirky, es kann also nur vom Schloss stammen. Vielleicht ist es von dort ausgerissen, hatte Heimweh, was weiß ich. Vielleicht haben die gar nicht bemerkt, dass jemand fehlt. Bitte, Arthur, wir fahren da jetzt hin und fragen nach, und wenn es

wirklich stimmt, dann brauchen wir eine Suchmannschaft und Hunde.«
Arthur stöhnte auf. Derartige Arbeitseinsätze schätzte er überhaupt nicht.

Über dem Schlossportal brannte eine mit Fliegen verklebte Laterne. Auf Judys stürmisches Klopfen hin öffnete Mrs MacDuff. Beim Anblick des Polizisten begannen ihre Augen unruhig zu flackern.
»Entschuldige die späte Störung, Brenda«, sagte Arthur. »Judy hat unten auf der Straße nach Killkirky ein Mädchen gesehen und wir wollten fragen, ob bei euch jemand ausgerissen ist.«
»Nicht dass ich wüsste. Aber ich hol mal einen der Betreuer.«
Judy MacFarlane konnte gerade noch einen Aufschrei unterdrücken, als ihr plötzlich ein Pierrot gegenüberstand. Seine aufgemalte Träne glitzerte im Schein der Laterne.
»Entschuldigung«, sagte Perceval. »Ich hab mich noch gar nicht umgezogen. Es ist etwas spät geworden heute Abend, wir haben eine Party gefeiert, eins der Kinder hatte Geburtstag. Was gibt's denn?«
Arthur wiederholte noch einmal sein Sprüchlein und Perceval schüttelte den Kopf.
»Nett von Ihnen, dass Sie sich die Mühe gemacht haben, hier hochzukommen, aber ich kann Ihnen versichern, dass alle Kinder vollzählig sind.«
Und das war noch nicht einmal gelogen.

Wäre Arthur nicht so begierig darauf gewesen, so schnell wie möglich in sein Bett zurückzukommen, und hätte Judy nicht doch langsam an dem gezweifelt, was sie zu sehen geglaubt hatte, wären die beiden nur ein paar Schritte um das Schloss herumgegangen, so hätten sie einen Lkw gesehen, aus dem gerade drei Kinder gezerrt wurden. Die Kinder zappelten und wanden sich, aber zu hören war nichts, denn man hatte ihnen den Mund zugeklebt.
Doch Arthur und Judy hatten davon keine Ahnung. Sie stiegen ins Auto und fuhren nach Killkirky zurück.

Mrs MacDuff stellte eine Kanne mit schwarzem Tee auf den Küchentisch, an dem sechs Männer saßen. Balthazar, Caspar und Perceval waren noch im Clownskostüm. Doch bei Caspar war die Schminke verschmiert, der lachende Mund nur noch ein roter Fleck. Immer wieder fuhr er sich nervös durchs Haar.
»Gibt's nichts Stärkeres?«, fragte Nepomuk mit einem Blick auf die Teekanne.
»Nein«, sagte Mr Singh. »Tee ist genau das Richtige. Wir müssen wach bleiben, dürfen keinen Fehler machen.«
Mrs MacDuff goss den Tee ein.
»Für mich nicht, danke«, sagte Balthazar und hielt die Hand über seine Tasse. »Um diese Zeit bekommt mir das leider gar nicht. Hätten Sie nicht noch einen von ihren köstlichen Haferkeksen für mich, liebe Mrs MacDuff?«
Mrs MacDuff nahm eine Blechdose vom Regal und stellte sie Balthazar hin.

»Geh jetzt ins Bett, Brenda«, sagte ihr Mann. »Wir haben noch was zu besprechen.«
Ohne ein Wort zu sagen, drehte Mrs MacDuff das Gas ab und verließ die Küche.
»Was weiß sie?«, fragte Mr Singh.
»Nichts, was sie nicht wissen soll«, sagte MacDuff.
»Gut. Sobald Frühstückszeit ist, rufen wir diesen trotteligen Polizisten an und sagen, er hätte doch Recht gehabt, nicht ein, sondern gleich drei Kinder seien verschwunden. Wir hätten es nicht früher bemerkt, weil die ihre Betten so ausgestopft hatten, dass man denken musste, es läge jemand darin. Du hast das doch erledigt, Perceval?«
Perceval zupfte ein Fitzelchen Haut von seinem Daumen. »Na klar. Als ich gemerkt hab, dass die weg sind, bin ich sofort hoch in die Zimmer und hab ihre Betten präpariert. Von den anderen Kindern hat das garantiert keiner gemerkt, die waren nach der Party total knülle.«
»Eine hübsche Party«, sagte Balthazar und knabberte an einem Keks. »Die Kinder hatten viel Spaß.«
»Meinst du, der Bulle nimmt uns das ab und hat nicht längst Verdacht geschöpft?«, fragte Nepomuk, ohne auf Balthazar zu achten.
MacDuff lachte. »Arthur und Verdacht schöpfen? Ich glaube, das Einzige, was der jemals erwischt hat, war ein entlaufenes Schaf, aber auch nur, weil er es beinah über den Haufen gefahren hätte.«
»Colin muss es wissen«, sagte Mr Singh, »ihn hat man ja auch

erst in Edinburgh erwischt, als er versucht hat, seine gefälschten Schecks unter die Leute zu bringen, nicht wahr?«
MacDuff warf Mr Singh keinen sehr freundlichen Blick zu, aber er schwieg.
»Was habt ihr mit den Kindern vor?«, fragte Caspar und zündete sich eine Zigarette an.
»Willst du das wirklich wissen?«, fragte Nepomuk.
Balthazar erhob sich und wischte ein paar Krümel von seiner Jacke. »Ich werde hier wohl nicht länger gebraucht.« Er gähnte. »Höchste Zeit, dass ich ins Bett komme. Gute Nacht.«
Mr Singh murmelte ein »Gute Nacht« und goss sich noch einmal Tee nach. »Jonathan und ich bringen jetzt den Lkw runter nach Killkirky. Colin fährt mit dem Jeep hinterher. Wir räumen zu dritt das Lager aus, ich schaffe dann alles an einen sicheren Ort.«
»Allein?«, fragte Caspar.
Mr Singh nickte. »Jonathan und Colin sind in spätestens zwei Stunden wieder hier. Ich bleibe erst einmal im Hintergrund.«
»Verstehe. Unser Fernsehstar will sich die Finger nicht schmutzig machen«, sagte Caspar.
Mr Singh stellte so wütend seine Tasse auf den Tisch zurück, dass der Tee herausschwappte. »Pass auf, was du sagst, mein Freund! Wir stecken da alle mit drin.«
»Unserem Zauberheini wird die Sache wohl zu heiß«, höhnte Nepomuk. »Aber zum Aussteigen ist es jetzt zu spät.«
»Keiner steigt aus«, sagte Mr Singh und stand auf. »Jeder von uns weiß, was für ihn auf dem Spiel steht, oder?«

Er sah Caspar scharf an.
Der nickte.
»Gut, dann machen Jonathan, Colin und ich uns jetzt an die Arbeit.«

Als die drei Männer den Raum verlassen hatten, wischte Perceval seinen blutenden Daumen an der Hose ab und stand auf.
»Ich geh hoch und hau mich aufs Ohr, morgen wird bestimmt kein angenehmer Tag. Kommst du mit?«
Caspar drückte nachdenklich seine Zigarette aus.
»Was sollte ich wohl sonst tun?«

Caspar, der mit bürgerlichem Namen Michael Harper hieß, ein Name, den er selten benutzt hatte und an dem er deswegen auch nicht sonderlich hing, war nicht wirklich ein böser Mensch. Und hätte er sich nicht diesen einen dummen Fehler geleistet, säße er jetzt auch nicht so fürchterlich in der Klemme. Dabei hatte alles so vielversprechend begonnen. Schon als kleiner Junge hatte er seine Mitschüler mit Zauberkunststücken verblüfft. Er hatte diese immer weiter perfektioniert, in Zaubershows einen Preis nach dem anderen eingeheimst und war auf dem besten Wege gewesen, eine richtige Berühmtheit zu werden, als aus den Staaten ein noch größerer Zauberer nach England kam. Er konnte ganze Lokomotiven verschwinden lassen, Braunbären in Eisbären verwandeln und umgekehrt, und natürlich konnte er auch Jungfrauen zersägen. Eine dieser Jungfrauen war nun dummerweise Caspars Verlobte Molly gewesen. Geblendet von dem phantastischen Aussehen und den phantastischen Honoraren des amerikanischen Zauberers, hatte sie Caspar auf der Stelle verlassen und sich fortan jeden Abend mit Freuden in ihre Einzelteile zerlegen zu lassen. Rasend vor Wut und Eifersucht erzählte Caspar einem Boulevardblatt, wie der Trick mit der Lokomotive in Wirklichkeit funktionierte.

Es war ein ziemlich billiger Trick und nicht wenige forderten hinterher ihr Eintrittsgeld zurück, aber Caspars Triumph währte nur kurz.

Der düpierte Zauberkünstler flog zurück nach Amerika, mit Molly, und Caspar stellte fest, dass er gegen ein ungeschriebenes Gesetz seiner Zunft verstoßen hatte: Man durfte niemals seine Tricks verraten und erst recht nicht die eines Konkurrenten.

Lukrative Engagements blieben fortan aus, Caspar konnte nur noch dort auftreten, wo man von seinem Fehltritt nichts wusste, auf Kindergeburtstagen oder anlässlich der Einweihung eines Einkaufszentrums. Sein einziges Ziel war, so viel Geld zusammenzubekommen, dass er nach Australien fliegen und dort noch einmal ganz neu anfangen konnte. Deswegen hatte er auch nicht lange gezögert, als ihm Perceval, den er von seinen lausig bezahlten Auftritten her kannte, einen angenehmen Ferienjob im schottischen Hochland anbot. Dass es nicht ganz korrekt war, was sie da trieben, hatte ihn nicht weiter gestört, schließlich war nie jemand zu Schaden gekommen. Im Gegenteil, die Kinder waren jeweils mit dem Gefühl wieder abgereist, wirklich produktive Ferien verbracht zu haben. Aber bei dem, was nun geschehen sollte, konnte und wollte er nicht mitmachen. Wie gesagt, er war kein wirklich böser Mensch.

Mr Singh hatte mithilfe von Nepomuk und MacDuff die drei Kinder in den Keller gebracht und in den Raum gesperrt, in dem vorher die Pappkartons gewesen waren. Jetzt war der Raum leer, absolut leer. Vier weiße, fensterlose Wände und ein kalter Betonboden. Auf dem hockten sie nun, Joe finster vor sich hin starrend, Cymbeline mit nachdenklich zerfurchter Stirn und Miranda in Tränen aufgelöst. Sie wusste nicht, was schlimmer war: dass sie Mr Singh vertraut und er sie so enttäuscht hatte oder dass sie nun hier eingeschlossen waren und nicht wussten, was mit ihnen geschehen würde.
»Meint ihr, sie bringen uns um?«, flüsterte sie.
»Du musst nicht flüstern«, sagte Cymbeline. »Uns hört hier kein Mensch.«
»Irgendwie müssen sie uns … loswerden«, sagte Joe. »Schließlich wissen wir über alles Bescheid.«
»Wir wissen aber nicht, wer sie sind«, sagte Cymbeline. »Wir haben nur die MacDuffs und Mr Singh ohne Maske gesehen.«
»Du vergisst Nepomuk«, sagte Joe.
»Stimmt«, sagte Cymbeline. »Diese Verbrechervisage. Aber keiner weiß, dass du seinen Ausweis gefunden hast und seinen richtigen Namen kennst.«
»Genau!« Miranda klammerte sich an diesen Strohhalm. »Was

können wir ihnen schon tun? Wahrscheinlich verschwinden sie einfach. Bis am Morgen die anderen aufwachen und uns hier unten einer findet, vergehen ein paar Stunden, bis dahin sind sie über alle Berge.«

»Ich kann mir auch nicht vorstellen, dass sie uns was antun«, sagte Cymbeline. »Es ist schließlich ein Unterschied, ob man Kinder für sich arbeiten lässt oder … oder einen Mord begeht.«

»Drei Morde«, sagte Joe. »Aber überlegt doch mal, das lief hier anscheinend immer ganz problemlos. Warum sollten sie so ein gutes Geschäft aufgeben?«

»Na, ich weiß ja nicht«, sagte Cymbeline. »Wenn sich rumspricht, dass auf *Fairytale Castle* drei Kinder zu Tode gekommen sind, ist das bestimmt keine gute Werbung.«

»Wir sind sowieso die letzte Gruppe in diesem Sommer«, entgegnete Joe. »Und nächstes Jahr spricht kein Mensch mehr davon.« Er schluckte. »Nein, ich glaube nicht, dass sie uns so einfach davonkommen lassen. Nicht Leute wie Nepomuk und Mr Singh.«

»Und alles ist nur meine Schuld!«, schluchzte Miranda.

Cymbeline legte ihr tröstend die Hand auf den Arm. »Du hast ihm eben vertraut.«

»Hätte ich doch nur auf euch gehört, dann wäre das alles nicht passiert!«

»Hör auf, dir Vorwürfe zu machen«, sagte Joe. »Keiner von uns hat Schuld. Schuld an allem haben nur die da oben.«

»Die Verbrecher«, sagte Cymbeline.

Dann schwiegen sie.
»Ich hab solchen Durst«, sagte Miranda nach einer Weile.
»Ich befürchte, wir werden bald was zu trinken bekommen«, sagte Cymbeline düster.
»Oh ja! Mr Singhs Wasserrr des Lebens!«, sagte Joe mit rollendem R. »Diesmal werde ich es sogar trinken, damit ich nicht mitkriege, was sie mit mir anstellen.«
»Hör auf, Joe!«, rief Miranda.
»Jetzt, wo … also jetzt, wo eh alles egal ist, kann ich euch was sagen …«, begann Joe.
»Ja?«, fragte Cymbeline.
»Eigentlich heiße ich Giovanni.«
»Schöner Name«, sagte Miranda.
»Ich hasse ihn«, sagte Joe. »Aber wenn wir hier lebend rauskommen, bin ich Giovanni. Für immer! Das schwöre ich.«
Unwillkürlich rückten die drei näher zusammen. Joe spürte, dass Miranda zitterte. Er hätte sie gern umarmt, traute sich aber nicht. Ach was, warum eigentlich nicht? Vielleicht waren sie ja bald nicht mehr am Leben. Er streckte seinen Arm aus und legte ihn um Mirandas bebende Schultern. Das war alles, was er tun konnte. Tröstliche Worte fielen ihm keine ein.
Cymbeline wiegte sich hin und her wie ein kleines verlassenes Kind. Und jetzt spürte auch Joe, wie ihm die Tränen kamen, unaufhaltsam …
Ein Schlüssel drehte sich im Schloss.
Miranda schrie auf.
»Pscht!«, sagte eine vertraute Stimme.

Obwohl er ohne Maske und Verkleidung war, erkannten sie Caspar sofort an den immer noch stachelig vom Kopf abstehenden Haaren und der schlaksigen Figur.
»Kommt mit, aber leise.«
Joe zögerte einen Moment. »Was hast du mit uns vor?«
»Euch retten. Was dachtest du denn?«

Der arme Arthur sollte in dieser Nacht nicht zur Ruhe kommen. Gegen drei Uhr morgens klingelte es Sturm. »Gehst du mal nachschauen?«, brummelte er schlaftrunken.
»Bist du der Polizist oder ich?«, entgegnete seine Frau nur und drehte sich zur anderen Seite.
Schon wieder Judy MacFarlane, das hätte er sich ja gleich denken können. »Ich mache mich nicht wieder auf die Suche nach irgendeinem Mädchen, das du angeblich gesehen haben willst«, knurrte er seine Cousine unfreundlich an.
»Musst du auch nicht«, erwiderte Judy munter. »Ich hab sie gefunden, besser gesagt sie mich, und noch zwei andere dazu. Komm mal rüber und hör dir an, was sie zu erzählen haben.«
Zum zweiten Mal in dieser Nacht zog Arthur seinen gemütlichen Schlafanzug aus und die steife Uniform an. Gähnend überquerte er die Straße zum *Highland Inn*.
Im Schankraum saßen drei Kinder. Zwei Mädchen und ein Junge. Sie sahen müde und erschöpft, aber gleichzeitig auch sehr wach aus. Tom MacFarlane goss ihnen gerade Limonade ein.
»Himbeer?«, fragte das kleinere der beiden Mädchen und sah misstrauisch auf das Glas.

»Nein, Kirschsirup«, sagte der Wirt. »Möchtest du lieber Himbeer?«
»Auf keinen Fall!«
»Nun erzählt mal«, sagte Judy. »Von Anfang an.«
Und dann hörte Arthur eine Geschichte, wie er sie in all seinen Dienstjahren noch nicht zu hören bekommen hatte.
»Hast du davon gewusst?«, fragte er den Wirt.
»Nichts, ich hab überhaupt nichts gewusst«, beteuerte MacFarlane etwas zu eifrig. »Die Typen vom Schloss haben ein paarmal hier ’n Bier getrunken oder ’n Whisky. Ganz harmlos.«
»Und einer von denen hat euch jetzt hierher gebracht?«, fragte Arthur ungläubig.
»Na ja, nicht direkt«, sagte Joe. »Caspar hat uns bis zum Abzweig mitgenommen, von da aus sind wir gelaufen.«
»Ihr Ärmsten«, sagte Judy mitleidig. »Das hat doch mindestens eine Stunde gedauert.«
»Länger«, sagte Joe. »War ja stockfinster.«
»Aber Cymbeline hat Augen wie eine Katze«, sagte Miranda. »Die sieht auch im Dunkeln.«
»Und dieser Caspar ist also jetzt weg?«, fragte Arthur. »Mit was für einem Wagen?«
»Einem Mini«, sagte Miranda.
»Der gehört Brenda MacDuff«, sagte Judy.
»Ich weiß, ich weiß«, sagte Arthur. »Hab ihr letzte Woche einen Strafzettel verpasst, weil sie vor der Post im Halteverbot geparkt hatte. Irgendwo muss ich mir das Kennzeichen notiert haben.« Er wühlte in den Taschen seiner Uniformjacke

und zog nacheinander eine zerdrückte Zigarettenschachtel (»Ts, ts«, machte Judy, denn Arthurs Frau hatte ihm das Rauchen streng verboten), ein Paar Handschellen, eine Hundeleine (Arthur war auch dafür zuständig, entlaufene Hunde einzufangen) sowie ein Stück Hundekuchen, ein großes, nicht ganz sauberes Taschentuch und schließlich einen Papierfetzen heraus. »Nein, das ist es nicht, das ist der Einkaufszettel.«

Joe wurde ungeduldig.

»Sie müssen Verstärkung rufen, Sir«, sagte er. »Die Polizei muss das Schloss umstellen, sonst entwischen uns die Verbrecher noch.«

»Nun mal langsam, junger Mann«, sagte Arthur. »Mir scheint, du hast zu viele Krimis gesehen. Erst einmal muss ich mich davon überzeugen, dass eure Geschichte stimmt.«

»So was kann man sich doch nicht ausdenken!«, sagte Judy entrüstet.

»Sie müssen uns glauben!«, rief Miranda. »Die wollten uns umbringen!«

»Na, na«, machte Arthur und erhob sich. »In meinem Revier wird keiner umgebracht. Ich schlage vor, Judy macht euch irgendwo einen Platz zum Schlafen zurecht und ich schaue auf dem Schloss nach dem Rechten.«

»Ich komme mit!«, sagte Joe und stand auf.

»Ich auch«, sagte Cymbeline. »Die erzählen Ihnen doch sonst das Blaue vom Himmel.«

Miranda war nicht sehr wohl bei dem Gedanken daran, Mr

Singh wiedersehen zu müssen, doch sie wollte sich nicht drücken und erhob sich ebenfalls.
»Und Sie nehmen wirklich keine Verstärkung mit, Sir?«, fragte Joe noch einmal. »Es sind schließlich immer noch fünf gegen einen, uns nicht mitgezählt.«
Arthur grinste und klopfte gegen seine Pistolentasche. »Keine Angst, ich bin bewaffnet.«

Als sie vor dem Schloss ankamen, ging bereits die Sonne auf. Über dem Portal hingen noch die schlaffen Reste der Luftballons. Ein Roller lag achtlos neben der Treppe. Alles sah so normal aus. Was in der Nacht geschehen war, schien Miranda jetzt bei anbrechendem Tag wie ein schlechter Traum. Und hätten nicht Joe und Cymbeline mit gespannter Miene neben ihr im Polizeiauto gesessen, hätte Miranda wohl auch alles für einen Traum gehalten.
Sie stiegen aus dem Wagen und gingen die Treppe hoch. Arthur betätigte den Türklopfer.
Mr MacDuff öffnete. Er trug einen gestreiften Pyjama, wirkte aber nicht wie jemand, den man gerade aus dem Bett geholt hatte.
»Du schon wieder«, begrüßte er Arthur nicht sehr freundlich.
»Ja, ich schon wieder. Und hier sind drei Kinder, die mir ein paar komische Sachen erzählt haben. Darf ich reinkommen?«
»Hast du einen Durchsuchungsbefehl?«, fragte MacDuff und warf den Kindern einen abfälligen, aber keineswegs verängstigten oder auch nur besorgten Blick zu.

»Ach komm, Colin, so genau hast du es bisher mit den Formalitäten doch auch nicht genommen.«
»Ich kann das nicht entscheiden, bin schließlich nur der Hausmeister«, sagte MacDuff. »Ich hole den Boss.«
Miranda wurde heiß und kalt, gleich würde Mr Singh erscheinen. Ohne nachzudenken griff sie nach Joes Hand. Aber den Mann, der jetzt erschien, hatten sie noch nie gesehen. Oder doch?
Er war klein, hatte einen Bauch wie eine Kugel, kaum noch Haare und trug ein langes schottisch kariertes Nachthemd.
»Miranda, Joe und die kleine Cymbeline, ja was macht ihr denn hier draußen?«, rief er überrascht. »Wir denken, ihr liegt in euren Betten und schlaft!«
»Wer sind Sie bitte?«, fragte Arthur.
»Gestatten, Balthazar Arkwright, ich bin der Leiter von *Fairytale Castle*. Entschuldigen Sie meinen Aufzug, Sir, aber ich habe noch geschlafen. Treten Sie doch bitte ein. Haben Sie die drei Ausreißer gefunden? Dann bin ich Ihnen zu großem Dank verpflichtet.«
Unter freundlichem Geplauder ging Balthazar Arthur voraus in die Halle.
Miranda, Joe und Cymbeline sahen sich vewirrt an. Was sollte das alles?
»Nun wollen wir doch erst einmal schauen, warum wir euer Verschwinden nicht bemerkt haben«, sagte Balthazar und ging die Treppe hoch. Vorsichtig öffnete er die Tür zur Räuberburg und zog die Decke von Joes Bett. Ein Hügel aus Kissen und

eine braunhaarige Perücke hatten den Eindruck erweckt, in dem Bett läge jemand. Ähnlich sah es in der Traumfängerstube aus. Die verfilzten roten Locken, die auf Cymbelines Kissen lagen, erkannte Joe sofort, die gehörten Nepomuk. Auf Mirandas Kopfkissen lag ein dunkler Zopf. Es wirkte täuschend echt.
Balthazar schloss leise die Tür, um die schlafende Sharlene nicht zu wecken.
»Na, da habt ihr uns ja ganz schön reingelegt«, sagte er und drohte neckisch mit dem Finger. »Dass mir das nicht noch mal vorkommt, sonst müssen wir euch nach Hause schicken.«
»Da wollen wir ja auch hin!«, sagte Cymbeline.
Balthazar tätschelte ihr die Wange. »Heimweh, nicht wahr?« Er wandte sich an Arthur. »Das kommt immer wieder mal vor, geht aber schnell vorbei.«
»Die Kinder haben mir erzählt, sie müssten im Keller Gegenstände bemalen, die dann von Ihnen eingesammelt und verkauft würden«, sagte Arthur. Aber man hörte seiner Stimme an, dass er schon nicht mehr so recht daran glaubte.
Balthazar brach in schallendes Gelächter aus, schlug sich dann aber mit der Hand vor den Mund. »Nein, was für eine Phantasie Kinder doch haben. Ich hab hier ja schon einiges erlebt, müssen Sie wissen, aber das … nein, das ist wirklich zu komisch. Kommen Sie, kommen Sie.«
Arthur und die Kinder folgten Balthazar die Treppe hinunter. Vor dem Telefon in der Halle blieb der Polizist stehen.
»Funktioniert das?«

»Sicher«, sagte Balthazar. »Man braucht natürlich eine Karte.«
»Aber gestern Abend war es kaputt«, sagte Joe.
»Ach ja, irgendein Scherzkeks hatte Kaugummi in den Schlitz gesteckt. Das hat unser guter Mr MacDuff längst in Ordnung gebracht. Möchten Sie es ausprobieren, Sir?«
Arthur schüttelte den Kopf. »Nein, nein, schon gut. Gehen wir in den Keller.«
Unten öffnete Balthazar die Tür zu einem Werkraum. »Schauen Sie sich alles an, Herr Inspektor, hier wird gemalt, und da …«, er riss eine weitere Tür auf, »… wird gebastelt.«
Ein paar Kürbisse standen herum, ein, zwei Strohdrachen hingen an der Wand, auf den Tischen standen Farbtöpfe und Gläser mit Pinseln bunt durcheinander.
»Aber das sind doch bloß Reste. Sie haben heute Nacht alles weggeschafft. Die Sachen sind in den alten Lagerhallen vor Killkirky!«, rief Joe verzweifelt und wusste doch im gleichen Moment, dass dort nichts mehr sein würde.
Balthazar sah ihn interessiert an. »Ich freue mich ja, mein Junge, dass du endlich Anschluss gefunden hast.« Er wandte sich an Arthur. »Joe hat uns einiges Kopfzerbrechen bereitet, weil er sich so gar nicht in die Gruppen integrieren konnte. Aber dass du dir dafür so eine Räuberpistole ausdenken musstest …«
»Wo ist Mr Singh?«, rief Miranda.
»In London, das wisst ihr doch«, sagte Balthazar. »Mr Singh ist ein bekannter Fernsehstar, leider kann er nicht immer bei uns …«

»Er war aber da«, unterbrach ihn Cymbeline. »Er hat uns eingesperrt. Hier drin!« Schwungvoll riss sie eine Tür auf. Ein Heizungskessel füllte den schmalen Raum aus, kein Kind hätte darin Platz gehabt, geschweige denn drei.
Nicht hier, zwei Türen weiter, wollte Joe sagen, aber wozu? Welchen Beweis gab es, dass man sie dort gefangen gehalten hatte. Welche Beweise gab es überhaupt noch?
Arthur unterdrückte ein Gähnen. »Mr Arkwright, Sie müssen schon entschuldigen, aber ich bin gehalten, jedem Verdacht nachzugehen, auch wenn er sich am Ende als Schauermärchen entpuppt ...«
»Aber das verstehe ich doch, Inspektor, Sie tun ja nur Ihre Pflicht«, sagte Balthazar und ging vor ihnen die Kellertreppe hoch. Er durchquerte die Halle und nickte MacDuff kurz zu, der an der Tür stand und diese jetzt öffnete.
Miranda und Cymbeline sahen sich verzweifelt an. Arthur konnte sie doch unmöglich hier allein zurücklassen?
Doch der Polizist ging geradewegs auf die Tür zu.
»Auf Wiedersehen, Herr Inspektor«, sagte Balthazar. »Und vielen Dank, dass Sie uns unsere Ausreißer wiedergebracht haben, wir werden in Zukunft wohl ein besonderes Auge auf die drei haben müssen, haha.«
Joe schauderte es bei diesen Worten.
Bereits auf der Treppe, drehte sich Arthur noch einmal um. »Ich weiß, dass es noch sehr früh ist, aber ich möchte mir später kein Versäumnis vorwerfen ...«
»Ja?«, sagte Balthazar verständnislos.

»Würden Sie bitte die anderen Betreuer kurz herunterholen, damit die Ihre Aussage bestätigen?«

»Aber natürlich. Bist du so freundlich, Colin, und holst die drei mal her?«

Balthazar fasste Joe an der Schulter. »Na, und ihr, wollt ihr nicht noch 'ne Mütze Schlaf nehmen? Ich bin sicher, Mrs MacDuff macht euch auch noch später was zum Frühstück. Aber nicht, dass das die Regel wird.«

Wieder lachte er dröhnend und sein Bauch lachte mit.

Cymbeline hielt Arthur am Ärmel fest. »Sie nehmen uns doch wieder mit? Bitte!«

Arthur machte vorsichtig ihre Hand los. »Das darf ich nicht, meine Kleine. Dazu besteht auch gar kein Grund.«

Die Treppe zum ersten Stock herunter kamen jetzt Nepomuk und Perceval, beide im Bademantel und beide ungeschminkt. Aber Percevals Gesicht war auch ohne Schminke bleich, seine Augen flackerten unruhig, als er die Kinder sah. MacDuff humpelte ihnen hinterher.

»Hast du was am Fuß?«, fragte der Polizist.

»Unser guter Mr MacDuff hat gestern Abend auf der Party das Tanzbein geschwungen«, sagte Balthazar. »Da hat er seine alten Knochen wohl überschätzt, was, Colin?«

MacDuff nickte. »Neumodisches Gehopse, geht doch nichts über einen schottischen Walzer.«

Joe hätte am liebsten laut geschrien: Er lügt! Alle lügen! Aber er schwieg.

Miranda sah ihn mit weit aufgerissenen Augen an, sie war genauso fassungslos wie er.
Cymbeline schüttelte nur den Kopf.
»Fehlt da nicht noch jemand?«, fragte Arthur mit einem Blick auf Nepomuk und Perceval.
»Caspar nicht da?«, fragte Balthazar.
MacDuff hinkte zur Seitentür, öffnete sie und schaute in den Hof. »Anscheinend hat er sich mal wieder den Mini meiner Frau ausgeliehen.«
»Verstehe«, sagte Balthazar. »Unser Zauberkünstler kommt wahrscheinlich erst zum Frühstück.« Er zwinkerte Arthur zu. »Er hat in Killkirky eine Freundin, junge Leute, Sie verstehen, Herr Inspektor. Aber wenn Sie mit ihm sprechen möchten ...«
Arthur winkte ab und wandte sich an Perceval und Nepomuk. »Ich vermute, Sie können bestätigen, dass Sie die Ihnen anvertrauten Kinder nicht zu irgendwelchen gewerblichen Arbeiten missbraucht, geschweige denn sie nachts im Keller eingesperrt haben?«
»Das ist ja absurd«, sagte Perceval.
»Behaupten die das etwa?« Nepomuk tat furchtbar erstaunt.
»Gut, dann ist das erledigt«, sagte Arthur. »Fürs Protokoll brauche ich dann noch Ihre Namen.« Er fingerte in seiner Brusttasche herum und zog einen Block heraus. Ein zusammengefaltetes Papier flatterte zu Boden.
Perceval hob es auf.
Arthur bedankte sich, faltete es auseinander und warf einen kurzen Blick darauf, dann sah er Perceval fragend an.

»Ian O'Sullivan«, sagte Perceval.

Umständlich schrieb Arthur den Namen auf. »Und Sie, Mister?«, fragte er Nepomuk.

»Crown. Thomas Crown«, sagte der.

»Das stimmt nicht, er heißt Jonathan Plummer!«, rief Joe.

»Jonathan Plummer?«, murmelte Arthur und runzelte die Brauen. »Wo hab ich den Namen bloß schon mal gehört?« Er schüttelte den Kopf. »Nein, nicht gehört, gelesen …«

Und dann sagte er etwas, womit keiner gerechnet hätte: »Jonathan Plummer, Sie sind verhaftet! Gegen Sie liegt schon seit längerer Zeit ein Haftbefehl vor.«

Nun ging alles ganz schnell. Vom Hof her war das Heulen eines Motors zu hören. MacDuff startete den Jeep! Perceval und Balthazar stürzten durch die offene Seitentür hinterher.

Nepomuk wollte ebenfalls die Flucht antreten, da rief Arthur: »Hände hoch! Sonst muss ich von der Schusswaffe Gebrauch machen!« Er griff an seine Pistolentasche.

Nepomuk streckte die Arme in die Luft. Arthur zog die Handschellen aus seiner Hosentasche und sah unschlüssig zu dem sehr viel größeren Nepomuk hoch.

»Im Fernsehen müssen sich die Verbrecher an die Wand stellen, dann kann man sie nach Waffen absuchen«, kam ihm Joe zu Hilfe.

»Ich hasse Krimis«, sagte Arthur. »Aber bitte. Los, an die Wand, Mister.«

Eine Waffe fand Arthur bei Nepomuk nicht, dafür aber in der Tasche des Bademantels ein Handy.

»Sehr praktisch, so was hab ich nämlich nie bei mir, würde eh bloß immer meine Frau anrufen.« Arthur drückte die Tasten. »Hier Arthur McDougall vom Polizeirevier Killkirky. Befinde mich auf *Fairytale Castle.* Ich habe gerade den zur Fahndung ausgeschriebenen Jonathan Plummer festgenommen, außerdem sind drei männliche Personen in einem Jeep flüchtig. Kennzeichen? Brauchen wir nicht. Der Wagen ist bunt geblümt und die Insassen sehen aus, als wollten sie zu einer Pyjamaparty …«

Die Uhr in der Halle schlug sechsmal.
Joe, Miranda und Cymbeline saßen in der Küche von *Fairytale Castle.* Nepomuk alias Jonathan Plummer saß gut verwahrt in dem Raum, der vorher ihr Gefängnis gewesen war.
Nun, nach all der Anspannung, legte sich bleischwere Müdigkeit über sie.
Die Küchentür öffnete sich.
»Mrs MacDuff wird gleich einen Tee kochen, den haben wir uns auch verdient«, sagte Arthur und setzte sich neben Joe an den Tisch. »Ich hätte auch noch ein Sandwich, ist allerdings nicht mehr ganz frisch.« Er öffnete seine Pistolentasche und holte ein eingewickeltes Brot heraus.
»Sie haben ja gar keine Pistole«, stellte Miranda fest.
»Doch, schon, aber nie dabei, wozu auch. Einen richtigen Verbrecher habe ich heute zum ersten Mal festgenommen.«
Das hat man gemerkt, dachte Joe. Laut sagte er: »Woher wussten Sie, dass Jonathan Plummer gesucht wird?«

Arthur hielt ihm den Zettel hin, der ihm in der Halle aus der Tasche gefallen war.
»Dieses Fax hab ich vor längerer Zeit aus Edinburgh bekommen. Jonathan Plummer hat sich seit über einem Jahr nicht bei seinem Bewährungshelfer gemeldet.«
»Was hatte er denn verbrochen?«, fragte Miranda.
»Er hat den Liebhaber seiner Frau verprügelt. Der arme Kerl war halb tot hinterher. Plummer bekam fünf Jahre, zwei haben sie ihm wegen guter Führung erlassen, zur Bewährung.«
»Ich würde sagen, er hat sich nicht bewährt«, sagte Cymbeline und gähnte laut.
»Im Gefängnis saß er übrigens mit Colin MacDuff zusammen in einer Zelle.«
Die Melodie von *Star Wars* ertönte. Der Polizist reagierte nicht.
»Das Handy«, sagte Joe. »Da in Ihrer Tasche, Sir.«
Arthur zog das Handy heraus, das er Nepomuk abgenommen hatte.
»Hallo ... ja, ich höre ...«
Arthur kritzelte etwas auf seinen Block und nickte ein paarmal mit dem Kopf.
»Woher haben Sie eigentlich diese Nummer?«, fragte er zum Schluss. »Aha, verstehe, ja ja, die Technik ist schon etwas Wunderbares.« Angewidert legte er das Handy beiseite.
»So, nun sind wir schlauer. Euer Mr Singh heißt in Wirklichkeit Thomas Frazer, das haben die uns beim Fernsehen gesagt. Ian O'Sullivan, der mit der albernen Träne im Gesicht,

heißt wirklich so. Ist von der Schauspielschule geflogen und hat sich seither so durchgeschlagen, nicht immer legal. Hatte mal eine Anzeige wegen Drogenhandels.«

»Und was ist mit Balthazar?«, fragte Miranda. »Für einen Gangster sieht er eigentlich viel zu gemütlich aus.«

»Von dem wissen wir nur, dass er viele Jahre Kunstlehrer an einer Schule in Glasgow war, vor drei Jahren hat er dort gekündigt, das Schloss hier gepachtet und ein Kinderhotel daraus gemacht.«

»Dann stammen diese ganzen schrecklichen Bilder in den Zimmern bestimmt von ihm«, sagte Cymbeline. »War er denn wirklich der Chef von dem Ganzen hier?«

Arthur zuckte mit den Schultern. »Keine Ahnung. Ich denke, das wird sich alles klären, wenn wir die Burschen erst einmal haben.«

»Ich bin sicher, ausgedacht hat sich das alles Mr Singh, dieser ...« Joe konnte nicht weitersprechen, denn Mrs MacDuff betrat die Küche. Sie sah aus, als habe sie die ganze Nacht kein Auge zugetan.

»Ich hab nichts gewusst, überhaupt nichts!«, sagte sie zu dem Polizisten. »Das musst du mir glauben, Arthur.«

»Ich muss dir gar nichts glauben, Brenda. Erzähl das den Kollegen aus Edinburgh, die müssten jede Minute hier sein.«

Mrs MacDuff setzte einen Kessel voll Wasser auf den Herd. Ihre Hand zitterte so, dass sie ihn beinah fallen gelassen hätte. »Ich hoffe, sie schnappen ihn, dann hab ich endlich wieder meine Ruhe«, murmelte sie.

»Da kannst du ganz sicher sein, von denen entwischt uns keiner«, sagte Arthur und biss in sein Brot.
»Glauben Sie wirklich?«, fragte Joe.
»Ja, bis auf diesen Caspar vielleicht. Hat er euch wirklich nicht gesagt, wie er heißt?«
»Nein«, sagte Miranda. Und selbst wenn, so hätte sie es verschwiegen. Ihm wünschte sie, dass seine Flucht gelang, schließlich hatte er ihnen das Leben gerettet.
»Aber ihr könnt ihn beschreiben?«, fragte Arthur.
»So abstehende Haare hat er«, sagte Cymbeline.
»Und er ist sehr dünn«, sagte Joe.
Miranda warf den beiden einen beschwörenden Blick zu und sagte schnell: »Es war doch stockdunkel, man konnte kaum was erkennen.«
»Stockdunkel, natürlich«, sagte Arthur und steckte seinen Block wieder ein.
»Und wir müssen jetzt alle nach Hause?«, fragte Cymbeline.
»Aber ja«, sagte Arthur. »Eure Eltern werden umgehend benachrichtigt und holen euch bestimmt im Laufe des Tages ab.«
»Schade«, sagte Cymbeline. »Jetzt, wo die grässlichen Clowns weg sind, könnte es mir hier richtig gut gefallen.«
»Und du willst wirklich nicht, dass wir deine Mutter verständigen, Joe?«, fragte Arthur.
»Nein, nein!«, wehrte Joe ab. »Die kriegt vor Schreck einen Schlag, wenn sie einen Anruf von der Polizei bekommt. Am besten fahre ich gleich. Brauch nur eine Fahrkarte für den Zug.«

»Daran soll's nicht scheitern, mein Junge. Pack schnell deine Sachen zusammen, ich nehm dich mit nach Killkirky, der Zug nach Edinburgh geht um halb acht.«
Und dann ging alles ganz schnell. Zum letzten Mal betrat Joe sein Zimmer. Nach allem, was sie erlebt hatten, wirkten die Räuber an der Wand mit ihren Schlapphüten und Wallebärten fast liebenswert. Joe musste an Nepomuk denken und daran, was er wohl mit ihnen angestellt hätte, wenn nicht alles anders gekommen wäre. Schnell warf er seine Sachen in den Koffer, kritzelte seine Adresse auf einen Zettel und legte ihn auf Daniels Nachttisch. Er fuhr dem schlafenden Jungen vorsichtig über den zerstrubbelten Kopf. »Lass dich nicht unterkriegen, mein Kleiner.«
Dann verließ er die Räuberburg.
»Du hast es gut«, sagte Cymbeline zu ihm, als sie in der Halle standen, um sich zu verabschieden. »Darfst ganz allein mit der Bahn fahren. Kannst lesen. Meine Eltern sind ja gar nicht da, also muss ich wahrscheinlich mit Sharlene und ihrer Mutter fahren und mir die ganze Zeit ihr dummes Gequatsche anhören.«
»Du Ärmste«, sagte Joe zerstreut. Er blickte Miranda an. Er wusste nicht, was er zum Abschied sagen sollte.
Miranda nahm ihm die Entscheidung ab und ergriff seine Hand. »Auf Wiedersehen, Joe«, sagte sie.
Joe grinste. »Ab sofort Giovanni, bitte.«
Miranda lächelte. »Also Giovanni, ich hab dir meine und Cymbelines Adresse aufgeschrieben, ich denke, wir sollten in Verbindung bleiben, findest du nicht?«

»Auf jeden Fall«, sagte Joe.
Inzwischen waren mehrere Polizeibeamte eingetroffen und durchsuchten das Schloss. Als einer von ihnen die Ritterrüstung im ersten Stock beiseite schob, löste sich der Helm und polterte scheppernd die Treppe herunter, Joe direkt vor die Füße.
Er hob ihn auf. »Den nehme ich mit, zur Erinnerung.«
»Tu das, mein Junge«, sagte Arthur. »Aber nun komm, sonst verpasst du den Zug.«
Den Helm auf dem Schoß, saß Joe im Polizeiauto und blickte noch lange zurück, bis *Fairytale Castle* hinter einer Biegung endgültig verschwand. Und dann schaute Joe starr geradeaus. Die Tränen liefen ihm über die Wangen, aber er wischte sie nicht fort.

15. Kapitel

North Wainbridge, den 7. September

Hallo, Miranda,
nun bin ich schon seit zwei Wochen wieder zu Hause, und du wirst lachen, wenn ich dir sage, dass ich Fairytale Castle *richtig vermisse. So aufregende Ferien hatte ich nämlich noch nie und eine Freundin wie dich auch nicht. Und wahrscheinlich werde ich auch nicht so schnell wieder eine finden. Sharlene ist fast noch blöder als vor den Ferien. Wenn du sie nur hören könntest! Überall erzählt sie rum, dass sie ja von Anfang an geahnt hat, dass die Clowns Verbrecher sind. Schließlich hätte sie ihren Namen unter die Kühe geschrieben und dadurch bewiesen, dass wirklich wir den ganzen Krempel gemacht haben, der bei diesem* HappyHome-*Versand gelandet ist. Soll sie doch erzählen, was sie will. Wir wissen es besser, nicht wahr?*
Meine Eltern sind übrigens sofort nach North Wainbridge zurückgekommen, als sie gehört haben, was passiert ist. Meine Mutter aus Italien, mein Vater aus Stratford upon Avon.
Und stell dir vor, sie lassen sich nicht scheiden! Ist das nicht wunderbar?
Denk aber bitte nicht, das hätte was mit mir zu tun. Nein, nur mit

Shakespeare. Mein Vater hat zwar nicht sein erstes Theaterstück gefunden, dafür aber ein unbekanntes Gedicht. Das war im Bettpfosten von Anne Hathaways Bett versteckt. Ganz klein zusammengerollt, man konnte es kaum entziffern. Doch mein Vater hat's geschafft. Ich habe es allerdings noch nicht gelesen, meine Mutter meint, es sei zu unanständig. Das Gedicht schrieb Shakespeare für Anne Hathaway, bevor er sie heiratete, und da war er gerade mal 18! Na, jedenfalls hat dieser Fund für ziemlich viel Wirbel gesorgt. Und mein Vater bekommt von überall her Einladungen zu Vorträgen. Neulich sogar aus Harvard, das ist eine ganz berühmte Uni in Amerika. (Wenn die alle wüssten, dass ich es eigentlich war, die die Idee mit dem Versteck im Bett hatte!!!) Meine Mutter platzt fast vor Stolz und ist superglücklich wieder zu Hause zu sein, weil sie nämlich von ihren Schlammbädern einen grässlichen Ausschlag bekommen hat.

Sonst gibt es nichts Aufregendes zu berichten, außer dass Ginger Flöhe hat und ich jetzt ein Experiment mache, um festzustellen, ob Hundeflöhe auch auf Menschen gehen. Ich habe sie eingesammelt und zu meinen Eltern ins Bett gesteckt. Bin gespannt, wen von beiden sie mehr beißen.

Hast du schon was von Joe gehört?

Es grüßt dich

Cymbeline

9. September

Lieber Joe,
danke, dass du mir deine Adresse aufgeschrieben hast. Leider hatte ich den Zettel nicht mit in Brighton, sonst hätte ich dir eine Postkarte geschickt. Nach Brighton sind meine Eltern mit mir gefahren, weil der Arzt gesagt hat, ich brauche Ablenkung nach dem Schock. Aber ein Schock war ja nur, dass du plötzlich weg warst und das Schloss voll Polizei und alle gesagt haben, wir seien von Verbrechern eingesperrt gewesen. Ich hab das nicht verstanden. Ich fand die Clowns immer lustig, nur Nepomuk nicht, seine Gummiglatze war eklig und er auch. Ich war sehr traurig, weil ich meiner Mummy nichts mitbringen konnte. Ich wollte ihr doch so gern eins von den Häschen schenken, die ich gegossen hab, aber es war alles weg. Aber meine Mummy ist froh, dass mir nichts passiert ist, und ich komme auch nicht ins Internat!!!
Schreibst du mir?
Dein Freund Danny

Middleburgh, den 12. September

Liebe Miranda,
wie geht es dir? Mir geht's im Moment ziemlich gut, und das, obwohl die Schule wieder angefangen hat. Aber keiner hat so was Aufregendes in den Ferien erlebt wie ich. Noch nicht mal Duncan Fletcher, dabei war der in Disneyland. Aber niemand in der Klasse hat sich dafür interessiert, dass er als Einziger auf der Achterbahn nicht gekotzt hat,

alle wollten ganz genau wissen, wie wir die Gangster überlistet haben. Dass ich es war, der Arthur sagen musste, wie man einen Verbrecher festnimmt, haben sie mir fast nicht geglaubt.

Irgendwie finden mich jetzt alle ganz toll – außer Duncan Fletcher natürlich –, aber ich bilde mir nichts drauf ein, ich weiß, dass das nicht lange anhalten wird. Ich bin ja schon froh, wenn sie mich nicht dauernd ärgern. Und stell dir vor, Mrs Perry, das ist meine Englischlehrerin, hat meinen Aufsatz – wir sollten unser schönstes Ferienerlebnis beschreiben, haha – heimlich an die Zeitung geschickt und er ist abgedruckt worden! Ich hab sogar ein Honorar von 30 Pfund bekommen. Mrs Perry meint, ich würde später bestimmt mal Schriftsteller werden. Meine Mutter findet das gar nicht gut, sie will, dass ich zum Finanzamt gehe, weil mein Vater da auch gearbeitet hat.

Aber in letzter Zeit ist sie nicht ganz so nervig wie sonst. Sie hat nämlich einen Verehrer. Unser Nachbar (er ist lang und dürr und hat ein Ziegenbärtchen, ist aber sonst ganz nett) hat sich nämlich in den Ferien an sie rangemacht, hat unsere Klospülung repariert und Ma ins Kino eingeladen. Meine Mutter tut natürlich so, als ob ihr das alles furchtbar unangenehm ist, aber ich glaube, sie ist doch ziemlich geschmeichelt. Ich weiß noch nicht genau, ob mir das gefällt. Jedenfalls betütelt sie mich nicht mehr so viel wie früher, und das ist gut.

Ich hoffe, du schreibst mir, und noch mehr hoffe ich, dass wir uns wiedersehen.

Viele Grüße

Giovanni

PS. Jetzt hätte ich doch fast vergessen, dir was Witziges zu erzählen. Eine Woche nachdem ich wieder zu Hause war, kam ein Päckchen vom HappyHome-*Versand. Meine Mutter hatte wieder irgendwelchen Plunder da bestellt. Metallringe, mit denen man herzförmige Spiegeleier machen kann, Eierwärmer, die wie Weihnachtsmannmützen aussehen, und … einen Clown! Er hat eine Narbe wie Frankenstein im Gesicht und eine schwarze Augenklappe und sieht echt fies aus. Meine Mutter war total entsetzt, als sie ihn auspackte, aber ich wäre fast gestorben vor Lachen.*
PPS. Du hattest übrigens Recht. Ich war eifersüchtig auf Mr Singh.

London, den 26. September

Lieber Joe,
vielen Dank für deinen Brief. Ich wollte dir schon viel früher antworten, aber kurz nachdem ich wieder zu Hause war, hab ich einen Bruder bekommen, und das ist vielleicht aufregend, kann ich dir sagen. Er kam vier Wochen zu früh, aber alles ist an ihm dran und es geht ihm gut. Er heißt Alexander und seit zwei Wochen sind meine Mum und er zu Hause. Ich hatte ein wenig Bammel, weil ich dachte, er schreit die ganze Zeit, aber das stimmt nicht. Meistens schläft er und dann sieht er sehr süß aus. Aber ich denke mal, dass du dich nicht so sehr für Babys interessierst.
Dass mein Clown bei euch aufgetaucht ist, finde ich super. Wenn deine Mutter ihn nicht haben will, dann heb ihn bitte für mich auf, ich hätte ihn gern als Erinnerung.

Ich würde auch sehr gern lesen, was du in der Schule geschrieben hast. Ich bin im Aufsatzschreiben ziemlich schlecht. Irgendwie kriege ich die Gedanken in meinem Kopf nie richtig aufs Papier. Ich soll anschaulicher schreiben, sagt meine Lehrerin immer. Na ja, dafür bin ich die Beste in Sport. Das ist wahrscheinlich nicht gerade dein Lieblingsfach. War nicht bös gemeint.
Weißt du schon, was du nächsten Sommer machst? Meine Mutter will mit dem Baby nicht auf den Campingplatz, sondern irgendwo in eine nette Pension am Meer. Fährst du wieder mit deiner Großmutter nach Bournemouth?
Ich schicke dir ein Foto mit, das mein Vater gemacht hat, als wir auf Fairytale Castle *angekommen sind. Wir sind alle drei darauf zu sehen. Erkennst du Cymbeline? Sie guckt einem roten Luftballon hinterher. Und du stehst ganz am Rand und machst ein unglückliches Gesicht. Ich schaue es mir ganz oft an. Als das Foto gemacht wurde, kannten wir uns noch nicht und hatten keine Ahnung, was alles passieren würde, ist das nicht irgendwie seltsam?*
Die Zeitungsartikel hat mein Vater gesammelt und für dich fotokopiert. Vielleicht kennst du sie auch schon.
Wir werden uns bestimmt wiedersehen, bei der Gerichtsverhandlung nämlich. Mein Vater meint, da müssten Cymbeline, du und ich als Zeugen auftreten. Ich freue mich jetzt schon auf das Gesicht von Mr Singh, wenn ich vor allen sage, wie brutal und gemein er gewesen ist, dieser Märchenerzähler!
Ich muss Schluss machen, meine Mutter will, dass ich ihr beim Baden von Alex helfe. Er kräht immer so niedlich, wenn ich ihn nass spritze. Bis bald. Deine Miranda

PS. Morgen hab ich Geburtstag und mein Vater fährt am Wochenende mit mir angeln. Tolles Geschenk, oder?

Morning Standard vom 25. August

Eigentlich sollten sie wunderbare Ferien in den Highlands verleben, der Name des Schlosses schien Programm: *Fairytale Castle*. Doch dann endete alles damit, dass die Eltern der knapp fünfzig Kinder einen Anruf von der Polizei erhielten und ihre Sprösslinge vorzeitig abholen mussten. Die netten Clowns, die als Betreuer fungierten, waren nichts weiter als Kriminelle.

Der berühmteste unter ihnen, Thomas F., der in der Serie *Wir aus der Albert Street* den indischen Imbissbesitzer spielte und sich auch als Märchenerzähler einen Namen gemacht hatte, nutzte seine Popularität, um vor allem Kinder betuchter Eltern auf das Schloss zu locken.

Doch nicht allein dass die Eltern für einen vierwöchigen Aufenthalt 1500 Pfund hinblättern mussten – unter dem Vorwand, einen Mal- oder Bastelkurs zu besuchen, stellten die Kinder mehrere Stunden am Tag Dekorationsartikel her, die vom *HappyHome*-Versand vertrieben werden.

Auf Anfrage teilte der Geschäftsführer des *HappyHome*-Versandes mit, dass man sich absolut nichts vorzuwerfen habe. Richtig sei, dass man von einem Balthazar A. mehrfach Ware bezogen habe, aber schließlich könne man nicht jeden Liefe-

ranten überprüfen. In Zukunft werde man wieder im Ausland produzieren lassen.
Vier Verdächtige sitzen inzwischen in Untersuchungshaft. Einer der Inhaftierten ist bereits wegen Körperverletzung vorbestraft, ein anderer wegen Unterschlagung. Flüchtig ist neben Thomas F. auch ein junger Mann, der unter dem Namen Caspar auf dem Schloss als Zauberer aufgetreten ist. Man vermutet, er habe sich ins Ausland abgesetzt. Mehrere Eltern haben auf Rückerstattung ihres Geldes geklagt. Darauf werden sie vermutlich noch lange warten müssen. Denn fest steht, dass die knapp 70000 Pfund, die für den Aufenthalt in *Fairytale Castle* bezahlt worden waren, spurlos verschwunden sind.

The Star vom 29. August

Flüchtiger Serienstar gefasst!
Thomas Frazer, dem Publikum als Mr Singh bekannt, wurde bei dem Versuch festgenommen, sich in Dover mit der Fähre nach Frankreich einzuschiffen. Der wegen Freiheitsberaubung und Betrug gesuchte Fernsehstar wurde pikanterweise Opfer einer Verwechslung. Thomas Frazer hatte sich sein Markenzeichen, den Vollbart, abrasiert und die Haare blondiert. Ein junges Mädchen hielt ihn für den Leadsänger einer französischen Rockgruppe und bat Mister Frazer um ein Autogramm. Der unterschrieb aus Gewohnheit mit *Mr Singh*, woraufhin die Eltern des Mädchens die Hafenpolizei ver-

ständigten. Thomas Frazer war im Besitz eines gefälschten Passes.
Der Anwalt von Mr Frazer erhebt schwere Vorwürfe gegen die Produzenten von *Wir aus der Albert Street.* Dadurch, dass man seine Rolle als indischen Imbissbudenbesitzer rausgeschrieben habe, hätte man bei Mr Frazer schwere Depressionen ausgelöst, ohne die es nie zu den bedauerlichen Verfehlungen gekommen wäre, die im Übrigen noch gar nicht bewiesen seien.

Glasgow Gazette vom 5. September

Die Vorfälle auf *Fairytale Castle* in der Nähe von Killkirky ziehen weitere Kreise. Offenbar stammt der Drahtzieher aus Glasgow. Von seinen Mithäftlingen wird Balthazar Arkwright beschuldigt, die Idee gehabt zu haben, Kinder auf seinem Ferienschloss für sich arbeiten zu lassen. »Wir waren nur bei ihm angestellt und haben nach seinen Weisungen gehandelt«, so die Aussage von Colin MacDuff, dem Hausmeister auf *Fairytale Castle.* Nach unseren Recherchen war Mr Arkwright Kunstlehrer am hiesigen Queen Mary's College. Wir drucken ein Interview mit Mr James Ogilvie, dem Direktor, ab.

G. G.: Mr Ogilvie, wie lange war Balthazar Arkwright bei Ihnen Lehrer und bis wann?

OGILVIE: Mr Arkwright ist vor zwanzig Jahren, noch unter meinem Vorgänger, in unser Kollegium eingetreten. Vor dreieinhalb Jahren ist er ausgeschieden.

G. G.: Hat er von sich aus gekündigt?

OGILVIE: Ja, er ist freiwillig gegangen, allerdings habe ich ihm dies auch nahe gelegt.

G. G.: Warum?

OGILVIE: Nun, es gab da einen Vorfall.

G. G.: Der vermutlich nicht öffentlich gemacht wurde.

OGILVIE: Natürlich nicht. Meine vordringlichste Aufgabe ist es, den Ruf unserer Schule makellos zu erhalten.

G. G.: Können Sie uns denn jetzt Auskünfte erteilen?

OGILVIE: Nun, Mr Arkwright hatte eine, ich möchte mal sagen antiquierte Art, seinen Unterricht zu gestalten. Die Schüler sollten nach sehr präzisen Vorgaben arbeiten. Einmal stellte er die Aufgabe, aus Ton einen Hund zu modellieren, einen Basset, um genau zu sein. Einer der Schüler lieferte statt des Hundes einen unförmigen Klumpen ab. Auf die Frage des Kunstlehrers, was er sich dabei gedacht habe, sagte er, das sei schon mal der Hundehaufen, der Hund folge später. Daraufhin nahm Mr A. den Tonklumpen und drückte ihn dem Jungen ins Gesicht. Die Eltern haben nur deshalb nicht Anzeige erstattet, weil ich ihnen zugesagt habe, dass Mr Arkwright nicht mehr am Queen Mary's unterrichten würde.

G. G.: Er zeigte demnach gewalttätige Züge. Haben Sie dies nicht früher bemerkt?

OGILVIE: Nein, dieser Vorfall kam für uns alle sehr überraschend. Mr Arkwright hat immer einen sehr friedlichen Eindruck gemacht. Bei den Schülern war er durchaus beliebt.

G. G.: Jetzt werden schwere Vorwürfe gegen Ihren ehemaligen Kollegen erhoben. Er soll sogar die Ermordung dreier Kinder geplant haben. Trauen Sie ihm das zu?

OGILVIE: Solange er nicht rechtskräftig verurteilt ist, möchte ich mich zu diesen Anschuldigungen nicht äußern.

G. G.: Mr Ogilvie, wir danken Ihnen für das Gespräch.

Der Prozess wird voraussichtlich noch vor Weihnachten in Edinburgh stattfinden. Man darf darauf gespannt sein.

Melbourne, den 1. Oktober

Liebe Mrs MacDuff,
Sie werden sich bestimmt gefragt haben, wo Ihr Mini abgeblieben ist. Er steht auf dem Parkplatz des Hotels Balmoral *in Edinburgh. Die Parkgebühr ist bis Mitte des Monats bezahlt, aber sicher möchten Sie Ihren Wagen früher wiederhaben. Vor allem, wenn ich Ihnen sage, dass sich im Handschuhfach ein Umschlag mit 3000 Pfund befindet.*
Für meinen Neustart in Australien brauchte ich natürlich Geld, und was lag da näher, als den Tresor in Balthazars Zimmer auszuräumen. Kein Problem für einen Zauberkünstler wie mich. Betrachten Sie die 3000 Pfund als Entschädigung für die Unannehmlichkeiten, die Sie meinetwegen hatten, oder als Schweigegeld. Denn ich gehe mal da-

von aus, dass Sie diesen Brief sofort vernichten und nicht der Polizei zeigen.

Liebe Mrs MacDuff, Sie waren zwar immer etwas ruppig zu mir, aber ich mochte Sie trotzdem.

Ich habe mir übrigens das Rauchen abgewöhnt.

Mit zauberhaften Grüßen

Ihr Caspar

Wer heiratet den Grafensohn?

Camilla ist verzweifelt: Sie soll ihren Cousin Karl-Wilhelm heiraten! Das ist die Bedingung, die ihre reiche Erbtante im Testament gestellt hat. Auf der Fahrt zu ihm lernt sie im Zug die aufmüpfige Fridoline kennen, die von ihren steinreichen Eltern zwecks Erziehung ins Internat geschickt wird. Die beiden Mädchen beschließen, die Rollen zu tauschen – und ein turbulentes Verwechslungsspiel beginnt!

Sabine Ludwig
Der Mädchentausch
Mit Bildern von
Verena Ballhaus
Band 80645

Schatzinsel

fi 80645 / 1

Serafina,
hex doch mal!

Die Hexe Serafina Zettelbaum und ihr frecher Kater Luzifer hatten eigentlich gar nicht vor, ihren Wald zu verlassen. Aber der geheimnisvolle Brief von Urgroßonkel Alfons aus Wurzberg macht sie neugierig. Seltsame Dinge sollen dort in der Suppenfabrik vor sich gehen. Serafina ist fest entschlossen, die kriminellen Machenschaften aufzudecken. Ein aufregendes Abenteuer beginnt – und Zaubern ist strengstens verboten!

Sabine Ludwig
Die große Suppenverschwörung
Ein Hexenkrimi
Mit Bildern von
Edda Skibbe
218 Seiten. Gebunden
Band 85065

Fischer Schatzinsel

fi 85065 / 1

Ferien à la marinara

»In Neapel wäre das nicht passiert«, sagt Jojo bei jeder passenden Gelegenheit. Und die gibt's häufig, denn der Urlaub an der Nordsee hält eine Katastrophe nach der anderen bereit. Aber Mama wollte ja nicht nach Neapel, obwohl man dort ganz kostenlos und mückenfrei, dafür aber mit Waschmaschine hätte Urlaub machen können. Doch dann, als Jojo und Melly anfangen sich wohl zu fühlen, als auch Papa dem Urlaub Geschmack abgewinnt, da schlägt das Schicksal zu. Die nächste Pizza Napoli wird der ganzen Familie vermutlich besonders gut schmecken!

Sabine Ludwig
Viermal Pizza Napoli
Mit Bildern
von Edda Skibbe
Band 80384

Schatzinsel

fi 80384 / 1